DEFINITIONEN AV EN SYSTER

INA EKEGÅRD

DEFINITIONEN AV EN SYSTER

DEFINITIONEN AV EN SYSTER
© 2021 Ina Ekegård
Förlag: BoD – Books on Demand,
Stockholm, Sverige
Omslag: Sandra Trankell
Grafisk form och sättning:
Sandra Trankell
Tryck: BoD – Books on Demand,
Norderstedt, Tyskland

Första upplagan

ISBN: 978-91-7569-175-6

Walk through that wall
Walk until you´re free
Rise up
Reach out
Expose your heart
The definition of a sister is mine to
give

/ Definition of a sister
av Sysslebaeck suicide

Prolog

Alice vet att varje människas mittpunkt består av solsken. Utan sol hade hon aldrig blivit född. Det var mormor en gång som berättade hur livet är beskaffat. Medan föräldrarna var upptagna med dagarna som gick gav mormor henne fast mark under fötterna och skor som tog henne framåt. *Somliga drivs av demoner*, sa mormor och Alice förstod att det var pappa hon talade om. *När livet skrubbat alltför bryskt mot inre vävnad skapas en slags hårdhet. Men glöm aldrig att där innanför finns ett stilla sken av solen.*

Nej, Alice glömde inte. Året då mormor dog övergav hon staden där hon vuxit upp. Hon övergav sitt land, sina småsystrar och sin rädsla. I det nya landet blev hon tvungen att gömma sig. Hon blev tvungen att stänga dörrar som hon mer än allt annat önskat hålla öppna och slå upp andra som hon hellre hade stängt. Men i alla år har hon burit med sig mormors förtröstan. Den har hjälpt henne att behålla vårdnaden om sina egna drömmar.

Del I

Kapitel ett
Söndag

Senare ska Ralf tänka att vad som händer den här dagen är avgörande för hur saker och ting kommer att utvecklas. Det är söndag och de har ätit gemensam frukost. Eller vad man nu väljer att kalla dagens första måltid när den intas kvart över fem på eftermiddagen.

Majlin sitter kvar vid köksbordet med en kopp te. Själv står han lutad mot diskbänken. Hedda har placerat sig i dörröppningen mot vardagsrummet, flyktvägarna fria. Hon har just berättat att hon under en längre period har känt närvaron av en ickefysisk gestalt. Den ickefysiska gestalten finns inom henne och det händer att den säger saker, ibland till och med skrattar.

När Majlin frågar vad *en längre period* kan tänkas handla om, svarar Hedda *så länge jag kan minnas.* Som vanligt är Majlin blixtsnabb att skissa upp ett åtgärdsprogram. Hedda behöver all hjälp hon kan få - professionell, evidensbaserad och skyndsam. Och ifall hon vill ha med sig någon till psykmottagningen som stöd, då är Majlin självklart behjälplig.

Ralfs spontana hypotes är att Hedda konstruerat den inre gestalten för att ta sig igenom en kaotisk tidig barndom. Ett slags hjälp-jag helt enkelt. Men han säger ingenting utan intar sin standard-

11

hållning. Låter Majlin köra sitt race. Hämtar en öl ur kylen. Slänger sig på soffan.

"Vad säger du då, Ralf?" vill hon ändå veta, som om Heddas psykiska hälsa har förvandlats till ett diskussionsämne i stil med det amerikanska presidentvalet eller situationen i Afghanistan. "Tycker du att det är normalt att ha låtsaskamrater när man snart är tjugofem?"

Ralf dricker av sin öl.

"När blev *normalt* normen i det här hushållet?" undrar han.

Majlin verkar inte lyssna. Hennes blick har fastnat på den iPad som hon håller i knät.

"Jag googlar här, Hedda", säger hon, "och det du beskriver stämmer rakt av in på schizofreni. *Schizofreni är en psykossjukdom med varaktiga defekter i perception och verklighetsuppfattning. En person som lever med obehandlad schizofreni lider av vanföreställningar, hallucinationer...*"

"Jag är inte schizofren", avbryter Hedda.

"*...hörselhallucinationer, synhallucinationer, desorganiserat tänkande...*" maler Majlin på.

Det är sådana här dagar Ralf funderar på varför han startade upp kollektivet. Han är ju inte ens en särskilt social person. Kanske är det hans ironiska sida som driver honom. Kanske är han bara lat och vill ha hjälp att betala hyran.

I nuläget är de fem mer eller mindre förvirrade individer som samexisterar i fyrtiotalskåken på Bokbindarvägen i Hägersten. Hedda är kollektivets senaste tillskott, men för Ralf är hon allt annat än ny. I ganska precis tjugo år har de känt varandra nu. Sommaren när hon skulle fylla fem kom hon till hans familj. Han hade precis blivit sju, syrran tio. De hade fått veta att det varit lite struligt omkring Hedda. Att hon var adopterad, men att det skitit sig hos adoptivfamiljen.

Han minns den stora resväskan hon hade med sig. Den såg helt ny ut, glänsande röd och så stor att ett barn med hans mått mycket väl hade kunnat rymmas där i. Hedda själv var trulig och liten med uppnäsa och två blonda tofsar uppe på huvudet. När de andra satte sig och fikade stod hon kvar bakom den röda väskan och blängde. Syrran tyckte det skulle bli kul med fosterbarn, men själv hade han hellre fått en hund.

***

Han hittar henne ute i hammocken på altanen. Hon äter glass direkt ur förpackningen. Ögonen är svullna och uppsynen urholkad. Mekaniskt för hon skeden mellan glasspaketet och munnen i en repetitiv loop. Han slår sig ner i korgstolen mittemot. Det gnisslar när hans kropp möter det trötta rottingmaterialet. Kvällen är på väg att sänka sig över Hägersten. Augustisolen som nyss stod högt på himlen ligger nu som en flammande apelsin över grannfastighetens nyrenoverade plåttak.

Deras eget hus är inte något av de flashigare, de med perfekt skötta gräsmattor och utsikt över Mälaren och halva Stockholm. Det är ett av de sunkigare, med grådaskig fasad, beläget på fel sida av gatan och omgärdat av trädgården som Gud glömde. Ifall nu *trädgård* är en gångbar benämning på en snårskog bestående av brännässlor, tistlar och ett gräs som närapå skulle kittla hans pung-kulor om han, lite otippat, gick ut naken i det.

Hedda skrynklar ihop ansiktet i ett grimas-liknande ansiktsuttryck.

"Hur är det?" frågar han.

"Jag var en idiot som sa något. Det är bara det att den där känslan har varit så himla stark den senaste tiden. Verkligare än förut. Och klarare."

Hon suckar och stryker in det lockiga håret bakom öronen. En impuls av ömhet kommer över honom. Hon känns så bräcklig där hon sitter, så naket oförställd och aningslös. Det är inte helt lätt att beskriva Heddas utseende. Hon har liksom inga tydliga signum. Inte så där som han själv med sitt svartfärgade hår, piercingar och väl tilltagna näsa. Det är lätt att ösa på med adjektiv och snart har man målat upp en rätt tydlig bild. Men ifall någon skulle be honom beskriva hur Hedda ser ut finns risken att han skulle säga *vanlig* eller kanske till och med *tråkig. Intetsägande. Tunn.*

Hon räcker honom den kalla förpackningen. Han äter av glassen som smakar nougat och lakrits i en udda kombo.

"Du vet hur Majlin är", säger han. "Det låter mer än vad det är. Dessutom är hon ju helt ur balans efter att den här "Benjamin" dumpade henne."

Med pek- och långfingrarna gör Ralf citattecken kring namnet Benjamin, eftersom personen i fråga hade kunnat heta i princip vad som helst. Alexander. Natanael. Pegasus. Sten Sture. Majlin har en tröttande benägenhet att bli olyckligt kär, tröttande inte minst för att hennes motgångar alltid kryddas med långdragna dramautspel och projektioner.

""Sebastian"", säger Hedda och härmar hans gest.

"Just det. Sebastian. Benjamin var ju den där tystlåtna med håret."

Med en rätt likgiltig eftersmak på tungan lämnar han tillbaka glasspaketet. Genast återupptar Hedda den monotona rörelsen med skeden.

"Men tänk om hon har rätt då. Tänk om jag är sjuk i huvudet. På riktigt."

"Nej, så skulle jag inte tänka om jag var du."

"Hur skulle du tänka då? Hur skulle du tänka om du märkte att du pratade med folk som inte existerar?"

"Det gör jag ibland. Om jag är tillräckligt onykter."

"Kan du aldrig vara seriös?"

"Sorry, jag är platt, jag vet."

"Eller inte. Om du frågar mig är det ett val du har gjort. Det där att framstå som okomplicerad."

Han tvekar.

"Tror du?"

"Ja."

"Men jag är väl inte killen som förändras och har sig? *Växa som människa*, när skulle man ha tid med det? Här är det ju fullt upp att vandra vidare i redan invanda hjulspår."

Han skrattar men skrattet är mer av ett beställningsjobb än ett uttryck för spontan affekt. Varje gång han levererar ett sådant skratt skäms han lite. För de skaver. Hedda har rätt förstås. Det där att inte ta saker på allvar har onekligen blivit lite av hans livsfilosofi. Kanske är det så det måste bli när man växer upp med en morsa som är psykolog. Han är nog lite av en rebel without a cause kind of guy.

Hedda suckar.

"Har du kollat jobb?"

"Inte på en söndag. Söndagar är lekdagar."

"Alla dina dagar är väl lekdagar? När går vikariatet ut?"

"I övermorgon."

"Ja men då så, då har du ju gott om tid."

Det är sällan han stannar längre än ett halvår på en arbetsplats. Efter det brukar han tröttna och se sig om efter något nytt. Arbetsgivarna är inte överdrivet imponerade av hans hoppiga CV. Ibland pausar han ett tag, sitter och klinkar på gitarren i något gathörn längs Drottninggatan några dagar eller traskar runt planlöst på stan i en trashig vinterrock från Stadsmissionen. För att få känna sig som en riktig konstnär.

Längst ut på altanräcket ligger en mobil. Han har registrerat den i ögonvrån en stund och tänkt att när som helst ramlar den ner i rabatten. Medan Hedda drar på sig sin långärmade tröja, reser han sig och plockar åt sig mobilen.

Halvvägs in i tröjan säger hon: "Själv går jag in i tredje sjukmånaden i morgon. Bingo!"

"Är det din telefon?"

Hon tar mobilen ur hans hand.

"Jag är så himla trött. I september fyller jag tjugofem, men jag är mer som en *hundra*tjugofemåring."

"Nu är du ju i och för sig sjukskriven för utmattning. Det kan förklara viss trötthet."

"Ja, men *varför* är jag utmattad, Ralf? Det är ju inte som att jag har byggt upp en storskalig företagskoncern de senaste sex åren och skrivit fyra doktorsavhandlingar. Parallellt med en tillvaro som ensamstående småbarnsmamma. Vem blir utbränd som sängförsäljare på Ikea?"

"Men var det inte himla tråkiga arbetstider?"

"*Kravlöst, välavlönat arbete sökes av håglös, 125-årig kvinna, duktig på att chilla, grubbla och äta glass.*"

Ralf skrattar, ett inifrånskratt.

"Fan vad rolig du är."

"Om det inte händer något crazy snart", säger hon, "då kommer jag att somna in för gott."

"Något crazy?"

Hon grejar med mobilen.

"Vad är det här för nummer? Sju missade samtal från samma nummer."

"En hemlig beundrare kanske?"

"Du vet lika väl som jag att några såna inte existerar."

"Att folk inte existerar hindrar väl inte dig? Eller förlåt, nu gick jag för långt."

"Det är lugnt. Du är schysst, Ralf, hur mycket du än vill vara en bad boy."

Fyra dagar senare kommer han att veta vem som sökte Hedda den här kvällen. Då är hon redan anmäld försvunnen.

Kapitel två
Måndag

allå, jag försöker upprätta någon slags kontakt här! Kan du stänga av musiken, eller?"

Majlin flåsar som om hon just hade återvänt från en joggingrunda. Eftersom hon inte direkt är den sportiga typen släpper Ralf joggingtesen och gissar istället på att hon har tagit ett antal hastiga steg genom vardagsrummet. Själv är han i färd med att lassa in en härva med kläder i tvättmaskinen. Det är måndag och han har just kommit hem efter ännu en intensiv arbetsdag på lagret i Sätra.

Han reser sig upp, stänger av musiken på mobilen och lägger den tillbaka på bänken.

"Jag tvättar."

Hon har håret i en av sina trassliga schalar. Majlin har ett ganska litet ansikte. Antagligen är det därför hon fyller på med grejer runt omkring. På vintern är det alltid stora mössor, på sommaren schalar som håller håret uppe. Näsan är kort och trubbig och ögonen stora med någonting lite vattnigt över sig. Ralf har alltid gillat Majlin. Så som man automatiskt gillar en person som avstår från att förställa sig. De lärde känna varandra på gymnasiet. Teaterlinjen.

Hon var nummer fyra att ansluta sig till huset, Majlin. Det hela var från början tänkt som ett musikkollektiv. Ralf, barndomskompisen David och Davids kusin Linus skulle bli Hägerstens svar på The Cure, en kraftigt uppfräschad version. Och eftersom de alla tre var obundna diversearbetare med i bästa fall något kortvarigt tredjehandskontrakt på gång, var det förstås guld när de hittade hyresannonsen på Blocket.

Nu blev det ju inte så himla mycket med bandet. De gjorde några låtar, fantiserade om spelningar ute i Europa, hade några gig på olika pubar och privata fester. Men efter det kom det liksom av sig. Lite som det ofta gör. Och rätt vad det var flyttade Majlin in. Något år senare kom Hedda. Successivt övergick det coola musikkollektivet till att helt enkelt vara ett hus där ett gäng random personer råkade bo.

"Alltså, det gäller Hedda", säger Majlin. "Jag var på väg att ringa till dig, men så tänkte jag att jag väntar tills du kommer hem."

"Vad är det som har hänt?"

Hon drar in luft genom näsan och håller sedan andan i några sekunder innan hon långsamt låter andetaget lämna henne genom munnen.

"Jag kom hem vid tre eller strax efter tre och då stod de på gatan. Här utanför. Det var alltså på håll jag såg dem. Jag kom från busshållplatsen och var precis i början av backen när jag fick syn på dem. Det var för långt ifrån för att jag skulle kunna se deras ansikten, men han stod hur som helst med ryggen emot."

"Vem?"

"Va?"

"Vem stod med ryggen emot?"

"Någon kille med bil. Jag är nästan säker på att han hade svarta byxor. Kanske en grön jacka. Eller om det var en skjorta. Förlåt, jag borde ha varit mer uppmärksam."

"Okej, så när du kommer gående upp för backen är det alltså en bil som har stannat här utanför på gatan. Jag vill bestämt påstå att någonting liknande måste ha hänt förut. Utan att du för den skull har övervägt att ringa mig för att berätta om det."

Majlin gör en viftande gest för att tysta honom.

"Jag tänkte först att det kunde vara någon som frågade om vägen, men helt plötsligt klev de in i bilen båda två. Och åkte iväg."

"Vilka klev in i bilen, Majlin?"

"Hedda och den här mannen, Ralf!"

Ralf rycker på axlarna och sätter igång tvätt-maskinen som genast börjar med sitt spattiga juckande mot det råa betonggolvet. Önskemålet om en modernare tvättmaskin har framförts till hyresvärden, men uppenbarligen inte hamnat överst på hans priolista.

"Det var väl någon hon kände", säger han. "Någon gammal klasskompis kanske."

"Jag fick inte alls den känslan."

"Vilken känsla fick du då?"

Musik letar sig in genom det gläntade vädrings-fönstret. Ute i hammocken experimenterar Linus på gitarren. Ralf lutar sig mot arbetsbänken. Majlin svarar inte. Hon glider ner med händerna i fickorna på sina pösiga byxor. Ansiktet är stramt och munnen riktad neråt.

"Tänk om hon nätdejtar", nästan väser hon innan rösten blir som vanligt igen och hon fortsätter: "Hedda som är en sån labil person. En sån *ensam* labil person. Tänk om hon har fått kontakt med någon man på nätet och att det var han som kom och hämtade henne. För att låsa in henne i sitt lönnrum. Eller sälja henne till forskning."

"Det *kan* vara så att du har tittat på lite för många avsnitt av Johan Falk."

"Allt kändes bara så skumt. Jag menar, Hedda går ju aldrig någonstans. Hon är ju den som alltid är hemma."

"Det kanske var en jobbarkompis från Ikea. *Länge sedan man såg Hedda, åk och hämta henne du Tompa, så kan hon haka på oss till Zetas.* Nån sån grej."

"Så hade man kanske kunnat tänka. Vem som helst av oss andra och det hade funnits logiska förklaringar. Men man kan inte bortse ifrån att Hedda är lite som hon är."

"Du litar inte på hennes omdöme menar du? Du litar inte på att hon kan avgöra vilka snubbar man ska följa med och vilka man gör bäst i att undvika?"

Ralf fastnar med blicken på en överraskande stor anhopning av smuts som inrättat sig bakom torkskåpet. *Någon gång innan jag dör ska jag städa här,* brukar Linus säga när han är i tvättstugan. Man behöver inte studera utrymmet särskilt noga för att slå fast att smutsen har gosat in sig ordentligt, men eftersom det inte finns några som helst tecken på att Linus kommer att dö i brådrasket, återstår att se vad det blir av hans löfte.

Majlin tvekar, fuktar läpparna med tungan.

"Du känner förstås Hedda mycket bättre än jag, men ärligt talat, hur mycket kan man lita på en människa som umgås med ickefysiska gestalter? Är det inte just såna halvknäppisar som psykopaterna riktar in sig på?"

Majlins katastroftänk är rörande. Om en stund kommer Hedda naturligtvis att vara hemma igen, stå och slamra med något i köket eller ligga i soffan framför ett brittiskt kostymdrama på teve. I den övertygelsen förflyttar sig Ralf genom kvällen. Han äter lite yoghurt. Spelar några låtar med Linus på altanen. Får ett samtal från Idun som han halvdejtat ett tag. Vid niotiden tar han en dusch och efter det kommer han att tänka på tvättmaskinen som förstås är färdig för länge sedan. På väg ner till undervåningen tittar han in i Heddas rum. Det är fortfarande tomt.

Han hänger tvätten. Det skulle onekligen ha varit najs att få hem den där glåmiga fostersyrran nu. Att se henne sticka in sitt ljushåriga huvud genom dörröppningen till tvättstugan och få höra rapporten från kvällen med kollegorna. *Ikea är som en sekt. Jag fattar inte hur folk orkar engagera sig i säljsiffror. På riktigt, Ralf, det är så inte intressant.* Så där som hon brukar prata på. Hon hade kunnat få säga lite vad som helst faktiskt.

Medan han fäster ett par svarta jeans på tvättlinan med hjälp av klädnyporna kommer han att tänka på ett snack han och Hedda hade för något år sedan. Det var innan hon blev utmattad och sjukskriven, medan hon fortfarande bara var uttråkad och frustrerad. Hon undrade vart hon var på väg. *Kan man räkna med att komma någonstans ifall man helt saknar riktning?* frågade hon Ralf.

När hon blir gammal sedan, menade hon, vill hon kunna titta tillbaka på sitt liv och tänka att hon har gjort någonting utav det. Inte för att tillskansa sig folkets jubel. Hedda avskyr att stå i rampljuset och blir vettskrämd av andra människors förväntningar. Det handlade mer om att inte ha levt förgäves. Hon sa att hon var rädd för det. Att hon liksom bara skulle slösa bort livet.

Finns det en koppling mellan det resonemanget och snacket om att något crazy måste hända snart? Har hon blivit så desperat att hon är beredd att haka på första bästa äventyr som kommer i hennes väg? Det lustiga är att det mycket väl kan vara så. När Ralf tänker efter inser han att även om ingen i hela världen spontant skulle sammankoppla företeelsen *äventyr* med personen Hedda Månsson, är det antagligen precis äventyr som hon längtar efter. Lite som när en person med dåligt järnvärde är galet sugen på broccoli. En brist behöver åtgärdas.

När sms:et kommer är klockan halv tolv. Han har gått och lagt sig med målbilden att komma i tid till jobbet nästa dag. En snygg avslutning på fyra månaders gnäll från chefen om hans sena ankomst. När han hör plinget är han blixtsnabb att greppa telefonen i fåtöljen bredvid sängen. Till hans förvåning har han två missade samtal. Samtalen och sms:et kommer från samma nummer, men inget han känner igen. Meddelandet är överraskande kort för att vara skrivet av en person som nog måste vara den mest omständliga han känner. *Det har hänt en grej. Jag blir borta ett tag. Glömde mobilen. Hälsa alla. / Hedda*

Han trycker iväg ett snabbt *Ok, då vet jag. Kram*, lägger telefonen ifrån sig och sjunker ner i sängen igen. Men det där sköna insomnandet lyser med sin frånvaro. Madrassen känns stum och trots att han har fönstret på glänt svettas han. En luddig boll av svåridentifierbart material har hopat sig i magen.

Det har hänt en grej. Vad fan då för grej?

Kapitel tre

Tisdag

Vad Ralf känner till har Hedda haft *en* pojkvän. Ägget. I nästan tre år var de tillsammans, från det hon var arton tills hon fyllde tjugoett. Det var inte så att Ägget var ful, det var han egentligen inte. Själva dragen i ansiktet var rätt fina och han hade en imponerande hästsvans till långt ner på ryggen. Men någonting var det med hans ögon och han klädde sig som en gammal dammig tant.

Han var flera år äldre, minst fem år äldre än Hedda, men bodde fortfarande kvar hemma hos föräldrarna i Älvsjö. Ralf var med henne där tre eller kanske fyra gånger. Varje gång drack de tyskt öl och spelade brädspel på Äggets rum. Rummet var litet och ganska mörkt, lokaliserat i villans källarvåning. Om man inte hade vetat bättre skulle man ha tänkt att det var en uteliggare som slagit läger där, någon gubbe med behov av ett tak lite vilket som helst över sitt hemlösa huvud. På väggarna bredde stora fuktrosor ut sig, men Ägget verkade inte bry sig.

Medan Ralf manövrerar gaffeltrucken mellan lastkajen och hylla 150 till 162 i D3-korridoren tänker han på Heddas relation med Ägget. Om det inte händer något crazy snart kommer hon att somna in för gott. Det var ju vad hon sa. Var killen som hämtade henne utanför på gatan ett sådant crazy inslag? Var Edgar "Ägget" Lindström det?

Vad exakt var grejen med Ägget egentligen? Skulle det kunna vara så att Hedda går igång på bristande hygien och ofräscha boendemiljöer? Är det "uteliggarsex" som är hennes preferens? Finns inriktningen till och med som ett vedertaget sökalternativ på de nätdejtingsidor hon besöker? Ja, det där att hon skulle nätdejta var ju Majlins gissning, men spåret känns ju mer han tänker på det som det mest rimliga. För inte skulle väl Hedda hoppa in helt random i en bil på gatan?

Karim kommer släpande på en lastvagn överhopad med plastemballage och pappkartonger. Belåtet sjunger han med i musiken som spelas i hans lurar. Maggan ropar i högtalarna efter någon som begåvats med ett finskklingande efternamn. Ralf stjälper av pallen med tjugofyra lådor vid hylla 158 och kör sedan tillbaka mot lastkajen. Det vibrerar mot högra skinkan. Han krånglar upp mobilen och läser Majlins meddelande: *Fortfarande ingen Hedda här. Har vi hört ngt mer?*

Majlin är lite arbetslös för tillfället och har sannolikt sovit till nu. Ralf skickar ett kort *Nix* tillbaka, kompletterar med den gladaste emojin, en av dem som skrattar så att de gråter. Genom valet av figur vill han säga att det är läge att släppa tanken på att Hedda är i fara. Han vill säga att Majlin skulle vinna på att tona ner sin dramatiska sida. Det sista vet hon i och för sig redan att han tycker.

Just som han ska lägga tillbaka telefonen i bakfickan börjar den vibrera igen. Han placerar ett pekfinger mot symbolen med den gröna luren.

"Tja mamma."

"Hej Ralf, hur har du det?"

"Jo det är lugnt, lite trött bara. Jag tänkte just på Ägget. Kommer du ihåg honom?"

Han parkerar trucken utanför omklädningsrummen och kliver ner på det stumma cementgolvet. Ett lysrör i en av de stora takarmaturerna har gått sönder. Med sitt ryckvisa sken verkar lampan göra vad den kan för att trigga igång ett kollektivt epilepsianfall hos lagerpersonalen.

Morsan skrattar.

"Såklart jag kommer ihåg Ägget. Hur så? Har han gjort comeback?"

Eftersom det är gnälligt kring privata samtal på arbetstid stegar Ralf iväg mot toaletterna.

"Nej, det tror jag inte. Jag kom bara att tänka på honom. Speciell kille."

Han öppnar dörren till ett av toalettbåsen och stiger in. Den klaustrofobiska känsla som gärna uppstår i ett utrymme på max tre kvadratmeter förstärks av odören från kollegiala fekalier. Spegeln över handfatet har mörknat längs kanterna, helt enkelt för att det inte är någon spegel utan en plastfilm klistrad över en plywoodskiva.

Ralf sjunker ner ovanpå toalettlocket.

"Minst sagt speciell", säger morsan. "Har du hört något mer om mördaren?"

Han rycker till.

"Va?!"

"Har du hört något mer om lördagen?"

"Jaha. Jo jag sprang faktiskt på Fredrik på stan i går eller om det var i förrgår. Han sa att Wendela är helt inställd på att åka till Köpenhamn i helgen."

Fredrik är den senaste i raden av prudentliga, karriärsorienterade och jävligt tråkiga snubbar som syrran har plockat upp och slagit sig ihop med de senaste åren. Han är försäljningschef på 3 och farsa till Elsa men inte till Ebba. Wendela och Ralf är klassiska syskon - helt olika. Hon har kärnfamilj, universitetsexamen och villalån. Han har ett temporärt hyreskontrakt, en livsbejakande icke-karriär och kravlösa förbindelser med tjejer som spelar trummor eller sysslar med amatörteater eller säljer veganmat på musikfestivaler.

Om några dagar fyller Wendela i alla fall trettio och det party som Fredrik har förberett saknar motstycke i modern historia. Det är som om han har tagit avstamp i deras bröllop för tre år sedan och skruvat upp allting ytterligare ett snäpp. En sörmländsk herrgård är bokad. Mer än sjuttiofem sittande gäster har osat.

Maten såväl som utsmyckningarna ska ha temat *Tusen och en natt*. Det innebär orientaliska rätter, magdansöser, färgglada lyktor, glasfiberkameler i naturlig storlek, beduintält, sidenkuddar, turkiskt öl, vattenpipor, rökelse - och som grädde på moset en välrenommerad etno-DJ influgen från London.

Sedan någon månad tillbaka är både Fredrik och gästerna emellertid på väg att skita i haremsbyxorna. För allt det här måste hållas hemligt inför födelsedagsbarnet. Det utomordentliga partyt är

nämligen en överraskningsfest. En överrasknings-
fest där absolut ingenting lämnas åt slumpen.

Morsan harklar sig.

"Jag pratade med henne häromdagen och jag var
så nära att försäga mig. När jag skulle berätta att
jag hämtar tjejerna på fredag, sa jag *så att de
slipper vara i vägen*. Jag höll på att säga *i fest-
förberedelserna*, men jag stoppade mig mitt i
meningen. Efteråt har jag varit så nojig. Det sista
man vill är ju att förstöra något nu när Fredrik har
lagt ner så mycket jobb."

"Och en halv förmögenhet."

"Ja, det också."

Ralf tänker på alla spontanfester de har i
kollektivet. Någon lyfter telefonen och ringer in lite
människor. Trettio inbjudna och det ramlar in
femtio. Bordet i köket fylls med allt möjligt som folk
har tagit med sig. Man sätter sig lite var som helst
och käkar - i trappan, på golvet, i någons knä.
Majlin höjer musiken och börjar dansa. Andra
hakar på. Det bara händer. Ingen planering, inget
arrangemang.

"Hur som helst så tänkte jag att jag ringer dig
och kollar ifall du har hört någonting."

"Jag skulle nog säga att du kan börja andas igen.
Fredrik verkade i alla fall lugn."

"Det var skönt att höra."

"Eller ja, lugn var han förstås inte. Leveransen av
någon specialbeställd libanesisk likör var försenad
och bordsdukarna som herrgården skulle stå för
visade sig ha en röd nyans som var för ljus i för-
hållande till serveringspersonalens byxor."

"Jag ser honom framför mig", fnissar morsan. "Men man kan inte säga annat än att han älskar Wendela."

"Så kan det mycket väl vara."

"Vet du hur det blir med Hedda, förresten? Kommer hon med på lördag?"

"Det är väl klart att Hedda kommer med! Varför skulle hon inte göra det?"

I det kryptiska sms:et bad Hedda honom att hälsa till alla. Borde han berätta för morsan att hon igår klev in i en för honom okänd bil och åkte till en för honom okänd plats och sedan inte har återvänt? Eller är det en sådan där grej man inte berättar för en mamma?

"Har du koll på om Hedda har någon pojkvän?" frågar han istället.

"Nä... det tror jag inte. Jag får för mig att vi båda hade känt till det i så fall."

"Ja, så är det nog. Jag tänkte bara om du hade hört om någon kille."

"Är det någonting som har hänt, Ralf?"

"Nej, verkligen inte!"

Det har hänt en grej.

Hjärnan är klibbig och långsam. En tilltagande huvudvärk har börjat pocka på hans uppmärksamhet och han kommer antagligen behöva hämta en Ipren hos Maggan lite senare.

"Jag känner dig", säger morsan. "Det är något."

Ralf reser sig upp från toalettstolen och går ut från det motbjudande båset.

"Sorry mamma, jag måste sluta nu", säger han. "De gillar inte att man pratar privat här."

"Okej. Jag älskar dig, det vet du."

"Det vet jag."

Han trycker bort morsan och bläddrar fram sms:et som Hedda skickade från det okända numret. Hon har inte skrivit något mer efter det och han har inga missade samtal. Nu är det förstås inte säkert att hon fortfarande har tillgång till den där telefonen. Hon kan ha lånat den av någon i förbifarten. Men han chansar ändå och skriver: *Tja Syster. Överraskningsfest lördag, remember? Vad gör du förresten? / R.* Han raderar *förresten.* Sedan raderar han *Vad gör du?* och skickar iväg meddelandet.

Kapitel fyra
Onsdag

Från Iduns vänstra armhåla hela vägen ner till höften sträcker sig en tatuering som tar för sig mer än vad Ralf kanske skulle önska. En trave spelkort har slängts ut huller om buller över huden. Men istället för de vanliga kungligheterna föreställer varje klätt kort en faktisk person från Iduns liv. Bästa kompisen Elin är ruter dam. Brorsan Alex spader knekt. Barndomsvännen Keyla klöver dam. Och så vidare.

Efter att ha haft en del med Iduns nakna kropp att göra på sistone har Ralf börjat vänja sig vid att behöva dela den med andra. Det är väl möjligen ett av korten som fortfarande kan distrahera honom en aning.

Ivrigt utforskar han Iduns bröst, leker med tungan över ett i taget, kysser sig runt och ner och under. Huden är varm och pulserande under hans tunga, smakar svagt av salt och doftar tobak och vanilj. En tryckvåg av begär går genom hans kropp, som en kittlande vibration i blodomloppet. Hans händer letar sig in under hennes svank, smeker sig ner över baken och lägger sig tillrätta över skinkorna. Hon suckar belåtet och han känner hennes fingrar glida genom hans hår.

Försiktigt nafsar han på en av de hårdnade bröstvårtorna, suger in den i munnen. Idun stönar och placerar armarna ovanför sitt huvud. Hans mun kysser sig vidare ner längs den inbjudande huden. Hon vill verkligen ha honom nu. Han vill ha henne. Men strax under vänster bröst stannar han upp. Han har hamnat öga mot öga med den skäggigt leende hjärter kung.

Iduns farsa.

Leendet är karismatiskt men karaktärsfast, hår och skägg rödblont och yvigt, lite viking style. *Jaså, vem är du som tar för dig så frikostigt av min dotters kropp?* frågar leendet. *Vad tänker du att du kan erbjuda henne mer än köttsliga förlustelser?* Ralf gör vad han kan för att släppa pappa kungens anspråk, fortsätter vidare ner över Iduns kropp med händer och tunga. Som om det bara var de två här.

De är hemma hos honom. Hon kom efter jobbet i baren, kröp ner bredvid honom i sängen och smekte honom vaken på sitt omättliga sätt. Ralf tänker att hon sannolikt kommer bli kvar i den här sängen med honom tills det är dags att dra iväg och blanda drinkar igen vid sjusnåret. Och inte honom emot. Han gillar Idun. De har träffats ett tag nu, men han skulle inte påstå att hon är hans flickvän. Inte för någon av dem är det angeläget att sätta en stämpel på vad det är de håller på med.

***

"Om du hade en syster som inte direkt brukade gå någonstans", säger han när de en stund senare ligger och småpratar sida vid sida, "vad skulle du då tänka om hon plötsligt *hade* gått någonstans? Typ i måndags. Och inte återvänt. Eller hört av sig. Mer än att skicka ett kryptiskt meddelande från någon annans telefon."

"Kan man få kaffe innan man svarar?"

"Nej. Kaffe får man efter att man har svarat."

Idun drar upp sina ben och omfamnar dem så att hennes kropp förvandlas till en boll. Han sträcker sig efter sina kalsonger från golvet och ålar sig in i dem. Det här är det minsta av husets sovrum, en cell snarare än ett rum - "skrubben" som de andra kallar det. Förutom sängen och den väggfasta garderoben har Ralf tryckt in en jävligt cool fåtölj i röd sammet. Det är alles. Man kan välja att se det som en gentil gest, det här att ta minsta rummet, men han gillar det faktiskt. Det var hans förstahandsval.

Idun gungar lätt på kroppen.

"Är det Hedda vi pratar om?"

"Ja."

"Jag skulle tänka att hon ägnar sig åt ungefär samma sak som du och jag. Att hon har hittat någon kille som är alldeles exceptionellt bra i sängen."

Hon släpper den hopvikta kroppsställningen och kryper in i hans famn. Han sluter sin överarm runt henne, känner värmen från den lena kroppen, lite fuktig mot hans hud.

"Det är väl så jag också har tänkt", ler han och pussar henne mot håret.

"Hon skickade ett meddelande sa du. Vad skrev hon?"

"Hon skrev att det hade hänt en grej och att hon skulle bli borta ett tag. Och att hon hade glömt sin telefon hemma."

"Okej."

"Hon ringde först, men jag missade det."

"Från någon annans telefon?"

"Ja, hon hade ju alltså glömt sin hemma."

Han himlar idiotförklarande med ögonen. Idun himlar tillbaka.

"Men du ringde aldrig? Till det där numret."

"Nej, jag skrev bara *Okej*. Sen skickade jag ett meddelande igår och frågade om hon tänker komma på Wendelas fest på lördag. Men hon har inte svarat."

"Du är ju inte hennes morsa."

"Nä eller hur."

De ligger tysta en stund. Idun sluter ögonen. Ralf stirrar upp i taket, på den härva av sladdar som väller ut på ena sidan av den kupolliknande lampan. Dammet som har ansamlats i trasslet genom åren tillsammans med sladdarnas ålder kan sannolikt utgöra viss brandfara.

Tanken för honom tillbaka till den där kvällen tidigt i våras när Hedda satte eld på vardagsrummet. Hon hade somnat med levande ljus och det var bara en sådan galen tajming att han och Majlin kom hem just som elden gjort sina första trevande moves över rummet, istället för tjugo minuter senare när den slukat hela huset.

Med sin schyssta blandning av ilska och

företagsamhet placerade Majlin hallmattan, en av de större kelimkuddarna och Davids favoritrock från Berlin över elden. Medan Ralf lite tafatt stod och tittade på räddade hon i ett nafs livet på deras gemensamma bostad - och Hedda.

"Oj!" sa Hedda och gned sömnen ur ögonen. "Jag måste ha slumrat till."

Det var lördagskväll och egentligen befann sig Ralf och Majlin på inflyttningsfest hos en gammal gymnasiekompis vid Telefonplan. Någon kille med rastaflätor som Ralf aldrig sett förut upplyste Majlin om att det skulle ha varit schysst om han kunde få tillbaka den dator som hon lånat av honom. Minst tre gånger sa han det och till slut bestämde hon sig för att gå hem och hämta den. Ralf som var i behov av en nypa frisk luft hakade på de fyra kvarteren hem till Bokbindarvägen. Även Hedda hade ju varit bjuden på festen men i vanlig ordning hänvisat till att hon kände sig *lite trött.*

I syfte att motverka den ganska skakiga stämning som uppstått efter brandincidenten, gjorde Ralf kaffe där på natten och dukade fram koppar på köksbordet. Hedda hade ett stort täcke runt kroppen och rörde sig som en sjöjungfru över golvet. För att dämpa rökluften hade Majlin öppnat korsdrag och det blev snabbt svinkallt i köket. Ralf behöll sin jacka på och slog sig ner intill Hedda vid det runda furubordet.

"Alltså fan!" utbrast Majlin som gick av och an över linoleummattan.

"Når du Ballerinakexen?" frågade Hedda.

"Når jag vad då?"

Majlin stannade upp och spände blicken i henne, händerna i sidorna. Hon hade bara en tunn skjorta på sig men såg inte ut att frysa. Tvärtom, kinderna var rosiga.

"Du har precis tänt eld på huset och nu pratar du om Ballerinakex! Du är inte sann, Hedda. Du är fan inte sann! Aldrig i mitt liv har jag träffat en människa som är så andefattig som du. Ingen i hela världen kan förvandla livet till en så gråskalig tilldragelse. Har du ens puls?"

"Majlin..." försökte Ralf, men hon låtsades inte om honom.

"Varför kom du inte med på festen till exempel? Du väljer att sitta hemma framför teven istället, det är vad du gör. Som om det skulle vara ett liv. Va? Som om du helt saknade värdighet. *Värdighet*, sug på det ordet en stund!"

"Majlin..." försökte Ralf en andra gång.

"Vad då? Någon måste säga det till henne. Det är läge att hon vaknar upp ur sitt zombietillstånd och tar tag i sitt liv. Påstå inte att du inte håller med mig för det vet jag att du gör."

Med en duns slog hon sig ner vid matbordet, greppade muggen med kaffe som Ralf hällt upp åt henne och drack i stora ilskna klunkar.

"Och ska du ha Ballerinakex får du masa dig upp och hämta dem själv", la hon till.

Hennes ord sved i Hedda, det såg han. Det kvadratiska i dem lämnade ingen plats åt något *å andra sidan*, som annars brukade vara hennes räddning. Majlins superkraft var att prata klarspråk. Den hade de alla fått smaka på. Dessutom vilade

Hannes Åkerbloms förödmjukande diss som ett skadligt hölje omkring henne vid den här tidpunkten. Kränkningen hade helt klart inflytande över hennes tålamod men den påverkade också vilken tolkning hon lyckades göra av världen.

Att Ralf överhuvudtaget har lagt snubbens namn på minnet handlade om affischen som hängde på kylskåpet under de tre veckor som han och Majlin hade vad de nu hade tillsammans. Varje gång Ralf skulle plocka fram någonting i matväg stirrade den halvnakne herr Åkerblom på honom från sin röda motorcykel. *Possessive* hette singeln. Titeln tillsammans med hans namn stod i orangefärgade och ruskigt påträngande versaler över klippväggen bakom honom.

Hedda bet olyckligt på underläppen, svepte täcket tajtare runt kroppen.

"Du har rätt förstås", sa hon och orden kom ur henne som om de hade bogserats efter en punkterad traktor. "Jag är patetisk. Men du ska veta att det inte är en sån här människa jag vill vara. Jag kan bara inte hitta... Det är som om det saknas bitar här inne. Avgörande bitar liksom. Och jag har ingen aning om var jag ska hitta dem."

Nästan ett halvår senare frågar sig nu Ralf ifall de borttappade bitar som Hedda pratade om den där natten har något med hennes försvinnande att göra. *Osynliga gestalter. Borttappade bitar.* Heddas personlighetsbygge spelar onekligen i en egen liga. Han sneglar på Idun vars varma kropp vilar mot hans axel. Hon blundar fortfarande.

"Har du googlat numret?" frågar hon nästan sluddrande.

Det är någonting väldigt fridfullt över henne där hon ligger. Hon ser ut som en död. En ovanligt verbal död. Solen lyser in genom fönstret och väcker liv i de dåsigt ljusgröna väggarna. Ralf böjer sig fram och pussar henne på ögonlocken, ett i taget. Hon ler sitt ironiska leende.

"Linus googlade", säger han. "Det verkar vara ett kontantkortsnummer. Kan ju tillhöra vem som helst. Han skulle kolla Heddas mobil också, för att se om det här numret hade en ägare där. Ett namn liksom. Men ingen av oss har koll på hennes pinkod."

Idun slår upp ögonen. Hon sprattlar sig ut ur kramen och sträcker sig målinriktat mot fåtöljen. Strax har hon knyckt åt sig Ralfs mobil och börjat fingra på displayen.

"Vi ringer det där numret. Du undrar ju vart hon har tagit vägen. Det är ganska uppenbart. När du väl har snackat med Hedda släpper vi det här och du går och fixar kaffe åt mig."

Ralf tar telefonen ur hennes hand och bläddrar fram numret i samtalslistan. Han placerar högertummen på den okända sifferkombinationen.

"Alright", skrattar han. "Med risk att vara klängigaste brorsan ever."

Idun sätter sig upp på sängkanten. Han gör likadant. Hon fiskar upp sin långa vita t-shirt från golvet och drar den på sig. Tysta blir de sittande bredvid varandra medan de lyssnar på hur signalerna går fram.

"Jaha", säger en mansröst.

"Hej! Jag söker Hedda."

"Vem är det jag talar med?"

Vad Ralf tolkar som en teve står på i bakgrunden. Eller om det är en radio. Han känner igen reklamjingeln. Något försäkringsbolag, men oklart vilket.

"Jag heter Ralf. Det är jag som är Heddas bror."

Mannen harklar sig.

"Du talar inte sanning", slår han fast och det dröjer sedan ett par sekunder innan han fortsätter: "Jag råkar känna till vem Heddas så kallade bror är och människan heter inte Ralf."

Dialekten är bred. Han känner igen den men kan inte komma på vilken det är.

"Är hon där?" frågar han. "Är Hedda där hos dig?"

"Du ska inte ringa mig mer."

Värmländska, slår han fast. Det måste vara värmländska mannen talar.

"Jag ska inte störa dig, jag lovar. Det är Hedda jag vill prata med."

Men samtalet är över. Mannen har klickat bort honom.

Kapitel fem

Receptionen är trång och erbjuder snålt med sittplatser. Som tillbörligt har Håkan anmält sig vid ankomsten och ger sig nu till tåls på golvytan framför disken. Verktygsväskan har han ställt ifrån sig på golvet vid sina fötter. Det är på det hela taget tröttsamt att behöva stå och vänta på det här viset och ventilationen i lokalen är under all kritik.

Han harklar sig. När allt kommer omkring är det de som har efterfrågat hans kompetens, inte tvärtom. En ung man med skägg och portfölj interagerar med receptionisten. De skrattar och tramsar och beteendet är lika opassande som mannens ansiktsbehåring. Håkan begriper inte varför så många unga män väljer att se ut som bostadslösa narkomaner.

Han kliver fram till disken, harklar sig på nytt. Långsamt och uppenbart motsträvigt förflyttar receptionisten sin uppmärksamhet från den skäggige till Håkan. Hon ger honom en tom blick, suckar tungt och låter sedan ena handens pekfinger göra en demonstrativ loop genom luften innan den landar på interntelefonens anropsknapp.

"Servicekillen är här, Joel", säger hon och plutar enfaldigt med sin onaturligt röda mun. "Visar du in han, please?"

Håkan lutar sig mot disken, betraktar den flicka som Norlander Bil valt som sitt ansikte utåt. Hon är ung, urringningen i den vita jumpern djup och de långa lösögonfransarna på gränsen till pornografiska i sitt uttryck. Flickans gula hår ligger i stora vulgära lockar över hennes axlar.

Receptionens skrivbordsyta är en slarvig röra. Huller om buller ligger papper i buntar. Några av buntarna har placerats i skrynkliga plastfickor. Andra är hafsigt hopsatta med gem. Radion står på i bakgrunden. Mannen med skägg avlägsnar sig. Håkan fingrar på sin mustasch, följer flickan med blicken medan hon dricker ur sin mineralvattenflaska. Hos en del kunder blir han bjuden på kaffe. Hon ställer ifrån sig plastflaskan och ger honom en artig grimas. Inget kaffe.

För den händelse att far varit här skulle han ha korrigerat hennes språkbruk. *Hur har en sådan liten flicksnärta fått anställning utan att behärska det svenska språket?* skulle han ha sagt. *Visar du in* honom *heter det.* Far var noga med rätt och fel. Håkan har alltid strävat efter att leva upp till fars anspråk och visar därför prov på ett klanderfritt språkbruk och uppträdande.

Annat var det med mor. Som fruntimmer var mor en stor besvikelse för far. Det sa han till hennes bror Åke på begravningen. Åke sa att det var en skam det liv far erbjudit mor. Håkan var bara sju år gammal men han minns ändå. Han minns intensiteten i den ordväxling som ägde rum mellan Åke och far. Det var främst Åke som talade. Med kinderna blossande i en mörkt röd ton och med

43

händerna fäktande i luften omkring sig gjorde han klart vilka slutsatser han hade dragit. Inför samtliga begravningsgäster hävdade han att far bar skulden till att det gått som det gått med mor.

Trots de grova anklagelser som riktades mot honom den dagen kunde far behålla fattningen. Hans orubbliga styrka och förmågan att aldrig tappa ansiktet var något av hans signum. Håkan har alltid avundats den värdighet som fanns så naturligt hos far. *Håll ditt huvud högt,* uppmanade han Håkan när han råkade illa ut i skolan. *Personer i din omgivning må förödmjuka sig själva med irrationella känsloutspel, men aldrig du. Behåll din vrede för dig själv. På så vis kan ingen komma åt dig.*

Den starkaste hannen har makten i flocken. Svaghet bestraffas på samma sätt bland människor som i djurvärlden. Far hävdade att anledningen till Håkans prekära situation i skolan var att han inte tillräckligt tydligt förmedlade maskulinitet. Han sa inte rakt ut att Håkan var feminin men bara tanken på att det var vad han menade gjorde honom utom sig av skam.

Maskulinitet, hävdade far, *handlar om makt.* Beslut ska tas med förnuftet, aldrig i affekt. Istället för att falla offer för deras simpla agerande måste Håkan visa både sig själv och klasskamraterna att han stod över dem. Han måste vara tydlig med att det var han som förfogade över den egentliga makten. *Det handlar om en långsiktig investering,* menade far. *I ett senare skede kommer det att vara de här gossarna som putsar dina skor.*

Plågoandarna upphörde inte att häckla honom, men vägledningen var likväl till stor hjälp. Håkan la sig vinn om att bygga den symboliska tron där han en dag skulle sitta. Far ägde och drev trots allt ett av Värmlands mest framgångsrika företag. Det var en obeskrivlig tillgång att ha en sådan förebild och redan från ung ålder visste ju Håkan att han en dag skulle ta över fars kungarike.

"Hej, vad bra att du kunde komma så snabbt", säger en yngling med blå kortärmad skjorta och en lugg bara några enstaka centimeter i längd. "Joel heter jag. Följ med mig här så ska jag visa dig var den står."

Håkan greppar verktygsväskan från golvet. Han följer mannen med den infantila luggen genom en dörr och vidare ut i en korridor med kontor på bägge sidor. Ett fruntimmer med höga klackar och ett iögonfallande kraftigt slitage på sina jeansknän uppenbarar sig framför dem. Hon hälsar med ett tillgjort flin på mannen och nickar sedan helt kort mot Håkan.

"God dag", replikerar han och rättar till glasögonen på näsryggen.

En bil tutar utanför på gatan. Ringsignalen från en mobiltelefon ljuder inifrån ett av kontorsrummen.

"Här har vi den", konstaterar mannen som tilldelats det löjeväckande namnet Joel och gör en gest mot kopieringsapparaten i korridorens slut. "Den käkar alltså papper med en grym aptit. Ja, du ser ju på felanmälan vad som strular. Okej men då var det väl inget mer. Schysst! Hej!"

Han tar Håkan för en simpel reparatör, det är uppenbart. Ingenting kunde vara mer felaktigt. Om pojkslyngeln bara varit aldrig så lite uppmärksam hade han lagt märke till kvaliteten på den skräddarsydda kostymen. Han hade noterat fabrikatet på den nypressade skjortan. Att Håkan är en kultiverad man torde inte undgå någon. Somliga låter sig emellertid vilseledas av verktygsväskan. Joel förefaller vara en av dem.

Håkan följer hans ryggtavla när den rör sig tillbaka genom korridoren. Lite längre fram står fruntimret med de fördärvade jeansen. Joel stannar upp och de samtalar med varandra. Rösterna är dämpade och hon fnittrar åt någonting han säger till henne. Håkan gör bedömningen att de två är begivna att inleda en erotisk förbindelse med varandra.

Det var på en julfest 1972 som far förstod att mor var den flicka han skulle äkta. Festen arrangerades av firman för arbetstagare och deras familjer. Vid den här tidpunkten ägde han ännu inte företaget, men hade en ledande befattning. Mor var sjutton år gammal och dotter till revisor Lindberg. Hon kom till festligheterna i sällskap av sina vårdnadshavare och den fem år äldre Åke.

Det var en synnerligen blyg flicka far mötte den där eftermiddagen, anständigt klädd i hellång klänning och lågklackade skor. När hon blev tilltalad slog hon ner blicken, vilket lockade far till skratt. Skildringen var ovanligt intim för att komma från far och anförtroddes Håkan först många år efter mors bortgång.

Redan som ung hade far ingått äktenskap men eftersom hans första hustru inte var kapabel att ge honom arvingar skilde han sig från henne. Nu på sitt fyrtionionde år såg han ingen orsak att fördröja vigseln med mor. Endast tre veckor därpå sänktes Sveriges myndighetsålder från tjugoett till arton år och han kunde anhålla om hennes hand.

Det kan måhända tyckas märkvärdigt att en ung flicka säger ja till en mer än trettio år äldre man, men det måste tas i beaktning att far var en kraftfull karl med naturlig auktoritet och karisma. Kvinnor drogs till honom och mor behövde den fasthet far kunde erbjuda.

Mors begravning ägde rum en kylslagen fredag i november 1986 och Håkan hade beviljats ledigt från skolan den dagen. Inledningsvis hölls en ceremoni i kyrkan men i efterhand var sammankomsten i församlingshemmet det enda han med klarhet kunde dra sig till minnes. De åt tårta och drack saft som om vore det kalas. Håkan satt bredvid Annabelle, morbror Åkes defekta dotter. Annabelle var inte förmögen att gå själv utan skjutsades runt i en rullstol.

Åkes fru Inger smekte Håkans kind och log emot honom. Hon sa att han var fin i sin kostym och undrade om han ville komma och bo hos dem nu när mor inte var i livet mer. Han minns inte vad han svarade men han minns att han äcklades av Annabelle. Hon dreglade och luktade stjärt. Ett uppförstorat fotografi stod på bordet i en ram. Det var mor på bilden men ändå inte. Far hade samma morgon ställt den retoriska frågan: *En mor som väljer att ta sitt liv, vad är det för en mor?*

Kapitel sex

Torsdag förmiddag

D et sitter en dam i köket. Hon är klädd i grå yllekjol och en kort rosa kofta som hålls ihop av en blaffig fjärilsbrosch. Håret är kortklippt och hon bär glasögon med 50-tals-inspirerade bågar. På bordet framför henne står två kaffemuggar och ett fat med wienerbröd. När Ralf kommer in i köket har Linus just plockat fram mjölken och är i färd med att pressa igen kylskåps-dörren bakom sig. Det måste göras med kraft, annars glipar den.

"Det här är min moster", säger han och ställer ner mjölkpaketet på bordet. "Ralf – moster. Moster - Ralf."

Den rödblinkande digitala tidsangivelsen ovanför spisfläkten visar på 10:26. Så här dags skulle Linus ha befunnit sig på jobbet, ifall han haft dagpasset. Vilket betyder att han har kvällspasset. Linus är inte den som ringer och säger att han har åkt på halsfluss. För att frigöra tid till annat.

Ralf sträcker fram handen till Linus moster. Lite yrvaket kan han konstatera att han bara har kalsonger på sig.

"Hallå där", säger han.

"Gittan", säger damen och det fårade ansiktet spricker upp i ett leende.

Hennes hand är varm och köttig, handslaget kraftfullt. Hon luktar starkt av parfym. Förmod-

49

ligen har hon misstagit parfymflaskan för myggspray och deras kök för ett jämtländskt kärr.

"Trevligt, trevligt", kläcker Ralf ur sig, i brist på mer skarpsinniga repliker.

"Det är ingen fara", säger Gittan. "Jag är gammal sjuksköterska."

Han rynkar på ögonbrynen.

"Hon menar klädseln", förtydligar Linus. "Eller frånvaron av klädsel."

"Toppen!" säger Ralf.

Hälsningsproceduren känns i och med det avklarad. Han plockar ner en kopp från skåpet och fyller den med kaffe. Bryggaren är inte riktigt klar och det fräser till när ett par droppar når den heta bottenplattan. Innan Ralf hinner sätta tillbaka glaskannan är Linus där med Wettextrasan.

Moster Gittan klarlägger att hon är på genomresa. Ett par timmar tidigare lämnade hon sitt hem i Öregrund med siktet inställt på Eskilstuna. Där ska hon utnyttja det presentkort hon fått av *tjejerna* till sin sextiofemårsdag. Ett spapaket på Sundbyholms slott.

Linus står kvar vid kaffebryggaren i väntan på att den ska gå i mål. Mot nedre delen av den svarta t-shirten gnuggar han omsorgsfullt sina glasögon. Det slår Ralf att hans ögon ser ofullständiga ut när de inte ramas in av de stora svarta bågarna. Linus kisar mot bryggaren, sätter brillorna tillbaka i ansiktet och greppar kaffet.

"Ralf, vi måste prata!" skriker Majlin ute i vardagsrummet.

Strax därpå kommer hon inrusande i köket och rycker tag i hans arm. Uttrycket i hennes ansikte är låst och hon ser beslutsam och galen ut. Det galna förstärks av att hon är klädd i sin grisrosa onepiece.

"Vad är det som händer?" undrar Ralf och ryggar instinktivt tillbaka för att inte spilla ut kaffet.

"Hej förresten!" säger Majlin till Linus moster och drar sedan med Ralf ut ur köket.

"Han heter Mulle och det verkar som att han befinner sig i Karlstad."

Ralf sippar på sitt heta kaffe och väntar på att hon ska fortsätta tala. Mellan soffan och den spretiga juckapalmen blir de stående, hon i sin Teletubbiesdräkt och han fortfarande bara iklädd kalsonger.

"När jag ringde var det en snubbe som hette Steffe som svarade. *Steffe i Mulles telefon* sa han. Jag frågade om jag fick prata med Hedda, men han sa att han inte kände någon jävla Hedda. Då frågade jag om jag fick prata med Mulle och han räckte över luren. Mulle sa att hon var med Josef."

"Att Hedda var med Josef?"

"Jag antar det."

"Vem fan är Josef?"

"Ingen aning."

"Och vem fan är Mulle?"

Majlin blåser upp kinderna och gör en högljudd utandning.

"Jag behöver nog ta en hallon-Treo sen", konstaterar hon. "Det här är sjukt migränframkallande."

Ralf tvekar.

"Så var fick du Karlstad ifrån? Du sa att han skulle befinna sig i Karlstad."

Han sjunker ner i soffan. Majlin stjäl koppen ur hans hand och tar några klunkar kaffe.

"Du hörde ju själv att Mulle pratade värmländska, eller hur? Det gjorde Steffe också."

"Jag är i och för sig inte hundra på att det var värmländska. Det hade kunnat vara västgötska också. Jag har alltid haft svårt att höra skillnad."

"Okej, men *jag* vet hur värmländska låter", säger Majlin och lämnar tillbaka kaffekoppen. "Min pappa är från Arvika. Både Steffe och Mulle talade värmländska, trust me. Och precis innan Mulle avslutade samtalet hörde jag att någon av personerna i bakgrunden pratade om *Våxnäs*. Att de skulle besöka någon i *Våxnäs*."

"Så det var fler än Steffe och Mulle i rummet när du ringde?"

"Ja, det lät som ett helt gäng. De kan ju ha varit Mulles jobbarkompisar, vad vet jag. Så här dags är väl folk vanligtvis på jobbet. Whatever, jag googlade Våxnäs och det visade sig vara en stadsdel i Karlstad."

"Det var som fan."

Majlin skjuter ner händerna i fickorna på den kulörstarka mysdräkten.

"Mulle sa att han vill att vi håller oss borta från honom."

"Han sa ungefär samma sak när jag pratade med honom igår. *Du ska inte ringa mig mer*, sa han och sedan klickade han bort mig. Vad är det för en oskön typ som fimpar samtalet i örat så där?"

Majlin grimaserar och slår sig ner ovanpå soff-
bordet. Hon drar upp axlarna mot öronen och
säger: "Det känns inte särskilt bra i magen det
här."

"Så vad gör vi nu?" undrar Ralf.

Linus visar sig i dörröppningen.

"Vi åker dit", slår han fast.

***

Det började väl egentligen med att Majlin sa åt
Hedda att söka psykiatrisk behandling. Man kan
naturligtvis inte lägga Heddas försvinnande på
Majlin, men hon fick henne i alla fall att känna sig
kymig. Missförstådd. Främmande. Och sannolikt
bidrog det till att hon stack. Alternativt hade de här
två grejerna inget som helst med varandra att göra.

Ralf sitter bredvid Linus i baksätet på en
tantparfymstinkande Ford Mondeo. De är på väg
till Karlstad för att leta reda på någon som
eventuellt heter Mulle – i hopp om att genom
honom kunna lokalisera Hedda. Första sträckan
hakar de på moster Gittan. Sedan får de se. Som
två småkillar på bilutflykt sitter de här och medan
Linus grejar med sin mobil försöker Ralf få lite
ordning i sin skalle.

Han går igenom de senaste dagarna i huvudet
och frågar sig vad som egentligen låg till grund för
det här så kallade försvinnandet. Antagligen borde
han ha varit mer vaken. Då när hon fortfarande var

inom räckhåll. Istället för att tramsa bort alltihop skulle han ha ställt fler frågor. Och han skulle ha lagt mer krut på vem det var som sökte henne i söndags.

"Har ni kontaktat polisen?" frågar Gittan där hon sitter bakom ratten. "Flickan ska väl anmälas försvunnen?"

"Ja, det är redan fixat", svarar Linus och glider med tungan över piercingen i underläppen. "Majlin har pratat med polisen. Majlin, hon med rosa overallen."

På sätet mellan dem ligger Heddas mobil. Den har ett skal med stjärnor och planeter i silver. Ralf gissar att hon har kommit över det på någon utförsäljning och som vanligt valt funktion framför estetik. Eventuellt innehåller telefonen ledtrådar till var Hedda befinner sig. Och med vem. Själv är Ralf tveksam till att det är okej att kolla upp någon annans historik och appar, men Linus har börjat snacka nödsituation och kanske har han rätt. Nu googlar han på hur man tar sig in i en mobil utan att ha tillgång till pinkoden.

"Här är något", säger han. "Man kan gå in via Siri."

Gittan svänger ut i vänsterfilen för att köra om en tyskregistrerad långtradare.

"Hon har inte lagt ut någonting användbart på Facebook då?" undrar hon.

"Nä, ingenting", säger Linus. "Hedda är inte så aktiv på sociala medier."

Han lägger ifrån sig sin egen mobil på det gråa sätet och plockar upp Heddas. Med förtätad koncentration söker han efter något på skärmen.

"*Inte så aktiv*", skrattar Ralf. "Nej, det kan man ju lugnt påstå. Sist hon la upp något på Instagram tror jag var när hon tog studenten för vad då – sex år sedan?"

Från backspegeln dinglar ett mjukdjur föreställlande en färgglad spindel. Leksaken ser för fräsch ut för att ha deltagit i något barns uppväxt. Mer sannolikt är det en barnslig vuxen som valt att hänga den här. Längtan efter barn är aldrig något som har drabbat Ralf, faktiskt inte. Han har någorlunda koll på vad en liten människa behöver för att växa upp till en tillräckligt hel vuxen och det är helt enkelt för många grejer att försaka.

"Bajs!" säger Linus. "Hon har inte Siri."

"Vad då?"

"Det finns en väg att ta sig förbi kodlåset, men den går via Siri och Hedda har avaktiverat Siri."

"Nu kanske man i och för sig inte behöver någon virtuell vägvisare", säger Ralf, "om man har en inre gestalt som kommunicerar med en hela tiden."

Linus skrattar inte.

Skylten som hälsar välkommen till Botkyrka svischar förbi utanför bilfönstret - *Botkyrka, långt ifrån lagom*. Det borde i runda slängar vara trettio mil kvar till Karlstad. Ralf vilar huvudet mot nackstödet. Gittans parfym har krupit in i näsan och lagt sig elakt tillrätta mot slemhinnorna. Mulle, tänker han, vem i helvete är Mulle? Och vad vill han Hedda?

"Hej Barbro", säger Linus. "Ledsen att jag ringer så här sent, men jag kommer inte till jobbet idag. Det verkar inte bättre än att jag har åkt på halsfluss."

Kapitel sju

Patrik Östergren ställer ifrån sig en flaska öl på bordet framför sig och säger: "Jaha, om en vecka fyller man fyrtio. Vem hade trott att man skulle leva så länge?"

De sitter i de vita trädgårdsmöblerna i syrenbersån. Östergren har köpt med sig en tunnbrödsrulle från gatuköket. Som om han avser att stanna länge har han placerat en hel kasse med öl under bordet. Nyss tog sig Stefan Ålinder friheten att svara i Håkans telefon. Naturligtvis är ingenting av det här acceptabelt. De är inte välkomna hit, men det är ingenting Håkan säger till dem.

Besvärat plockar han med sina glasögon för att lägga dem tillrätta. Östergren skyfflar in korv och pulverbaserat potatismos i ansiktet. Till sin hjälp har han en liten genomskinlig gaffel i plast. Han ser vulgär ut när han äter på det där viset. Håkan vill be honom att åtminstone hålla munnen stängd medan han tuggar.

"En vecka, vem har sagt att du lever om en vecka?" bullrar Ålinder. "Eller vad säger du, Mulle? Tror du råttorna lämnar oss i fred efter det som hände på midsommar?"

"Det kan jag inte svara på."

Östergren smaskar, munnen full av mat.

"Nej eller hur. Du kan inte svara du. Man undrar ju i sitt stilla sinne om det någonsin har kommit något av intresse ur din hämmade käft?"

Potatismos blandat med saliv och snus framträder i hans munhåla. Det smutsiga håret är för långt och skjortan solkig på kragen. Håkan vänder bort blicken. Han känner sig besvärad och andningen är tung, trots att han inte har utsatt kroppen för någon fysisk ansträngning.

Bittert ångrar han infallet att mellan två kundbesök åka förbi hemmavid för att plocka fram fläsket ur frysen. Det var med stor belåtenhet han svängde in på uppfarten, styrkt av telefonsamtalet där aftonens middagsmöte fastställts. Östergren och Ålinder måste ha lurpassat på honom för enbart ögonblick efter hans ankomst parkerade de utanför fastigheten.

Ålinder flinar.

"Nu ska vi inte vara såna. Du kommer väl ihåg att det var något som vi skulle prata med Mulle om i dag. Det var ju därför vi kom hit."

"Ja men han får väl tåla skämt. Inte sant, Mulle? Visst förstod väl du att jag bara skojade med dig? Du och jag är ju kompisar. Vi går långt tillbaka, det ska gudarna veta. Inte sant? Högstadiet närmare bestämt."

Östergren lägger en hand på Håkans axel och smiskar honom hårt med handflatan ett par gånger. Ålinder tar några klunkar öl ur sin flaska och rapar sedan ogenerat.

"Där ser man, det var mer än vad jag visste", säger han. "Att ni två har känt varandra så länge. *Best friends from high school* som man brukar säga."

Flinet uppehåller sig i hans mungipa och det är påtagligt att han upplever det anglosaxiska citatet i den här kontexten som särskilt fyndigt.

"Jodå", skrockar Östergren. "Herrejävlar vad vi har varit med om mycket tillsammans, Mulle. Minns du när du kärade ner dig i den där bruden från Kristinehamn? Hon som flyttade till Stockholm sedan. Vad var det hon hette? Jackie, va? Jo, Jackie hette hon. Kommer du ihåg henne?"

Han blinkar mot Ålinder, stoppar det sista av sin tunnbrödsrulle i munnen och torkar sig sedan med baksidan av handen. Håkan börjar känna sig opasslig. Det har tjocknat i halsen. Kanhända är han för varmt klädd. Utan egentlig hänsyn till sommartemperaturen bär han skjorta, långbyxor och fars eleganta Cheaney Arthur.

Först ett antal år efter fars bortgång förmådde Håkan ta de exklusiva skorna på sig. Han begriper mycket väl varför han väntade så länge. Det är förvisso enastående skor. Faktum är att de stundom ger honom upplevelsen av att förfoga över fars kraft.

Emellertid var det förstås just vad den handlade om, hans tvekan. För vem är han att göra anspråk på det som tillhör far?

Han viftar bort en fluga som uppehåller sig på kanten av tallriken och kan konstatera att skorna just i dag verkar ha gått miste om sin magi. Kraften har lämnat honom och vad som är kvar är sannerligen inte mycket att vara stolt över.

Han reser sig hastigt från stolen.

"Ursäkta mig. Jag är dessvärre nödgad att..."

Ofrivilligt gör hans plufsiga ansikte en grimas, hastig, som ett tics. Han känner det. Med klumpig koordination rättar han till glasögonen på näsan. Östergren garvar, sätter i halsen och harklar sig på sitt grova sätt.

"För all del, Mulle, gå och pissa du. Men sen tycker Steffe och jag att det är hög tid att vi gör lite affärer."

"Får jag fråga hur stor summa ni kommer att yrka på den här gången?"

"Tjugotusen riksdaler, tänkte vi", svarar Östergren. "Och då menar vi alltså tjugotusen *var*. Fyrtiotusen närmare bestämt. Inklusive moms."

"Det är förvisso ett avsevärt högre belopp än det ni begärde när ni sist var här."

Stefan Ålinder fattar överraskande tag i hans arm, håller den i ett fast grepp. Det hör inte till det vanliga att han går till handgripligheter.

"Nej men vänta lite här nu Mulle", väser han alltmedan fattningen om köttet hårdnar, "inte vill du väl att vårat lilla filmklipp ska komma i orätta händer? Farbror polisens händer till exempel. Det skulle väl inte vara så roligt, va?"

Håkan studerar trädgårdsbordets underrede och sväljer hårt.

"Naturligtvis inte", säger han och lägger märke till att rösten har erhållit en vansklig biton. "Jag ska bara..."

Ålinder släpper taget. Det ömmar märkbart i armen och skjortans tyg är skrynklat. Besvärat förflyttar sig Håkan över gräsmattan, väl medveten om att de båda männen roas av hans oduglighet.

Med fotsteg han hade velat göra osynliga passerar han brunnshuset, redskapsskjulet och boden innan han når mangårdsbyggnaden. Runt omkring trädgården står skogen tät av gran och tall, björk och asp. En bofink sjunger från en gren. Den intensiva doften av nyklippt gräs letar sig in i Håkans näsborrar, men han förmår inte njuta.

Det är tredje gången som de här två herrarna kommer för att idka utpressning i samma ärende. Håkan önskar naturligtvis att han hade tillämpat större aktsamhet och avstått ifrån att, om än bara för några få minuter, lämna bilen och dess intresseväckande innehåll ur sikte. Då hade de inte haft den här synnerligen förargliga hållhaken på honom.

Med tunga steg kliver han upp på verandan och vidare in i farstun. På den sträva hallmattan blir han stående några sekunder, obehaget sipprande från huden. Östergren hade mage att föra Jackie Lundström på tal. Han undrade ifall Håkan kommer ihåg. Hur skulle han ha kunnat glömma?

Toalettdörrens handtag knarrar svagt när han trycker ner det. Under det att han sitter med byxorna nere och tömmer tarmen på sitt lösa innehåll infinner sig minnesbilderna med plågsamt distinkt skärpa, likt filmklipp på hans näthinna.

Håkan avskyr vad kvinnor som Jackie Lundström gör med honom. Hon var sexton år och hon valde att klä av sig. De tjugofyra år gamla minnena tvingar honom hela vägen tillbaka till det där flickrummet i kedjehuset på Trädgårdsgatan. Han ser hennes långa sensuella hår framför sig, de nakna yppiga tonårsbrösten, den villiga blicken. Vad hon valde att säga till honom bekräftade synintrycken, liksom det svaga leende som uppehöll sig i hennes ansikte.

Han kunde inte tro att det var sant, detta att hon valt ut just honom. Samtidigt hade han knappast råd att tveka. Ett efter ett föll hans egna plagg till golvet och där stod han med ett rejält stånd och en blottad kropp som han borde skämmas över. Det var naturligtvis då lampan tändes och hon och hela klassen fick sig tidernas skrattanfall.

Håkan tvättar händerna med såptvålen. Ilsket röd skriker huden under det skållheta vattnet. Vass handduksfrotté river mot skinnet. Han hänger tillbaka det sträva tyget på kroken och går ut i farstun.

Kapitel åtta

Torsdag vid halv två

L ycka till nu killar", säger Gittan när hon släpper av dem utanför Eskilstuna Central-station. "Hoppas du snart hittar din syster, Ralf. Och som jag sa – hade jag inte haft min *Hot Rocks Massage* inbokad klockan sjutton hade jag kört er hela vägen."

Hon lutar sig ut och vinkar genom det ned-hissade fönstret. De besvarar hennes vinkning och följer bilen med blicken när den sakta puttrar ut ur synfältet.

Ralf skrattar till.

"Ja, hur många gånger sa hon det? Tio?"

Linus ler och de sjunker ner på en stenbänk i skuggan av stationshuset.

"Högst sju."

"Vad exakt är ens en *Hot Rocks Massage*? Det låter som en drink. En whisky on the rocks som liksom masserar sin väg ner genom kroppen."

Han lirkar upp ett illa medfaret paket Stimorol ur framfickan på jeansen, klämmer ut tre tuggummin och stoppar dem i munnen. Linus skakar på huvudet när paketet viftas framför hans ansikte. Han är fullt upptagen av sin mobilskärm.

"Nästa tåg till Karlstad går 14:09", säger han samtidigt som en hemmasnickrad husbil rullar in på stationsområdet framför dem och parkerar en bit därifrån. "Ska jag boka återresa eller bara en väg?"

En man i femtioårsåldern kliver ut ur det spektakulära bilbygget. Han har militärgröna shorts och bar överkropp, hatt i läder över ett blont hårsvall. Bilen är ursprungligen en flakbil, påbyggd med virke som hämtat från en waldorfskola. Ett spektrum av pastellfärgade brädor formar en kupol med tak av plåt och runda spröjsade fönster.

Mannen försvinner in på Pressbyrån. En kvinna uppenbarar sig bakom fordonet. Hon sliter upp en gisten dörr som verkar ha funktionen av en baklucka. Ralf tänker att hon skulle kunna gå på cellgifter för huvudet är skalligt och hon ser rätt spinkig ut i de stora snickarbyxorna. Anletsdragen är mörka och han gissar att hon har sydeuropeiskt ursprung.

"Med återresa eller enkel?" säger Linus.

"Hej!" säger kvinnan.

Hon ler mot Ralf och hennes leende avslöjar inga tecken på sjukdom. Han höjer handen till hälsning. Med en nyfunnen svart- och vitrutig tygväska i nypan drämmer kvinnan igen bakluckan. Hon gräver fram en svart kepa och sätter den på sitt hårlösa huvud.

"Utan hemresa", säger Ralf till Linus och sedan med högre röst: "Cool bil. Har ni byggt den själva?"

Kvinnan stannar upp i steget, vänder sig mot dem.

"Vi hittade den på Blocket igår. Kom så får du se inuti."

Han reser sig och följer efter. Linus sitter kvar. På andra sidan fordonet är en valvformig dörr med ett stort snirkligt handtag. Det ser ut som en port rakt in i sagornas värld. Och när kvinnan trycker ner handtaget och öppnar dörren, uppenbarar sig helt klart någonting utöver det vanliga. Han kliver upp och blir häpet stående i dörröppningen.

Mitt på golvet är en stor säng bäddad med generösa mängder färgglada bolster och kuddar. Undertill har den draglådor tillverkade av drivveds-liknande virke och utsmyckade med beslag i gjut-järn. Golvytan täcks av trasmattor och fårskinns-fällar. Fönstren ramas in av skira gardiner i turkost och på hyllor runt om i bilkroppens rumsliknande innanmäte är prunkande växter och travar med pocketböcker säkrade med vajrar. Det finns till och med ett litet pentry med spisplattor och kylskåp.

"Riktigt najs", konstaterar Ralf. "Wow!"

"Ja eller hur!" utbrister mannen som nu slutit upp bakom kvinnan utanför på asfaltsbelägg-ningen. "Det här är vårt nya liv. För några dagar sedan, heltidsjobb och elräkningar. Nu – hippiebil och oceaner av frihet."

"Så ni har semester?"

Mannens ansikte spricker upp i ett triumferande smajl.

"Nej vi har sagt upp oss. Sålt rubbet. Klivit ur livspusslet. Det var dags nu."

"Vi fick den med inredning och allt för fjorton tusen", fyller kvinnan i. "Som Petter sa, det var dags för oss att göra något crazy."

Göra något crazy. *Om det inte händer något crazy snart kommer jag att somna in för gott.* Ralf biter sig i läppen.

"Så vart ska ni? Finns det plats för två fripassagerare på väg till Karlstad?"

***

Uttrycket i Linus ansikte kan ha att göra med att han köpt tågbiljetter som inte är återbetalningsbara. Det kan ha att göra med att de inte hann snacka ihop sig helt innan Ralf fixade in dem i en trång förarhytt tillsammans med ett främmande medelålders par som beter sig lite som om de har rökt på.

"Jag swishar dig för biljetterna. Släpp det där nu."

Han puttar till Linus som demonstrativt stirrar ut genom fönstret. Yasmin skrattar. Yasmin, det är vad hon heter, kvinnan som är gift med Petter och som fött tre nu vuxna barn, jobbat arton år som ambulanssjuksköterska och för fyra timmar sedan rakade av sig håret. Nu pekar hon på sin telefon där en brunsvart hund framträder på skärmen.

"Där är han. Kenneth. Valpen vi ska hämta i Alingsås."

Ralf betraktar Kenneth från Alingsås. Han ser ut att ha attityd. Han ser ut att kunna lämna djupa köttsår efter sig ifall man inte är lite aktsam med de där huggtänderna. Yasmin pussar på skärmen och ger ifrån sig ett jämrande läte.

De sitter tätt tillsammans, fyra kroppar på ett säte avsett för tre. Solens strålar värmer bilens kupé genom fönsterglaset. På radion avlöser de söndertuggade hitlåtarna varandra och programledaren tvekar inte att hänga ut sin morsa och sin flickvän och barndomsvännen Beppe i mellansnacket.

"Skön låt det här", säger Petter som för ett par dagar sedan ritade sitt allra sista kök på Marbodal och nu trodde att han var på väg till Alingsås för att hämta en valp men istället inser att han är på väg till Karlstad för att någon random killes syster eventuellt befinner sig där. "Riktigt skön låt."

Linus föreslår att de ska göra ett nytt försök att få tag på Mulle. Han säger det med ett tonfall som antyder att han har valt att släppa irritationen och gå vidare. Ralf nickar och bläddrar fram numret i sin telefon. Strax sitter han med uppringningstonen tutande i örat.

"Antag att Mulle inte har lust att berätta någonting för oss om vem han är eller vad det är som har hänt", säger Linus, "hur ska vi då få veta var Hedda är?"

"Den här gången berättar han", viskar Ralf tillbaka, varpå en röst i hans öra säger: *Personen du söker kan inte nås för tillfället. Var vänlig, försök igen senare.*

Kapitel nio

Alltsammans ryms i den oansenliga kista där mor en gång förvarade sybehör och stuvbitar från textilier. Möbeln är kolorerad i en matt brun nyans med slitna målningar i en bård runtom. Med varliga fingrar fäller Håkan upp locket och plockar upp sakerna, en i taget, för att placera ut dem på golvet framför sig. Det här har blivit något av en ritual, ett förfarande han upprepar, ibland flera gånger om dagen.

Stefan Ålinders och Patrik Östergrens oangenäma visit har fått honom ur balans. När de nu sent om sider har givit sig av behöver han samla sig innan han är i stånd att återvända till arbetet. Han har en tidsmässig lucka på fyrtiofem minuter innan han förväntas infinna sig på Kronoparken för en enklare felsökning hos researrangören Tur&Retur.

Likt ett barn sitter han, med benen korslagda. Golvtiljorna är hårda mot baken men det besvärar honom inte. Han börjar med klänningen, blek i sina toner och materialet tunt och lågmält. Mer än något av det andra bär klänningen Alices essens. Han smeker med handen över tyget och drar in doftpartiklarna i näsan. Ofördröjligen går pulsen ner.

Alice. Håkan älskade att vara hennes. Deras kärlek var en katedral, en saga, ett skimmer av guld. Hon öppnade sig för honom. Han blev hennes utvalda och hon kallade honom Håkan. *Håkan* är den han hade kunnat bli. *Mulle* var den han blev. Hon såg den han hade kunnat bli. Det kändes i hennes andning att hon såg och hennes tillit var gripande.

Redan när han fick syn på henne första gången förstod han att hon var den som han hade letat efter. Han visste att hon var den rätta. Det var tidigt på våren. April hade tagit sina första steg över det vintertrötta landskapet, sträckt sig ut, blåst in liv och lockat allt levande till närvaro och omsorg.

Håkan färdades som vanligt, registrerade hur våren strukit sin märkvärdiga lyster över åkrar och fält, över land och vatten. Ner i den ännu hårda jorden bland sömniga maskar och kryp hade våren letat sig in och mellan de rödfärgade timmerstockarna i husen längs landsvägen hade den fått fäste.

Himlen var en annan den dagen – ljusare och på något vis mer uppmuntrande. Ett försynt solsken kikade fram mellan mjölkvita molntussar. Träd och buskar stod ännu nakna och avvaktande men inombords skälvde de av lust och passion. Bara några veckor senare skulle gröna bladbarn sättas till världen och landskapet fyllas av oändlig grönska och väldoft.

Det var en tisdag mitt i denna bekymmerslösa vårberusning som Håkan parkerade sitt fordon på en bensinstation med intentionen att uppbringa en kopp kaffe. Hon kom gående längs en angränsande cykelväg. Långa testar av ljust lockigt hår stack ut under den tätstickade vintermössan och hon bar långbyxor och vita gymnastikskor till sin ljusa dunjacka.

En smärta låg inbäddad i hennes anletsdrag, djup och alltför tung att bära. Han ville bära smärtan med henne. Han ville trösta och skydda. Från sin utkikspost på parkeringen såg han henne stanna och plocka fram sin mobiltelefon ur jackfickan. En kort stund blev hon stående med telefonen i handen. Hon betraktade någonting på skärmen. När hon var klar stoppade hon tillbaka mobilen och började gå igen.

Han tänkte att hennes rörelsemönster var som hos en gammal, strävsamt och nästintill motvilligt, men med trotset hos en ung människa. Det fanns i blicken, det där trotset, och det lockade honom, väckte hans längtan efter att få vara hennes.

Håkan drar efter andan. Föremål efter föremål lyfter han upp ur kistan, smeker, kysser, andas in. Det här är vad som är kvar av deras kärlek - klädesplaggen, halsbanden med hängen av metall, handväskan i grönmelerad läderimitation, gymnastikskorna, böckerna, prydnadssakerna. Ögonen fuktas och han måste blinka för att återfå behärskningen.

När döden närmade sig var det i hans armar hennes kropp vilade. Hans händer var de sista som rörde vid henne, hans röst den sista hon lyssnade till. Den är bra djävlig, döden, och samtidigt begriplig – fast och omedgörlig som en far.

Kapitel tio

Torsdag vid tretiden

Ralf minns inte var gorillan kom ifrån men han är ganska säker på att hon inte hade den med sig från adoptivfamiljen. Troligen var det morsan som köpt den. Eller farmor. Det var en ganska motbjudande apa med ett stort plastigt grin och päls som tovat sig av blöta utomhusvistelser och matrester. Under sina första år i familjen bar Hedda runt på apan i det närmaste oavbrutet. Josen kallade hon den. I perioder skulle den ha egen tallrik vid matbordet och tårta på sin namnsdag. Exakt när Josen hade namnsdag lät morsan vara lite upp till Hedda, eftersom namnet saknades i almanackan.

Det luktar svagt av diesel i förarhytten och bilstereon spelar Guns N' Roses. Längs vägen skyltas det mot Filipstad. Petter sjunger med i *Sweet child o' mine.* Det är han som har valt CD-skivan ur traven i handskfacket. Ralf tänker på en av alla gånger de hade loppis där hemma på Rimbertsvägen.

I vanlig ordning var det Wendela som styrde och ställde, satte priser och möblerade de uttjänta leksakerna, CD-skivorna och vältummade serietidningarna rätt på bordet. Det var också hon som skötte snacket med kunderna, tog emot pengarna och stoppade ner dem prydligt i den blommiga skokartong som agerade kassaskrin.

Hedda, som kan ha varit i sjuårsåldern, var fullt upptagen av sin Tamagotchi när en barnfamilj kom fram till bordet. En kille i dagisstorlek grabbade tag i gorillan. Hedda hade placerat den i en matstol för småbarn som de fått tillåtelse att sälja. Ralf minns att familjen var blixtsnabba i sina köpbeslut och innan han visste ordet av hade de knallat därifrån med en trave pussel, några serietidningar – och Josen!

Wendela la belåtet ner intäkten i den blommiga skokartongen. Kidnapparna installerade sig i sin röda Volvo och brände iväg. Att Ralf så här arton år senare med säkerhet kan slå fast att bilen var just en röd Volvo beror naturligtvis på det big time drama som just tagit sin början.

I brist på orden som svek honom i stundens hetta började han gestikulera och ge ifrån sig strupljud. När det strax därpå gick upp även för Hedda att Josen blivit såld till främlingar, reagerade hon i det närmaste som en förälder hade gjort ifall ett barn blivit det. Såld till främlingar alltså. Hon skrek. Hon sprang ut på vägen. Hon kissade på sig.

Morsan kom rusande. När hon lyckats fånga in Hedda försökte hon lugna henne med kroppskontakt. Det fungerade inget vidare. Snart hade hon ålat sig ur greppet och befann sig ute på vägen igen. Först när morsan lovade att "jaga efter dem med bilen" fogade hon sig. Affärsverksamheten lämnades till Wendela och de satte sig i bilen alla tre. En actionfylld biljakt följde - för Hedda en emotionell pärs, för Ralf någonting som gränsade till underhållning.

Morsan uppvisade en imponerande företagsamhet den där dagen. Samt en oväntad respektlöshet inför trafikregler. Som en halvgalen biltjyv blåste hon fram genom Aspudden, upprepandes orden *Ser ni bilen? Ser ni bilen?* Ralf och Hedda hängde ut genom varsin nedvevad ruta och avsökte systematiskt området. När Ralf tänker tillbaka på händelsen har han svårt att få en uppfattning om hur länge letandet egentligen pågick. Rimligtvis kan det inte ha handlat om mer än fem eller max tio minuter.

Vid Aspuddens skola återfanns den röda Volvon. Pappan var i färd med att samla ihop familjen och låsa bilen. Något som på den tiden gjordes genom att vrida om nyckeln i låset. *Där är den!* skrek Ralf och morsan svängde upp och tvärnitade framför den storögda barnfamiljen. Snabbt och smidigt kunde den förlorade apan därefter återförenas med sin rättmätiga ägare och dagens räddningsaktion betraktas som slutförd.

Linus överarm sitter som klistrad mot hans egen. Guns N' Roses vill outtröttligt veta: *Where do we go? Where do we go now?* Ralf sväljer. För arton år sedan var det hennes gosedjur som saknades.

"Nej vet ni vad, den här motorvägen är ingenting för livsnjutare som oss", konstaterar Petter muntert och rattar av E18. "Nu mina vänner kör vi småvägarna."

"Inshallah", mumlar Yasmin medan hon beundrar valpbilderna på Kenneth och hans syskon i sin mobil.

Ralf besvarar Iduns *Wanted: Ralf Månsson* med en glad gubbe och två döskallar, varefter han stoppar tillbaka telefonen i jeansfickan.

De befinner sig på en idyllisk landsväg av medfaren asfalt, omgärdad av kohagar och sommargrönskande skogsdungar. Här är helt tomt på trafik. Det är närapå att man hör hur flugorna surrar bland koblajorna. Eftermiddagssolen strilar in mellan grenverken och jämsides med tankarna på var Hedda befinner sig kommer Ralf i kontakt med en lättviktig förnimmelse av lycka. Det är något med att färdas. Det är något med de svenska sommarvägarna.

Linus stryker bort ett skräp från sina jeansknän.

"Är det naivt att tro att Karlstadpolisen skulle kunna känna till Mulle?" frågar han.

"Det är i och för sig en riktig longshot", grimaserar Ralf. "Att de skulle veta vem det var bara genom att vi pratade om *Mulle*. Är det ens ett namn? Vad heter man om man kallas Mulle? Vet du det? Mullbert? Mullbjörn?"

"Definitivt inte Mullbert i alla fall."

"Hur som helst. Så snart vi kommer fram letar vi upp en polisstation. Det är värt ett försök."

Utanför bilfönstret har skogen tagit över landskapet. Istället för öppna hagar och sädesfält kantas landsvägen av tätvuxen vegetation.

Yasmin stönar.

"Alltså, finns det ingen annan musik?"

Petter byter tillbaka till skvalradion.

"Eller om vi ringer istället", säger Linus.

Ralf rättar till solglasögonen på huvudet.

"Jag föredrar IRL."

"Polisstationen har sannolikt stängt för dagen när vi kommer dit. Tar du över huvud taget det här på allvar?"

"Så klart jag tar det på allvar. Jag är här, eller hur? Vi är på väg, Linus. Vad mer kan jag göra?"

"Det finns väl en väldig massa mer som du skulle kunna göra. Hur kan du vara så oberörd? Jag fattar inte. Det är ju *din* syrra som är borta."

"Någon medfödd defekt kanske?"

Linus skrattar inte. Ralf biter sig på underläppen.

"Eller så tänker jag väl att det måste finnas en naturlig förklaring. Det finns typ alltid en naturlig förklaring."

Linus halar upp sin mobil och börjar googla. Polisens webbsida dyker upp på displayen.

"Och ifall det inte finns det då?" säger han. "Ifall det inte finns någon naturlig förklaring till att Hedda har varit borta i fyra dygn."

"Jag har inte släppt nätdejtingspåret", slår Ralf fast medan Petter följer en distinkt vänsterkurva med bibehållen hastighet. "Fast någonting är det ju onekligen som skaver."

Linus glider med tungan över smycket i läppen.

"Det är sjukt mycket som skaver, Ralf."

Kapitel elva

Det är sannerligen inte rimligt att de ska kallas värmlänningar, de här åsnepojkarna som har flyttat in hos Johannessons. Första gången Håkan såg dem nere på Ica ville han inte tro sina ögon. Deras svarthåriga kalufser hör inte hemma i Eriksfors, lika lite som det primitiva tungomål som kommer ur deras munnar. Ja, inte är det värmländska, den saken är klar.

Valet att öppna gränserna och välkomna alla och envar att snylta på den egna välfärden är långt ifrån nytt. Det förödande politiska greppet har pågått i decennier. Den ena främmande folkgruppen efter den andra promenerar in på svenskt territorium. De tar sig friheter, ska ha rättigheter utan att för den skull åta sig några som helst skyldigheter. Som svensk förväntas Håkan visa respekt medan de ogenerat breder ut sig och tar över.

På 90-talet kom svartingarna som hyr av bonden. Varje morgon skymfar de den svenska flaggan genom att hissa den - som om den tillhörde dem. Tänk, vilken outsäglig fräckhet. Redan som tonåring spottade Håkan på deras brevlåda och tillsammans med far var han där ett par gånger och uppmanade dem att vända hem. *Ni är inte önskvärda här*, sa far på sitt rakryggade sätt. *Eriksfors är för svenskar*, tillade Håkan.

De gick till bonden också, ifrågasatte valet av hyresgäster, talade med grannar och med kommunstyrelsen. Ingen tycktes förstå allvaret. Istället vändes kritik mot far. *Solidaritet,* sa Ulrik Hermanssons hustru. *Direktör Mullberg måste lära sig att visa solidaritet. Det är krig i Kongo.* Enfaldiga argument finns det gott om. *Krig i Kongo? Hur skulle det kunna vara mitt bekymmer?* undrade far förnuftsenligt.

När mohammedanerna nu gjorde entré var far borta och tur var väl det. Hans blodtryck var högt redan som det var. De unga männen bor i Johannessons hus och de får fotbollsskor och påkostade märkescyklar som vilka tonårspojkar som helst. Vad Sören Johannesson och hans fru inte förstår är att det är de själva som är ute och cyklar.

Efter det snabbt avklarade uppdraget hos Tur&Retur på Kronoparken i centrala Karlstad har Håkan infunnit sig på huvudkontoret. Han har lyckats släppa Ålinder och Östergrens gemena trakasserier och kan istället fullt ut glädjas åt Heddas åstundande middagsbesök.

"Ska du inte ha lite dadelkaka, Mulle?" frågar Lukas Rask när han passerar pausytan. "Det är Nicke som bjuder."

Ett tiotal personer sitter i de gråa sofforna och stora fat med bakverk har placerats invid pentryts kaffemaskin. Det hela ser ovanligt smakligt ut.

I det senaste medarbetarsamtalet erhöll Håkan kritik för sin brist på medverkan i kollegiala aktiviteter. Det var förstås en löjeväckande an-

märkning. Han är här för att utföra en arbets-
insats, inte för att socialisera sig med övrig perso-
nal. Nåväl, för att ändå visa god vilja bestämmer
han sig för att smaka på Niklas Herbertssons kaka
tillsammans med de andra.

"Tackar", säger han och lägger för sig två
uppskurna bitar av bakverket på en grön porslins-
assiett.

Lukas Rask är reko trots allt. Under sina två år
som arbetsmiljöombud har han förespråkat en
arbetsplats där man ska kunna förvänta sig ett
anständigt bemötande. Håkan uppskattar Rasks
ansträngningar. Förvisso finns det fortfarande
kollegor som uppför sig vanvördigt, men i allmän-
het hälsar folk hövligt och i större utsträckning än
tidigare håller de sig för goda för att fara med
osanning bakom hans rygg.

I september är det ett och ett halvt decennium
sedan Håkan satte sin signatur på anställnings-
kontraktet. Många är de som har kommit och gått
genom åren. Trots att han alltid utfört ett klander-
fritt arbete har det funnits arbetskamrater som
gjort gällande att han skulle vara dålig för firmans
rykte. Den lille valpen Christian Hult gick så långt
att han kallade Håkan för ett rubbat högerspöke
som borde skjutas, men så blev hans provtjänst-
göring inte förlängd heller.

Självfallet har det funnits större planer för Håkan
inom företaget. Den ursprungliga målbilden var
alltid att han skulle ta över fars stol som
verkställande direktör. Vanmakten hos far var
påtaglig när Håkan nödgades lämna sina handels-

studier vid Stanford University. Att få en arvinge som kunde ta över firman hade varit hela fars syfte med familjebildningen, inte underligt att han var förtörnad. Firman skulle drivas vidare av en Mullberg som i sin tur skulle lämna över till sin avkomma. Så hade far alltid resonerat. Ordningen var naturlig och Håkan kunde inte annat än förbanna sig själv att han inte hade lyckats leva upp till fars, på alla sätt rimliga, förväntningar.

Följden av de besynnerliga bröstsmärtor som hemsökte Håkan under studietiden i USA blev inläggning på ett sjukhus av enkannerligen genant karaktär. Utan hänsyn till att smärtorna var uppenbart fysiska gjordes den felaktiga bedömningen att Håkan skulle ha drabbats av en "mental kollaps". När han till sist återvände till fäderneslandet hade far beslutat att han skulle tjänstgöra på golvet, en avgörande kapitulation men också en motiverad bestraffning.

Det skulle naturligtvis ha funnits möjlighet att slutföra studierna på ett annat universitet och där erhålla en examen, men att här ge Håkan en andra chans skulle obestridligen ha förvandlat far till en ynkrygg. Istället lämnade han över firman till sin gunstling Erik Wall-Gustafsson, vid tidpunkten ekonomisk strateg.

Håkan placerar sin kopp i kaffeautomaten, trycker i tur och ordning på knapparna märkta med *Nybryggt kaffe, Socker* och *Start*. Maskinen ger ifrån sig sitt sedvanliga brummande. Det doftar härligt när aromerna från bönorna frigörs. Håkan har alltid uppskattat en hederlig kopp kaffe med tillhörande bakverk. Han är medveten om att det sistnämnda är hans svaghet.

"Smarrigt", säger Roger Liljebäck som slutit upp bredvid honom i pentryt. "Fyller du år, Nicke?"

Håkan blir genast stel i närheten av Liljebäcks homofila uppenbarelse, en sorglig felrekrytering som svansar runt med feminina rörelser och på tok för tajta byxor. Stjärtpojkarna tycks vara av uppfattningen att de befinner sig i ett konstant Värmland Pride.

"Nej, jag tänkte bara att det var läge att fira. Du har väl läst senaste månadsrapporten? Du milde vilka siffror! Och dessutom är det ju snart helg, va?"

Håkan sneglar på Niklas Herbertsson som har slagit sig ner mellan Lukas Rask och fruntimret från kundtjänst. Han tar med sig kaffekopp och assiett och sätter sig i en av de lediga tygfåtöljerna invid soffbordet. Fikusen gör likadant.

Efter att ha rört ett varv i koppen och fått sockret att fördelas jämnt i drycken låter Håkan kaffeskeden glida genom kakan. En ganska stor bit för han till munnen. Det smakar ljuvligt mot gommen och han tar mer på skeden - en mun kaffe och sedan den välsmakande kakan. Det här har Niklas Herbertssons hustru fått till på ett föredömligt sätt. Han tar ytterligare en bit och lutar sig belåtet tillbaka mot fåtöljens ryggstöd.

"Schysst", säger Liljebäck. "Dadelkaka säger du, är det Roholla som har bakat den?"

"Ja precis", replikerar Herbertsson. "Det är hans farmors recept. Hon är kvar i Afghanistan, men vi har kontakt de dagar som de har uppkoppling i byn."

Det vänder sig i magen. Håkan ställer ifrån sig fatet med en halv kaka kvar på assietten. Redan informationen att bakverken innehöll dadlar indikerade naturligtvis att allt inte står rätt till. Han vill springa ut på toaletten och vomera, men blir kvar. Som förstenad lyssnar han till samtalet i soffan.

"Jaha, så ni tar hand om en ensamkommande?" säger fruntimret från kundtjänst. "Har han bott länge hos er?"

"Det blir fyra år nu i höst. Han var bara tolv när han kom, men i våras gick han ut nian med A i nästan allt. Han vill bli ögonläkare. Va? Det hade ju varit roligt om någon av våra egna ungdomar hade haft såna ambitioner. Min äldsta, Adam, blir arton i oktober. Han säger att *man behöver faktiskt inte några betyg för att lyckas som influencer.*"

Herbertsson och flera av de andra drar på munnen. Håkan dricker av sitt kaffe. Äcklet som han försöker dölja skapar ryckningar i ansiktet. Han är medveten om när det händer men kan inte hejda det. Hjärtat slår hårt och en brännande smärta fyller hals och bröstkorg. De har lurat honom - Rask, Herbertsson och de andra. Han har låtit sig förnedras igen och nu sitter de här allesammans och gottar sig över hans nederlag.

Håkan biter ihop käkarna. De hade lika gärna kunnat servera honom fekalier och det vet de. Inte en gång vetskapen om Heddas förestående besök kan mildra hans olust. Ryckningarna tilltar och han reser sig ur fåtöljen.

Kapitel tolv

Torsdag vid fem - halv sex

I utkanten av Karlstads själva samhälle ligger ett förfallet magasin i sliten rödfärg. Ena kortsidan är nästan helt söndervittrad och halva taket ser ut att ha rasat in. Precis intill byggnaden är en mindre kulle belägen, utsmyckad likt en prinsesstårta med fyra träd som ljus uppepå.

"Kanon!" utbrister Petter. "Här har vi det."

"Här har vi vad då?" undrar Yasmin - och Ralf undrar väl lite samma sak.

Petter styr av landsvägen och in på den igenvuxna grusväg som löper längs med magasinet.

"Det perfekta natthärbärget", säger han. "Killarna kan låna våra sovsäckar och slagga i ladan. Jag skulle säga att det här är så nära ett campingtält vi kan komma."

Grenarna från ett gulblommigt buskage skrapar mot husbilens sida när de kör förbi. Vid foten av den tårtliknande kullen stannar Petter och slår av motorn. Linus höjer på ögonbrynen, men Ralf har ingenting emot lite enklare logi.

Att sova utomhus är lika onaturligt som att gå naken, sa Hedda en gång. Även om påståendet haltade på flera punkter valde Ralf som vanligt att ta hennes parti. Hon var elva och stod inför vad hon själv tycktes upfatta som en förnedring av rang. Tillsammans med de övriga femmorna planerade hennes klass en skolresa ut i vildmarken. Under tre dagar var tanken att eleverna skulle få lära sig att göra upp eld, spåra vilda djur samt hitta ätliga växter. Övernattningen skulle ske i vindskydd.

Hedda ville inte åka. Hon grät och snorade så att utrustningslistan som hon höll i handen blev alldeles fläckig – en omfattande förteckning med artiklar som *vattentäta stövlar, skavsårsplåster, kåsa, myggmedel, ett glatt humör...* De satt i den L-formade soffan hemma på Rimbertsvägen, morsan, farsan, hon och Ralf. Mellan hulkningarna sa Hedda saker som: *Om jag hade haft astma hade ni aldrig låtit mig åka. Jag önskar jag hade astma!* Och: *Om ni vill tvinga mig att sova i vindskydd kan ni lika gärna avliva mig här och nu.*

Det här var deras tredje barn så varken morsan eller farsan gick i taket. Med bibehållet lugn menade de att det skulle vara *utvecklande* för Hedda att följa med på skolresan. Framför allt morsan tryckte på vikten av att gå utanför sin trygghetszon. Då sa Ralf att det faktiskt var rätt viktigt att sätta gränser också. Han sa att det var Heddas rätt som kvinna att bestämma vad som skulle hända hennes kropp och under vilka omständigheter den skulle sova på natten.

Efter väldigt många om och men minns han att de gick till Hägerstenshamnen och käkade mjukglass. Morsan ringde upp klassläraren och skarvade ihop någon story om att Heddas adoptivföräldrar, som vid den här tidpunkten fortfarande var de juridiska vårdnadshavarna, fullkomligt hade motsatt sig hennes medverkan i det strapatsrika äventyret.

En lite sträv känsla i mellangärdet gör sig påmind varje gång som Ralf nu tänker på Hedda, ett tyst oväsen som ligger på i bakgrunden. De har klivit ut ur bilen. Påflugen klorofyll upptar inandningsluften. Han lägger märke till en knallgul fjäril som har landat i brättet på Petters hatt. Naturen är väl egentligen inte Ralfs grej men nu var det riktigt skönt att sträcka på benen.

Petter föreslår att de ska installera sig uppe på det lilla berget så länge. Under tiden ska han ställa i ordning middagen i husbilens pentry. Linus och Ralf plockar med sig varsin färgglad pläd som Yasmin räcker dem och följer henne sedan de få stegen till toppen av kullen.

"Petter hade faktiskt rätt", säger hon när de står där uppe. "Det är bra energier här. En perfekt plats att inta en måltid på."

Omsorgsfullt breder hon ut pläd efter pläd över marken. Den bruna blicken omgärdas av flertalet streck och även i pannan har hudens linjer permanentats. Parallellt med de fysiska ålderstecknen tänker Ralf att det finns en slags tidlöshet omkring Yasmin. Han skulle gissa att hon är typen som aldrig riktigt underkastat sig en specifik ålder.

"Kanske har Petter varit här förut?" föreslår Linus. "Rastat här i något annat sammanhang."

Yasmin plockar bort några kottar och slätar ut ytterligare en pläd i det som blivit till en cirkel av färger.

"Nej, det tror jag inte", säger hon. "Han går på instinkt."

Ralf blickar ut över sädesfälten. Ickefysiska gestalter, tänker han. Karlstad. Mulle. Steffe. Josef. Kopplingen till Hedda. Han kliar sig i huvudet. Det är ju inte som att hon har försvunnit utan att höra av sig. Hon ringde faktiskt. Och skickade sms. *Det har hänt en grej*, skrev hon. När blev det lag på att gå in i detaljer?

"Mina damer och herrar", ropar Petter från grusvägen. "Ni fattar inte vilken tur ni har. Låt mig presentera mina oemotståndliga persiska piroger."

Upp för backen kommer han balanserande på en stor bricka. I mitten av cirkeln ställer han ner den. Här finns mycket riktigt ett fat med piroger men också en skål med rostade nötter och fyra öl. Det är av allt att döma inte bara Petter som går på instinkt. Också Ralf prickade rätt bra när han fick för sig att de skulle lifta med de här människorna.

"Petters paradrätt", ler Yasmin. "Han stod till halv ett i natt och gjorde dem."

Hon slår sig ner. De andra gör likadant.

"Hugg in!" säger Petter. "Det är Yasmins mamma som har lärt mig."

Ralf väljer ut en av de välfyllda pirogerna från brickan. Han tar en tugga men blir förvånad över att den är så pass mild i smaken. Det vet ju varenda människa att käk från Mellanöstern ska vara kryddstarkt.

"Verkligen jättegoda piroger", säger Linus på sitt väluppfostrade sätt.

Ralf öppnar en ölburk och tar några klunkar av den iskalla drycken. Om det är något som smakar sommar så är det en kall öl en varm augustikväll.

"Berätta nu", säger Petter med mat i munnen. "Hur gick det till när din syster försvann?"

Ralf torkar sig om läpparna med handflatan.

"Alltså, nu vet vi ju i och för sig inte om hon verkligen är försvunnen", säger han. "Hedda bor i samma kollektiv som oss och det är några dagar sedan hon var hemma. Egentligen är det väl inte så mycket mer än så."

"Jag skulle säga att det är betydligt mer än så", kontrar Linus och redogör sedan utförligt för var och en av de händelser, hypoteser och långsökta gissningar som ligger till grund för att de befinner sig i Värmland just nu.

Ralf känner sig trött. Trött på Linus som haussar upp allting och trött på att känna sig förvirrad. Om han rent hypotetiskt hade varit en seriefigur skulle tankebubblan ovanför hans huvud vara fylld av en lång rad med frågetecken. Om han varit en seriefigur skulle tankebubblan i nästa serieruta antagligen vara fylld av en rad Z:n.

"Det är inte likt henne att bara ge sig iväg så där", hör han Linus säga. "Ralf och jag vet ju verkligen ingenting om den här Mulle, men i morgon ska vi gå och prata med polisen. Vi hoppas att de ska kunna hjälpa oss att hitta honom. Ja, och Hedda förstås."

Yasmin böjer ner huvudet och gnager tankfullt på sin pirog. När hon höjer blicken ser hon rakt på Ralf. Allvaret som tagit plats i hennes ansikte får honom att haja till. På något sätt gör det här nya uttrycket henne till en helt annan person.

"Jag tvekade att berätta det här förut", säger hon. "Vi var ju helt nya för varandra och jag brukar behöva lite tid att känna in folk innan jag öppnar mig. Men jag hade en dröm i natt och när du sa tidigare att ni letade efter din syster, då tänkte jag direkt på den där drömmen."

"Yasmin är lite av en häxa", blinkar Petter. "Hon ser grejer."

"Åh fan", säger Ralf och stoppar in det sista av pirogen i munnen.

Yasmin knycker med huvudet.

"Tror ni på drömmar?" frågar hon. "Tänker ni att drömmar kan berätta saker för oss? Om vad som väntar eller hur livet ser ut, menar jag."

"Kanske", säger Linus diplomatiskt.

Innan Ralf har hunnit flika in med någon jungiansk referens kring arketyper eller helt enkelt säga att nej, det gör han faktiskt inte, fortsätter Yasmin: "Min känsla säger mig att drömmen kan ha handlat om din syster och den här Mulle. Kanske visste jag undermedvetet att jag skulle träffa på er. Drömmen kan ha varit ett omen, om ni förstår vad jag menar."

Ett omen? Är det här hon ska plocka fram sin kristallkula och börja spå dem? Eller i brist på kristallkula ta sig en titt i lite vanlig hederlig kaffesump. Vid närmare eftertanke kan det vara precis vad de behöver. Sett till de diffusa konturer som sökandet haft hittills skulle de definitivt varit hjälpta av lite hokus pokus.

"Vad drömde du?" frågar Linus.

"Jo, det var en ung kvinna som klättrade på husväggen. Ett skrapande ljud mot teglet. En andfådd ängslan. Jag öppnade fönstret och såg ingen mindre än Zahhak slingrandes efter henne längs fasaden."

"Zahhak?" undrar Linus.

"I landet mina föräldrar kommer ifrån beskrivs han som en drake. Zahhak är varken människa eller djur. Han har tre huvuden och sex ögon. Och han har skrivit kontrakt med djävulen."

"Hoppla", skrattar Petter.

Yasmin ser allvarlig ut, fastän hon berättar sagor. Ralf har just tagit en andra pirog från fatet men lägger den ifrån sig. Han är inte hungrig.

"Från början var Zahhak en helt vanlig pojke", fortsätter Yasmin, "men han förhäxades skulle man kunna säga och blev till den här desperata figuren."

"Spännande", nickar Linus. "Jag läste trettio poäng etnologi på universitetet för ett par år sedan. Sägner och myter är verkligen intressant."

"Du måste hitta din syster", säger Yasmin till Ralf utan att verka ta in vad Linus pratar om. "Ifall det är så att hon har träffat på Zahhak, då finns all anledning till oro."

Ralf grimaserar.

"Ifall det är så att hon har träffat på en drake med tre huvuden och sex ögon, menar du?"

Petter ger honom ett spefullt flin.

En lång stund blir de sittande utan att särskilt mycket blir sagt. Petter går iväg för att hämta fler öl ur kylen. Linus grejar med sin mobil. Yasmin drar handen längs med sitt huvud.

"Jag saknar mitt hår", säger hon.

Ansiktsuttrycket har återgått till det normala. Spådamen är borta och en vanlig kvinna sitter här, en före detta ambulanssjuksköterska, en morsa, en fru. Ralf tittar frågande på henne.

"Du saknar ditt hår?"

Hon skrattar.

"Ja, det är förstås helt vansinnigt att jag säger det. Och att jag säger det nu."

"Ja lite faktiskt."

Kapitel tretton

Hortensian blommar vid husknuten och i inhägnaden framför svartingarnas kåk har bonden släppt ut får. Håkan har skakat av sig olusten från den islamistiska kaffepausen och ånyo vänt blad. Den iver han hyser inför Heddas ankomst vet inga gränser. Kvällssolens strålar smeker ansiktet och han tar emot vid grinden. Det är andra gången de möts och han får svälja ett par gånger innan rösten är stabil.

"Följ med mig här så ska jag visa rummet", säger han och de är redan på väg in i huset.

Hon frammanar bitterljuva känslor hos honom. När hon kliver in i hallen och ser sig omkring med sina oskuldsfulla ögon vill han glömma hennes rätta identitet. Han vill förvandla henne till den hon så hänsynslöst mycket påminner honom om.

Alice.

"Håkan?"

De står kvar i hallen och hon betraktar honom undrande. Han nickar mot dörren till hörnrummet och gör en gest med handen att hon ska gå före in. Golvplankorna knarrar när hon rör sig över tröskeln. Givetvis ska hon få samma rum. Det är minsann ett ståtligt sovgemak, inrett med stram symmetri och naturnära färgskala. Doften dröjer sig fortfarande kvar här inne. Alices doft.

Håkan ställer sig avvaktande vid dörren, ser hur Hedda går fram till fönstret, drar gardinerna åt sidan och beundrar utsikten. Hon ler mot honom, skyggt men tillmötesgående.

Han anar gillande i hennes röst när hon säger: "Sjöglimt som mäklarna brukar säga."

Så förbluffande snarlik hon verkligen är - i anletsdrag och rörelser, i minspel och kroppskonstitution. Även Alice var fint byggd, ömtålig med närmast eteriska drag. Hon var lockigt blond med blek hy, nordeuropeisk i sin uppenbarelse.

Det var arton dagar efter att Håkan skymtat henne från bensinstationens parkering som han väntade på stigen utanför hennes fritidshus i närheten av Södra Hyn. Vid det här laget kände han till precis när hon hade för vana att gå på sina förmiddagspromenader. I veckor hade han observerat henne och bekantat sig med hennes rutiner.

Lövsprickningen hade nått längre nu och temperaturen var en annan. Håkan hade hängt av sig sin kavaj. Han bar den färggranna presenten i en vit papperskasse som han fått med sig från bokhandeln. Stugan där hon av allt att döma vistades permanent var rödmålad med vita knutar, belägen i utkanten av sommarstugeområdet.

Efter att ha låst ytterdörren placerade hon som vanligt nyckeln under mattan på verandan. Dagen till ära var hon klädd i en ärtig grön jumper till jeansen, inget ytterplagg. Det stora håret var samlat med ett gummiband i nacken och hon bar gymnastikskor. Håkan fick påminna sig om att hon fortfarande saknade vetskap om hans existens samt den starka tillgivenhet han hyste för henne.

Deras bekantskap hade inte inletts ännu, åtminstone inte sett ur hennes perspektiv.

"Ursäkta mig, fröken."

De var ensamma på gångstigen. Hon stannade framför honom och tycktes vänta på vad han hade att säga. Hennes ansikte såg äldre ut så här på nära håll. Blicken var trött och hyn gråaktig i sin ton. Smärtan härskade över henne, till synes inlemmad i allt det som var hon. Håkan ville bjuda henne att vila i hans famn. Han ville stryka bekymren från hennes axlar. Hos honom skulle hon bli trygg. Som ingen annan skulle han ta hand om henne.

Han öppnade papperspåsen.

"Jag söker familjen Gren", sa han och plockade upp presenten för att visa henne. "De ska enligt uppgift vara anträffbara på den här adressen och jag vill uppmärksamma min gamle skolkamrat Johan Gren på hans fyrtioårsdag."

Han kände sig nöjd med det lugn som hans röst förmedlade och med den smått genialiska idén att införskaffa en present. Gåvan gjorde hans lilla påhitt så mycket mer trovärdigt. Det var i det närmaste så att han själv trodde på bekantskapen med den fiktive herr Gren.

"Jag känner inte de här personerna", svarade Alice. "Jag känner ingen alls här i området. Ja, förutom Leffe och Pippi som jag hyr huset av."

Hennes röst var behagligare än han vågat drömma om, feminint späd och med en språkmelodi som han så här på rak arm hade svårt att koppla till en specifik dialekt eller landsdel. Han lät presenten glida ner i papperspåsen igen. Med långsamma steg började hon gå därifrån.

Dagen därpå såg han henne utanför ICA-butiken någon kilometer därifrån. Hon bar på en violett tygkasse utan tryck. Han stannade bilen och vevade ner rutan.

"God dag fröken, minns ni mig? Vi möttes igår och talade om familjen Gren."

Hon stannade till och såg skyggt på honom.

"Hittade du dem?"

"Nej, men jag är på väg dit nu för att göra ett andra och slutgiltigt försök. Kan jag erbjuda fröken skjuts?"

"Jag promenerar, tack."

"Det är naturligtvis förnuftigt av dig att inte kliva in i en okänd bil. Man kan aldrig vara nog försiktig i det nya otrygga Sverige som växer fram omkring oss."

Men hon var redan på väg därifrån.

Inte långt efter detta korta möte väntade han en bit ifrån stugan. Bilen hade han ställt bredvid raddan av brevlådor på asfaltsvägen. Lutad mot motorhuven stod han med presenten tryckt mot bröstet. Hon la inte märke till honom först, blicken i marken och uppmärksamheten riktad inåt.

"Så vi ses återigen", skrattade han.

Det sista han ville var att skrämma henne. Hon tittade upp. Uttrycket var skyggt men inte skrämt.

"Jaha."

Han sträckte fram presenten.

"Ta den du. Jag har just fått veta att familjen Gren sålt sitt sommarhus här i Sverige. De är sedan ett par år tillbaka bosatta i norra Tyskland."

Alices huvud knyckte till och någonting som Håkan tolkade som intresse uppträdde i hennes ansikte. Han tänkte att hon var nyfiken på vad det var för en gåva han erbjöd henne.

"Varför ska *jag* ha den?" sa hon men tog trots allt emot paketet ur hans framsträckta hand.

"Bara om du vill. Det är en bok om nordisk formgivning. Ifall du uppskattar den så är den din."

Han frågade sig själv om det kunde vara en tysk brytning hon hade. Och att det var därför som han, helt omedvetet förstås, hade valt att placera låtsasfamiljen Gren just i Tyskland. Varken förr eller senare har han upplevt sig själv som så socialt begåvad som den dagen. I efterhand har han tänkt att det handlade om Alice, att det var hon som skänkte honom den förmågan.

"Jaha, tack då", mumlade hon och ställde ifrån sig den iögonfallande färgstarka tygkassen på marken för att frigöra sina händer.

Hon drog av det guldfärgade snöret och öppnade presenten. Håkan njöt av att följa hennes fingrar med blicken när de rörde sig mot det strävа pappret. Senare skulle de äta kålpudding och potatis med gräddsås och lingonsylt. Han hade förberett allt.

"Jag heter för övrigt Håkan."

"Alice."

Alice – vilket bedårande namn. Han hade verkligen inte kunnat önska sig något bättre. Alice bläddrade i boken, betraktade fotografierna. Ett engagemang uppehöll sig i hennes ögon. Oväntat hostade hon, en rosslig illavarslande hostning som tycktes börja nere i lungorna. Håkan gissade att hon var rökare, ett ofog han i så fall skulle försöka sätta stopp för.

"Det var ena otäcka luftvägsbesvär du har ådragit dig, Alice. Är det månntro cigaretterna som är boven?"

"Nej, jag röker inte. Det här är bara en förkylning som inte verkar vilja ge med sig."

Han tänkte att en läkare skulle behöva undersöka henne. I över tre decennier har doktor Bertil Wallenstedt ansvarat för familjen Mullbergs hälsa. Far sjåpade sig aldrig över småsaker men när så behövdes var det alltid doktor Wallenstedt som kontaktades, i dag över åttio år gammal men alltjämt rådig i sina bedömningar.

Under veckorna som följde övervägde Håkan vid åtskilliga tillfällen att låta doktor Wallenstedt undersöka Alice. Hostan rev till slut så svårt att slemmet kom ut tillsammans med blod. Själv sa hon bestämt nej till att söka hjälp. Hon ville under inga omständigheter upprätta kontakt med vårdapparaten. Det handlade om hennes förflutna och Håkan valde att respektera det. Han vårdade sin älskade på egen hand. När allt var över kunde han inte förlåta sig själv för det valet.

Kapitel fjorton
Fredag vid halv tolv

Hedda gick i förskoleklass när hon kom hem och berättade att hon tillhörde en slags indianstam från Norrland. Hon hade arton syskon och föräldrar som var kungliga. Familjen hade björnar och ugglor som husdjur och pengar i stora skattkistor. Så mycket pengar hade de att de kunde resa vart de ville. *Min riktiga familj är tattare,* sa hon stolt.

De satt vid middagsbordet och Ralf minns att hon glittrade på ett särskilt sätt. Han minns att han undrade om det kunde vara sant att hon egentligen var en kunglighet. Farsan invände att ordet tattare var ett skällsord. Resandefolk hette det, menade han, eller möjligen romer. Morsan sa att det knappast var relevant och bad Hedda berätta vidare. De fick höra historier om en gammelfarfar som spelade dragspel och om en lillebror som sjöng så vackert att vilda djur blev tama.

Och min riktiga mamma, sa Hedda, *hon hade en häst som var så stor att alla barnen fick plats att rida samtidigt. Men så en dag kom en kvinna med en konstig tupp tatuerad på halsen och hon tog med sig mig och gav mig till Lisbet och Ola.*

Under en ganska lång period efter det där återkom Hedda till att hon egentligen inte hörde hemma i familjen. Om farsan bad henne att städa sitt rum eller ta mer av grönsakerna kunde hon titta kallt på honom och säga: *Du är inte min riktiga pappa, Torbjörn Månsson.* En gång när morsan och Wendela ville ha med henne på en joggingtur meddelade hon att hon skulle stanna hemma utifall att hennes familj kom för att hämta hem henne.

Det hände att Ralf oroade sig för att den spektakulära tattarfamiljen verkligen skulle infinna sig där hemma i radhusträdgården med sina smyckade vagnar, skattkistor och tama björnungar och ta Hedda ifrån dem.

"Tjena tjena!"

Den romska kvinnan utanför Willys i Karlstad har inga rötter i Norrland. Hon kommer från Rumänien och på den dassiga kartongskylten ber hon om pengar till sin gamla sjuka mamma. Linus tar upp ett par mynt ur sin plånbok och släpper dem i pappmuggen framför henne. Ralf har inga cash. Det slår honom hur avtrubbad han har blivit de senaste åren.

När de romska tiggarna började dyka upp utanför matbutikerna och tunnelbanenedgångarna fick han ont i magen varje gång han såg dem. Flera gånger köpte han fika till mannen vid Hemköp och första vintern lämnade han ett par filtar och en mössa. Nu kliver han lite nonchalant förbi kvinnan och hennes vädjan, som om hon var ett av butikens ointressanta medlemserbjudanden staplat vid ingången.

Att Hedda skulle vara romsk var förstås bara ett uttryck för en sexårings livliga fantasi. Majlin, som förövrigt ringt säkert tjugo gånger sedan de lämnade Hägerstensåsen, framförde i det senaste samtalet hypotesen att Hedda söker sina biologiska rötter. Ralf vet att om så varit fallet hade både han själv och resten av familjen varit inkluderade i sökandet. Dessutom var Lisbet alltid tydlig med att Heddas biologiska föräldrar är döda. Att det var därför som hon adopterades bort.

Än i dag kan han få ökad puls när han kommer att tänka på Lisbet. Alla de där åren när hon kom på besök var en pärs för hela familjen. En och en halv timme var sjunde söndag gavs hon tillgång till det barn som hon vanvårdat så brutalt. Övervakad tillgång förvisso, men ändå. Det var lagrummen som styrde, fick de veta, pundiga felmöblerade lagrum som placerade Lisbets behov framför Heddas.

Hon hade den ruggiga förmågan att liksom äta sig igenom huden. Lisbet var inte den som sa rakt ut vad hon menade. Istället bakade hon in vad hon ville ha sagt i sirapslena manipulationskakor. Många gånger var det först efter att man käkat klart som man fattade vad man hade fått i sig. Ola däremot lämnade inget avtryck. Han var en doftlös man som uppehöll sig i skuggan av Lisbet.

När Hedda var tolv sa hon ifrån. Hon informerade sin handläggare på socialtjänsten att hon inte ville träffa adoptivföräldrarna mer. Tydligen hade hon blivit tillräckligt stor. Eller om det var lagrummen som möblerats om. De osaliga söndagsumgängena fick hur som helst ett slut.

"Han har hotat med att döda henne."

Ralf hajar till.

"Va?"

"Han har hotat med att ha ihjäl henne om hon lämnar honom. Och nu har hon alltså gjort det. Lämnat honom. Han är en så rakt igenom sjuk person men på ett så fascinerande sätt. Du måste se den. Så välskriven och med klockrena rolltolkningar. Den överlägset bästa dramaserien på Netflix just nu om du frågar mig."

Det duggregnar och himlen är täckt av gråa moln i ett bubbligt mönster. Linus kör ner händerna i jeansfickorna. De passerar tågspåret och går vidare upp på cykelbanan. Ett par småkillar passerar dem på varsin skateboard.

"Coolt", säger Ralf utan att på något enda sätt bry sig om serien som Linus pratar om. "Du har koll på hur man går nu eller?"

"Mmm. Det ligger max en kilometer härifrån."

Den väl tilltagna frukosten fyller större delen av bålen. Ralfs övertygelse är att han aldrig någonsin kommer att bli hungrig igen. I det som Petter valde att kalla för deras *avskedsmåltid* var ett tiotal ostar och minst tre sorters bröd representerade, jordgubbar, melon, marmelad, lemon curd, saffranskakor, nötter och gula russin. Precis som på kvällen dukades alltihop fram på toppen av den lilla kullen. Yasmin serverade starkt kaffe och avstod ifrån att tolka sina drömmar.

Separationen gick sedan snabbt. Monstervalpen Kenneth väntade i Alingsås och Ralf och Linus hade ju sin agenda. De var sköna, Petter och Yasmin. Ralf gillade dem, gillade deras revolt.

Innan de gav sig av i sitt uppseendeväckande fordon lovade de att svänga förbi Bokbindarvägen någon gång.

Linus rättar till sina glasögon.

"Kan det ha varit orsaken till att Hedda stack?"

"Vilken då orsak exakt?"

"Att hon har blivit hotad. Som den här barn-flickan i serien. Att det är någon hon står i skuld till på ett eller annat sätt."

"Och vem skulle det vara? Hedda har inte direkt några farliga typer i sitt liv. Inte så många typer över huvud taget om man ska vara ärlig."

"Men har det alltid varit så? Vad gjorde hon innan hon flyttade in i huset?"

"Hon bodde hemma hos morsan och farsan. Jag fick aldrig någon känsla av att det hände så särskilt mycket runt henne."

"Pojkvänner?"

"Det fanns en men det tog slut för flera år sedan. Vad jag vet har de ingen kontakt."

Ralf skrattar till när han återigen tänker på Ägget. Han borde googla honom. Ja, men självklart ska han googla honom. Att han inte har kommit på det förut. I en flyktig släng av nostalgi kan Hedda mycket väl ha tagit kontakt med den forne pojkvännen Edgar Lindström. Det visar sig då att han har lämnat sin muggiga källartillvaro i Älvsjö och flyttat till en paradvåning i Karlstad. Hedda bjuds in att komma och hälsa på honom där. Det ena ger det andra och hon introduceras för det gäng hyggliga brädspelsentusiaster som Ägget spårat upp i sin nya hemstad - Steffe, Josef och Mulle.

Ralf tar upp telefonen ur jeansfickan, hinner läsa Iduns text *God morgon din söta älsklingsjävel,* innan det blir svart på skärmen.

"Är det okej om jag lånar din telefon?" frågar han Linus. "Min dog just."

Linus drar fram sin mobil, låser upp den och räcker över den till Ralf.

"Ska du ringa Mulle igen?"

"Nej, jag ska googla Ägget."

"Googla ägget?"

Linus har valt en bakgrundsbild från någon av de ytterst få spelningar de haft med bandet. Scenen badar i lila ljus. Ralf med gitarren i förgrunden, svettig med bar överkropp. Linus på bas strax bakom, händerna ovanför huvudet för att klappa takten tillsammans med publiken. I bildens utkant syns David bakom trummorna.

"Ägget var Heddas kille. Smeknamn för Edgar."

En 33-årig Edgar Lindström är folkbokförd på Frösängsvägen 62 i Oxelösund. Han kommer upp som en av deltagarna på en whiskeyresa till Skottland 2014. Profilbilden på Facebook visar en man med keps och solglajjor. Ägget har sjuttioåtta Facebook-vänner och en av dem har i maj förra året taggat honom i ett klassfoto från Johan Skytteskolan 2002 med kommentaren *Hähä, det var tider det!.*

"*Åtta* år äldre än Hedda. Jag visste ju att han var äldre än hon men fattade aldrig att det var så mycket."

Ralf lämnar tillbaka telefonen till Linus och kränger av sig jackan. Favoritlinnet är på. Yasmin gjorde stora ögon när han slog sig ner vid frukosten tidigare i dag. Petter menade att det var ett intressant klädval inför besöket hos polisen. Tänk vad lite zombies kan hetsa upp folk.

"Oxelösund, då är han ju knappast mannen vi söker."

"Vet vi ens att det är en man vi söker?" frågar Linus. "Jag menar, med all respekt för Yasmin och hennes omen, men bara för att Hedda har använt Mulles mobil behöver han ju inte per automatik ha någonting med hennes försvinnande att göra."

"Per automatik?"

"Vad då? Har du aldrig hört det uttrycket förut?"

"Jag har absolut hört det uttrycket förut, men nästan uteslutande från medelålders män i kostym."

Linus drar på munnen.

"Jag fyller trettio nästa år. Det är bara en tidsfråga innan jag börjar säga *strängt taget* och *sakta i backarna* också."

Ralf skrattar och lägger armen om hans axlar.

"Vi vet ju ingenting", säger han. "Hedda kan ha förflyttat sig mellan A och B av egen fri vilja. Hon kan ha träffat människor hon tycker om. Det kan ha funnits en plan. Du och jag däremot, vi snubblar runt på måfå."

När han släpper omfamningen ger Linus honom en svårtolkad blick. Ovanligt länge dröjer den kvar. Ralf blir generad. Han harklar sig.

"Jag måste bara fråga en sak."

"Ja?"

"Du sjukskriver dig från jobbet och hakar på mig runt halva landet. Det är *min* syrra som är borta men du är den som driver på. Har du blivit... Är du kär i Hedda?"

Linus stannar upp. Han sluter ögonen. Ralf stannar också, betraktar honom. Glasögonen har attityd och bågarna är valda med omsorg. Han har en piercing i underläppen och en i näsan, svarta oklanderliga jeans och så *Misfits*-tröjan som ser ny ut fastän han köpte den på Roskildefestivalen 2013. Linus har tillbringat natten i en övergiven lada. Likväl ligger håret i långa, samarbetsorienterade testar, inte alls bångstyrigt och rufsigt som Ralfs eget.

Linus slår upp ögonen och ser på honom.

"Hur länge har vi känt varandra?" frågar han.

"Ja vad kan det vara – sju år kanske?"

"Fyra. Du och jag har känt varandra i fyra år."

Han drar efter andan. Som om han blivit kraftigt nerkyld flätar han ihop armarna hårt över bröstet.

"Hur många flickvänner har jag haft de här fyra åren?" frågar han.

Ralf minns en Vilma eller om det var Vilda, men det är länge sedan nu.

"Jag får nog säga pass på den."

"Det var mer än tre år sedan jag hade någon relation. Hur kan det komma sig?"

"Jag vet inte. Du är rätt kräsen. Men det är många som gillar dig, det vet jag."

De börjar gå igen. Vad har han missat? Linus är fylld av någonting explosivt. Hans steg är snabba mot asfalten. Ralf får småspringa för att hinna med. På tegelbyggnaden framför dem sitter polisens emblem i blått och guld. Målet är på vänster sida, som en GPS hade uttryckt saken.

"Nej, jag är inte kär i Hedda", säger Linus när de sneddar över parkeringen med sikte på ingången. "Så helt sjukt att du inte har fattat. Det är ju dig... Alltså, det är ju du, Ralf."

Kapitel femton

Tunna stänk av regn landar på bilens framruta. Skyarnas gråtoner indikerar att vätan kan komma att tillta under eftermiddagen, men sådant är naturligtvis omöjligt att veta med säkerhet. Håkan slår på vindrutetorkarna i glesa intervaller. Reflexmässigt rättar han till glasögonen på näsryggen.

Av hänsyn till den rådande situationen hemmavid har han tagit ut kompensationsledigt efter lunch. Likväl valde Björck att tilldela honom ett akutbesök hos Berndtson & Lind på Villagatan. Håkan vet sedan gammalt att ärenden hos advokatfirman har högsta prioritet. Efter det utdragna uppdraget hos Urban Solutions utanför Kristinehamn på förmiddagen var det nätt och jämnt att han hann i tid.

Med vänsterhanden kvar på ratten drar han höger handflata över ansiktet för att upptäcka att pannan är våt av svett. Det är blodsockerhalten som gör sig påmind. Han måste stanna och få i sig någonting att äta innan han beger sig hemåt. I ett flyktigt ögonblick skymtar han Alices väsen i passagerarsätet. Skyggt ler hon mot honom, de närmast himmelsblåa ögonen aningen kisande och det ljust lockiga håret utsläppt och böljande. *Håkan*, säger hon lågt, *ska du inte unna dig någonting riktigt gott till lunch denna regniga gråvädersdag?*

Han suckar. Naturligtvis är inte Alice här. Det är över. Han vet mycket väl att det är över.

Liksom far en gång fick Håkan vänta länge på den rätta och det är ofattbart att förbindelsen för hans del blev så kortvarig. I hela sitt vuxna liv har han drömt om en kvinna som smälter i hans famn och formas efter honom. Han har längtat efter någon att få älska och skämma bort och han har längtat efter någon som i sin tur älskar honom tillbaka.

Många är de gånger då han tvivlat, men när kärleken väl kom till honom var den allt han någonsin fantiserat om. Det har aldrig varit någon av de vanliga tjejerna han varit ute efter. Far var alltid noga med skillnaden. *För all del, Håkan, ta för dig bland skökorna, men låt det aldrig bli någon av dem som får ditt efternamn*, sa han en gång när Håkan hade spörsmål kring den okända flicka som kom ut från fars sängkammare.

Alice var tillgiven och mjuk. Hon var allt en kvinna ska vara. Far skulle ha sanktionerat hans val, det är han övertygad om. Kanske hade han invänt mot daltandet. Far lät sig aldrig missledas av sentimentalt nonsens medan Håkan inte kan låta bli att ta om hand och vårda. Vad han upplevde tillsammans med Alice var omtumlande. Han vill påstå att hon gjorde honom komplett. Under de fantastiska veckor de fick tillsammans satt ett leende som graverat över hans ansikte och i bröstkorgen rörde sig en konstant och sällsam värme.

Håkan ansträngde sig sannerligen för att Alice skulle ha allt det som hon önskade sig och behövde under tiden som hon bodde hos honom. Han serverade utsökta middagar, överraskade henne med delikatesser från matbutikens charkavdelning och köpte med sig läckra bakverk som han förstått att hon var särskilt förtjust i. Hon fick skissblock, akvarellfärger och penslar, tyger och en fashionabel symaskin. När hon en dag nämnde att hon tyckte om att läsa införskaffade han utan dröjsmål tidskrifter och böcker på såväl svenska som tyska åt henne.

I god tid före Alices fyrtioförsta födelsedag begav han sig till Ikea för att kvittera ut en sekretär. Hon uppskattade moderna möbler, det hade hon sagt till honom. För sin inre syn kunde han föreställa sig sin älskade vid den där sekritären, med ett invecklat textilarbete vid symaskinen eller skissande på någon av alla sina blyertsteckningar i skenet från lampan. Alice älskade att skapa och hon var en i sanning begåvad konstnär.

Nu överlevde inte Alice sin födelsedag i juni och gåvan i sitt originalemballage står kvar i garderoben. Håkan förmår inte returnera den. Så raffinerad är ondskan att den lät honom få smak på sötman, vänja sig och slappna av innan den ryckte alltsammans ifrån honom. Han skänktes en fläkt av hur livet borde vara. Därefter var det omöjligt att återgå till det gamla.

Tiden efter Alices bortgång tvivlade Håkan på att han någonsin skulle vara kapabel att glädjas igen. När Lo Nilsson Tjärns efterforskningar kom till hans kännedom väcktes emellertid en trevande förtröstan. Nog vacklade han i tron på att det var möjligt att byta ut den ena mot den andra, gubevars. Men hoppet var fött och var och en som burit ett spirande hopp i sin bröstkorg vet hur lockande det är att förse det med näring.

Så innerligt han önskar att Hedda ska älska honom såsom Alice gjorde. All sin omsorg och kärlek har han för avsikt att överösa henne med. Håkan vill att det han ger till Hedda ska bli det viktiga, viktigare än det som hon har upplevt tidigare tillsammans med andra.

Han drar in generöst med luft i lungorna och låter den lämna honom i en utdragen suck. I rondellen vid Plantagen håller han till höger och svänger av till Arnes Kök där han ätit lunch vid flertalet tillfällen. Sin placering invid motorvägen till trots erbjuder Arnes en fullt acceptabel miljö och maten är vällagad. Likaså dessertmenyn får godkänt.

Klockan är inte mer än elva och trettiofem och blott ett tiotal bilar står parkerade framför restaurangens vitrappade fasad. Håkan placerar sitt fordon bredvid en röd Honda och kliver ut på asfalten. Raskt rör han sig de få stegen fram till ingången, angelägen om att så snart som möjligt kunna söka skydd mot de fuktiga väderförhållandena.

Inrättningen är glest befolkad. Endast ett par av borden är upptagna. Han läser från menyn och beställer av den unge mannen vid kassan. Det är när han en stund senare fått sin rimmade lax med dillstuvad potatis och står i begrepp att välja ett bord som han får syn på pojken. Han är i lekskoleålder, ljuslockig och knubbig med skjorta och knälånga byxor. Lutad över serveringsdisken griper han efter en i raden av färgglada läskedrycksflaskor.

"Nej!" säger en distinkt mansstämma vid hans sida. "Du vet att det är ett nej."

"Men mamma sa..." börjar pojken, handen alltjämt om flaskhalsen på den åtråvärda drycken.

I anslutning till fadern och pojken står en modersfigur i blå klänning. Håkan noterar att hennes blick flackar vid mötet med pojkens fars och sedan sänks.

"Mamma sa fel", slår mannen fast och skjuter målmedvetet sonens kropp framför sig. "Mamma vet att det är ett nej och det vet du också."

"Jag vill..." gnyr pojken.

"Det tror jag säkert", svarar fadern, nu med dämpad röst. "Och så är du en liten tjockis också."

Håkan blir stående med sin bricka, fullkomligt absorberad av scenen som utspelar sig bredvid honom. Pojken vet att slaget är förlorat. Han vet att han ingenting har att sätta upp gentemot sin far. Den lilla familjen tar emot sin mat hos serverings-personalen och rör sig ner genom matsalen. Håkan följer dem med blicken. Pojkens axlar är neds-junkna. När han blir äldre och förståndigare kommer han att beundra sin fars styrka. Han kommer att förakta det veka hos sin mor. Och han kommer att generas över sin egen ofullkomlighet.

Kapitel sexton
Fredag vid halv ett

L inus har rätt i att Ralf borde ha fattat. Naiv kan möjligen ses som ett nyckelord här, konflikträdd ett annat. Med facit i hand har det funnits situationer där slutsatser har kunnat dras. Som den där festen när Linus la en hand på hans lår och pussade honom på kinden. *Han stöter på dig*, sa Majlin, men Ralf skrattade och sa att alkohol brukar ha den effekten på folk. En annan gång frågade han Linus om det var läge att slänga ett par tio år gamla jeans som nätt och jämt hängde ihop. Utan märkbar ironi i rösten svarade han: *Nej, de där är sjukt sexiga på dig.*

Den eventuella blåögdheten har vid närmare eftertanke kommit på tal även i andra sammanhang. *Jag måste ändå ställa frågan*, sa David när Ralf tagit med sig den där snygga kanadensiskans väska genom tullen, *hur naiv får man vara?* Med tanke på vem den snygga kanadensiskan var borde han förstås ha fattat vad väskan innehållit. Med tanke på vem hon var borde han förstås aldrig ha legat med henne in the first place.

Hos snuten i Karlstad sitter de nersjunkna på varsin stol i väntrummet. Den bisexuelle kamraten äter salta lakritsbjörnar ur en påse han fått med sig från Willys. 47 står det på den nummerlapp som Ralf håller mellan tummen och pekfingret. Han har satt telefonen på laddning i urtaget bredvid en högväxt kaktus i terrakottakruka. Varken han eller Linus har kommenterat kärleksförklaringen på parkeringen för en stund sedan. Det är läge att göra det nu.

"Okej", säger han. "Nu känner jag mig ju rätt dum."

Det är ett överraskande litet väntrum. Vid en av kassorna står en kille och gestikulerar intensivt för att åskådliggöra sitt ärende för en polistjänsteman. En kvinna i svart slöja hjälper sin man med rullator in genom entrén. Linus tittar upp. Han stoppar en salt björn i munnen.

"Du har inte gjort någonting fel", säger han. "Ja, inte när det gäller det här i alla fall."

"Alltså, vill du prata om det?"

"Vill jag prata om att jag är förälskad i dig?"

Ralf lutar sig fram och plockar påsen ur Linus hand. Han tar ett par godisbjörnar men ångrar sig så snart han känner konsistensen mellan tänderna.

"Det hade varit klockrent, men tyvärr är jag... ja, jag är väl lite för hetero helt enkelt."

"Du behöver inte förklara dig."

"Vi känner ju varandra. Vi är polare. Jag trodde inte man kunde bli kär i en polare."

"Det trodde väl inte jag heller."

"Det blir som i *Fyra bröllop och en begravning*."

"Hur ser den kopplingen ut, tänker du?"

"Jo men du vet, tjejen som är kär i Hugh Grant."

Det rycker i Linus mungipor.

"Duck face?"

De delar en nördig böjelse för gamla film-klassiker, särskilt inom det brittiska humor-segmentet. Ralf lutar sig bakåt i stolen och skrattar högt.

"Nej, inte Duck face. Jag menar den andra. Mörkhårig, lite attityd."

"Okej, nu är jag med. Kristin Scott Thomas. Jag förstod aldrig hur han kunde välja Andie MacDowell. Hennes skratt var liksom rätt elakt."

"Hela hon var liksom rätt elak."

"Jag gillar faktiskt Idun."

Ralf drar fingrarna genom håret.

"Mmm, inte mycket Andie MacDowell där, I suppose."

Han får till den brittiska accenten i *I suppose*. Linus halvreser sig och droppar den nu tomma godispåsen i en närliggande papperskorg.

"Nu vet du i alla fall."

En medelålders kvinna med långt rosafärgat hår slår sig ner i stolen bredvid dem. Hon luktar starkt av cigarettrök.

"Ja precis", säger Ralf. "Jag sitter här och undrar lite försiktigt vad jag ska göra med det."

Linus grimaserar.

"Och jag sitter här och undrar lite försiktigt varför jag berättade det."

Två nya kassor blir lediga. Fem nummer kvar tills det är deras tur.

"Mulle alltså", slår Ralf fast. "Polisens kännedom om honom. Det är därför vi är här."

Linus lägger omsorgsfullt en hårslinga till rätta.

"Jag tänker att vi lämnar ett foto på Hedda, oavsett vad de vet eller inte vet om Mulle."

"Vi får hoppas att jag har något kort på henne där man ser att det är hon", säger Ralf. "Profilbilden på Facebook är en uggla. En gäspande uggla."

Han vänder sig om för att greppa mobilen som sitter på laddning i väggen. Tanken drabbar honom att den bild han väljer ut kan komma att hamna på löpsedlarna i ett senare skede. *Heddafallet.* Tänk om det faktiskt är där som de befinner sig nu. I begynnelsen av en långdragen polisutredning. En polisutredning som ska lägga pusslet kring en ung kvinnas mystiska försvinnande. Han viftar bort tanken som en närgången insekt.

Just som han ska ta telefonen, klirrar det till i den orangefärgade lerkrukan. Ett skorrande ljud vibrerar från mobilen som verkar ha slagits på av sig själv. Han lyfter upp den från golvet och för den till örat. Det är precis så att sladden kan sitta kvar i urtaget.

"Majlin?" mimar Linus och för sin inre syn ser Ralf hur han och Linus har sex i vardagsrums-soffan.

"Ja, hallå", säger han och kan utifrån det hopfantiserade bildmaterialet fastställa hur orubb-ligt heterosexuell han verkligen är. "Ralf speaking."

Kvinnan med det rosa håret letar fram ett par glasögon ur handväskan. Linus stryker med händerna över sina jeanslår och reser sig till stående.

"Hej", säger en välbekant röst i Ralfs öra samtidigt som nästa nummer meddelas på den stora skärmen på väggen, "det är Hedda."

Kapitel sjutton

D et har klarnat upp på himlen. Håkan lättar på gaspedalen för att inte kollidera med den långsvansade ekorre som överraskande uppenbarar sig på vägen framför bilen. Djurets rörelser är snabba och exakta. Strax har den lilla varelsen kilat upp i ett träd och inbegripits i de mustiga lövverken. Håkans andning är lugn och fylld av förtröstan. Det är minsann en särskild dag i dag. Han tänker på Hedda.

I vanlig ordning har Alice gästat hans tankar stora delar av förmiddagen, men nu är det Hedda och bara Hedda som har hans oinskränkta uppmärksamhet. Det är med spirande glädje och nyfikenhet i bröstkorgen som Håkan kör genom Eriksfors. Tänk vad de ska hitta på mycket härligt tillsammans, han och Hedda. Trots att allting ligger framför dem är det närapå att han blir sentimental när han tänker på det.

Som den storstadsflicka hon är kommer hon förstås att häpna över all storslagen natur som Värmland har att erbjuda. Så snart hon har kommit till ro hos honom ska han visa henne Klövberget och Fryksdalen, Brattfallet och Hammarö - för att inte tala om all den lokala prakt som kännetecknar Eriksfors kommun.

Han ska fylla en picknickkorg med godsaker och ta bilen ut till något av alla sina smultronställen. En stor filt ska han breda ut på marken, duka upp vad de har med sig och servera ångande kaffe ur en termos. För att inte riskera att solen bränner hennes känsliga skinn ska han lägga en tunn sjal om hennes axlar.

Hedda ska få besöka Mårbacka, Alsters herrgård och utställningen med Gustaf Fjaestads verk. Biljetter till Wermlandsoperan ska han naturligtvis också ordna. Under många år hade familjen Mullberg sina givna platser i operasalongen och Håkan var alls inte gammal när han första gången lärde sig att uppskatta Figaros bröllop, Trollflöjten och Peer Gynt.

Nio dagar. Så lång tid tog det för Alice att acklimatisera sig. Han minns exakt när vänd-punkten kom. Det var en torsdag vid lunchtid. De satt kvar vid matbordet efter att ha intagit den ärtsoppa med senapsstekt skinka som han omsorgsfullt tillagat åt dem av högklassiga råvaror. Alice vred och vände på sin servett. Det var uppen-bart att någonting höll på att ta form inom henne - ett spörsmål, ett anspråk eller möjligen ett avgörande som hon önskade att delge honom.

Håkan kan till och med dra sig till minnes hur hennes utdragna inandning mynnade ut i en djup och rosslig suck. *Jaha*, sa hon till honom, *jag antar att det är så här det kommer att vara nu.* Och det var efter det som deras kärlekssaga tog sin egentliga början. Det var där de kunde lämna fars övernattningslägenhet i Karlstad och återvända till Eriksfors med intentionen att bygga ett gemensamt liv. Att deras gemensamma liv skulle få ett alltför tidigt slut visste de vid tidpunkten ingenting om.

Nio dagar var vad Alice behövde för att finna sig till rätta i hans sällskap. Med Hedda kan det bli en betydligt mer omfattande process, det är han medveten om. Tiden i lägenheten kan bli mer långvarig. Håkan har emellertid ingen brådska. Han har vänt och vridit på sitt beslut och det här är vad han vill. Dessutom är han försiktigare den här gången.

Sömntabletterna han gett henne har ingen som helst skadlig inverkan, gubevars. De ska ge honom lite tid bara, ett försprång om man så vill. I en smakrik dryck kan pulvret omöjligen förnimmas. Svartvinbärssaften han fann i skafferiet tycktes först vara det allra bästa alternativet men apelsinjuicen han valde var förstås fullt lika tjänlig.

Melanders grabbar sparkar boll i sina gula regnjackor utanför familjens villa när han kör förbi. De ser rara ut de där gossarna och Håkan har registrerat att deras mor är havande på nytt. En tydligt rundad mage skymtade fram under bluskanten häromdagen då de hälsade på varandra på Ica.

Håkan fantiserar om att ha egna barn en dag, en trygg kärnfamilj där det är han som får axla den hedervärda fadersrollen. Med tanke på Heddas ungdom och till synes goda allmänhälsa är det mycket som talar för att familjebildningen skulle kunna bli verklighet.

Det skälver till i mellangärdet när Håkan tänker på framtiden så som den rullas upp för hans inre syn. Tänk om allt det fina ändå är på väg tillbaka till honom, allt det fina som han hade tillsammans med Alice - fast här med tillägget att han en dag kan bli far till ett litet barn.

Han kör genom den sista vänsterkurvan och nu framträder hans eget hustak uppom den frodiga grönskan. Måtte Hedda tycka om Biff à la Lindström för det är vad han har tänkt att bjuda henne på i afton när hon vaknar upp. Håkan ska göra det så trivsamt för dem i lägenheten med nystärkt duk på bordet och levande ljus i faster Annas kandelaber. Ett stort fång med blommor ska han ta med hemifrån trädgården. Floribunda-rosorna med sina milt aprikosfärgade blommor kommer att göra sig fint mot de krämfärgade linneservetterna.

Belåtet svänger han in på gårdsplanen. För att upptäcka att den grå bilen har lämnat uppfarten. Det här kan knappast betyda annat än att hans plan gått om intet. En kuslig tystnad uppstår. Ett vakuum tar plats inombords. Mekaniskt slår han av motorn. Blicken vilar i gränslandet mellan dröm och verklighet. Hur var detta möjligt, han som så idogt har investerat i hennes lojalitet. Med grundlig omsorg har han dessutom sörjt för att hon skulle vara sovande när han återvände hem.

Han måste tvinga sig själv ut ur bilen. And-hämtningen är tung när han slår igen sidodörren och går över stengången mot verandan, underlaget stumt under fötterna. Det är inte rättvist att den ena möjligheten efter den andra glider honom ur händerna. Så nära var han att få sitt liv på rätt köl igen. Så nära. I ögonvrån skymtar han trädgården som är tyst och tycks fullständigt tömd på liv. Han stiger upp på trappavsatsen, tar de få stegen över verandan, öppnar ytterdörren och går in i huset. Ögonen tåras och han blinkar för att återfå kontrollen.

Det anstår honom inte att tappa fattningen på det här viset. Han måste ta sig samman. Sömngångaraktigt hänger han av sig den fuktiga kavajen på en galge. Impulsen är att slå handen i någonting hårt och göra sig själv illa. Istället tvingar han ner kroppen på telefonbänken. Hans tyngd får läderdynan att knarra. Tvångsmässigt följer högra handens tumme konturerna på nummerskivans gulnade plast, hård och trygg mot fingertoppen. Oskicket sitter kvar från barndomen.

Han skulle behöva komma igång med skrivandet igen. Att formulera sina funderingar i skrift har alltid haft en stabiliserande inverkan på hans emotioner. Det ger honom en inre riktning. Normalt tar Håkan aktiv del i samhällsdebatten. Han lägger upp artiklar i diskussionsforum och skriver omfattande kommentarer avseende samhället i allmänhet och den inrikespolitiska arenan i synnerhet. När han har lyckats leverera en särskilt stringent text är det närapå att han kan höra fars röst.

Far var inte mycket för att fjäska, men under det tredje gymnasieåret skrev Håkan en uppsats som föll i god jord. Ämnet var den politiska utvecklingen efter statsministermordet 1986. Far granskade artikeln under tystnad och yttrade sedan: *Det jag läser här ger mig förtröstan, Håkan. Kanske muntrar den stundande ledigheten upp mig och förvandlar mina iakttagelser till pjoskigt strunt. Det har varit en krävande arbetsvecka och ska minsann bli skönt att göra helg. Med det sagt menar jag att det du skrivit har stora förtjänster.*

Lång tid efteråt sög Håkan på orden. Än i dag, sju år efter fars död och tjugoett år efter tillblivelsen av gymnasieuppsatsen, minns han den där kvällen då de satt tillsammans vid köksbordet och far resonerade kring textens värde. Det var i hemlighet han njöt av fars omsorg. Han visste att det inte passade sig att öppet visa den tillgivenhet han kände för far.

Ljud hörs inifrån hörnrummet. Håkan blir stel och lystrar uppmärksamt.

"Hej!" säger en ljus stämma. "Det är Hedda."

Flickan är kvar hos honom. Det är fantastisk information, en genomgripande lättnad. Utan dröjsmål rinner modlösheten av honom och ersätts med tillförsikt. Men vänta här, vad var det han just hörde - hon talar i en telefon. Det finns ingen telefon i rummet, åtminstone inte en stationär sådan. Sin egen har hon glömt kvar hemma i Stockholm. Allt pekar på att hon har hittat Alices röda och att det är i den som hon nu talar.

Håkan skyndar genom hallen. Om Hedda har mobiltelefonen betyder det att hon har hittat kistan, ett faktum som kräver ett omedelbart ingripande från hans sida. Det är ofattbart hur hon har lyckats påträffa gömstället men hur det nu är med den saken behöver han förhindra att skatten blir skändad.

"Vad då Karlstadspolisen?" säger Hedda i Alices röda mobiltelefon. "Menar du att ni är i Karlstad? Varför då?"

Mitt på golvet står hon. Ansiktet är bortvänt, det blonda hårsvallet uppsatt i en ponnysvans och kroppen draperad i en ljus sommarklänning. Bredvid henne är mycket riktigt kistan med vad som är kvar efter Alice. Håkan som gömde den så omsorgsfullt inför besöket, hur i allsin dar har Hedda lyckats hitta den?

Locket är uppfällt och sakerna placerade i oordning inuti möbeln och över den angränsande golvytan. Slarvigt har hon hanterat det som var hans och Alices liv tillsammans, deras kärlek och den minnesbank till vilken han dagligen återvänder för att finna tröst. Pulsen trummar mot tinningen. Det blir strävt i halsen. Bestämt tar han den röda mobiltelefonen ur Heddas hand. I rörelsen tappar hon balansen och ramlar in i den vita golvlampan.

"Hjälp!"

Hon skriker som om ett vapen hade riktats mot henne. Lampans skärm faller till golvet och går i bitar. Den sammansatta ljudbilden dånar som en tornado genom Håkans huvud. Han kan inte värja sig.

"Att du bara vågar", utbrister han. "Du har ingen som helst rätt att snoka bland mina tillhörigheter."

Kapitel arton

Fredag tjugo i ett

"Mulle? Nej, ingen aning."

Polistjänstemannen vid sitt skrivbord rynkar pannan och gnuggar fingret hårt mot örat. Han har snaggad frilla, mustasch och hy med uppenbar acnehistorik. Ralf känner hur det tjocknar i halsen. Han skulle ge precis vad som helst för att se det där ärriga ansiktet spricka upp i en plötslig insikt, ett *Jaha,* Mulle, *jo men honom kan vi sätta er i kontakt med omedelbart. Och oroa er inte för guds skull, det är en rakt igenom hyvens kille.* Istället sträcker mannen ut handen och lyfter sin kaffekopp. Han för den till munnen. Dricker. Ställer den ifrån sig.

"Ledsen killar, vi behöver ett efternamn, en adress, ett signalement."

I Ralfs huvud spelas hans och Heddas korta telefonsamtal upp om och om igen.

Först lättnaden.

"Hedda! Alltså shit, du fattar inte vad glad jag är att du ringer! Linus och jag sitter hos Karlstadspolisen."

"Vad då Karlstadspolisen? Menar du att ni är i Karlstad? Varför då?"

"Äh, det är en lång historia. Men ingenting spelar någon roll nu när vi har fått tag på dig. Var är du? Och vem är den här Mulle som...?"

Sedan Heddas skrik och den hetsiga till-rättavisningen från en man som kan ha varit Mulle eller kanske Josef: "Att du bara vågar! Du har ingen som helst rätt att snoka bland mina tillhörigheter!"

Ralf försöker hitta tillbaka till nyansen i Heddas röst. Ringde hon i själva verket för att upplysa honom om att hon var i fara? Hade hon ett manuskript att hålla sig till och ett hagelgevär tryckt mot tinningen medan hon pratade? Var det så att Hedda gjort allt vad hon kunnat för att förmedla ett kodat budskap men att Ralf varit alldeles för uppspelt för att fatta det?

"Så vad ska vi göra tycker du?" piper Linus med ett röstläge som gått upp i falsett.

Ralf fryser. Han ser sig omkring. Har de hamnat precis under luftkonditioneringen här?

Med hjälp av pekfingernageln pillar polis-mannen ut ett skräp mellan framtänderna. Han glider med tungan längs med övre tandraden och ger sedan ifrån sig ett kort smackande ljud.

"En anmälan", slår han fast och efter en hastig titt i sina anteckningar börjar han knappa på datorn. "Er syster försvinner tillsammans med okänd man i bil måndag klockan 15:00, säger ni?"

"Om man ska vara petnoga är det *min* syster", rättar Ralf honom, "men skit samma. Go on."

Polismannen tittar snabbt upp och fortsätter sedan: "Ett sms skickas klockan 23:27 samma kväll från ett kontantkortsnummer. Någon hade då ringt från det aktuella telefonnumret klockan 22:09 och klockan 23:23 utan att lämna något röstmeddelande. Tre gånger har ni ringt tillbaka till numret och två gånger har ni skickat textmeddelanden. Vad exakt har den här Mulle sagt när ni har talat med honom?"

Ralf lutar sig framåt i den hårda stolen. Han sätter armarna i kors över bröstkorgen. Det är närapå att han hackar tänder när han ska prata.

"Första gången jag ringde sa han inte ens vad han hette, men han visste vem Hedda var. Det var tydligt. Han trodde inte på att jag var hennes bror och sa att jag skulle lämna honom i fred. Sedan ringde Majlin."

"Majlin?"

"Majlin är en kompis", fyller Linus i. "Det var hon som drog slutsatsen att Mulle bor i Karlstad. Och att han heter Mulle. Det var någon som hette Steffe som svarade först och han sa att det var Mulles telefon. När Majlin sedan fick prata med Mulle själv sa han att Hedda inte var där utan hade åkt iväg med någon som hette Josef."

"Ja och sedan ringde vi en gång till i går", säger Ralf, "men då tryckte han bara bort samtalet."

Rummet är kalt och oinbjudande. Den ärrade polisen dricker av sitt kaffe och knattrar på tangentbordet. Ralf registrerar en namnskylt på hans bröstficka – Nils Hjort.

"Och nu när Hedda ringde 12:31 var det alltså från ett annat telefonnummer?" frågar Nils och tittar upp från datorn.

"Ja", svarar Linus. "Vi googlade och det nya numret var också ett kontantkortsnummer. När vi ringde tillbaka var telefonen avstängd."

"Så egentligen vet vi inte om mannen ni hörde i bakgrunden var Mulle? Det skulle lika gärna kunna vara en annan mansperson med samma värmländska dialekt. *Steffe* kanske? Eller *Josef.* Alternativt någon helt annan."

Nils röst låter overklig. Rummet börjar suddas ut. Ralf greppar tag med bägge händerna i stolsitsen som om han höll på att trilla av. Under dagarna som gått har han lyckats hålla oron ifrån sig, slagit bort det hela med tanken att det måste finnas en naturlig förklaring. Efter att ha hört en okänd man kasta saker omkring sig och efter att ha hört Hedda skrika på hjälp, är det inte längre möjligt att behålla något lugn. Han minns inte när han var så rädd senast.

Linus visar det foto på Hedda som de kommit överens om att lämna och berättar vad hon rimligen kan ha varit klädd i när hon lämnade Bokbindarvägen på måndagseftermiddagen. De chansar på uppgifterna om längd och vikt men är båda ganska säkra på att ögonfärgen är gråblå. Nils tar deras kontaktuppgifter och berättar till vilken e-postadress mobilbilden av Hedda ska skickas.

"Jag mejlar över den direkt", säger Linus.

"Hon känner ingen i Värmland", säger Ralf. "Jag kan inte tänka mig något annat än att hon har träffat en idiot på nätet. Någon som antagligen heter Mulle."

"Vilka dejtingsidor brukar hon besöka, har du någon kännedom om det?" frågar Nils.

"Nä. Jag visste ju inte ens att hon nätdejtade. Även om alla gör det trodde jag av någon anledning inte att just Hedda var typen."

"Missbruk?"

"Nej, tvärtom. Vi säger ofta till henne att hon skulle kunna dricka mer."

"Psykisk sjukdom eller funktionsnedsättning?"

Han tvekar och överväger att ta upp snacket om de osynliga personer som kommunicerar med henne, men ångrar sig och skakar på huvudet.

"Förändrade vanor den senaste tiden?"

"Nä."

"Separationer? Nära anhörigs död?"

"Ingenting sådant."

"Uppriktigt sagt", säger polismannen Nils och gnuggar fingret mot örat, "det är inte mycket vi har att gå på här."

Ralf sväljer.

"Nej det är väl inte det", säger han och känner hur ondskefulla kräldjur gräver kratrar genom bröstkorgen.

Del II

Kapitel nitton

När Josef ringer ligger Hedda i hammocken och fantiserar om att börja röka. Det är en gammal fantasi som aktiverats av sjukskrivningen och av all tid som behöver slås ihjäl. Rökare verkar ha ett så mycket enklare liv. Bara de får sin cigg så är allting bra. Det finns förstås de som påstår att rökning är farligt för hälsan. Hedda låter sig inte skrämmas. Nästa gång hon går och handlar ska hon köpa ett paket röda Marlboro.

Hon har funderat på att skaffa katt också, men det känns som ett lite väl stort åtagande för en människa som har gått in i väggen och stannat där, näsan mot tapeten. Då är rökning bättre. Mindre ansvar. Och med alla försäkringar och kattmat och klumpbildande sand som ska till är frågan om det inte är billigare också, beroende på i vilken omfattning hon nu kommer att röka förstås.

Bakom hammocken står en rostig klotgrill och två hopfällda solstolar. En spindelväv breder ut sig mellan grillen och stolarna. I väven sitter en fluga - eller rättare sagt en flugas före detta kropp. Själen har av allt att döma flugit vidare, lämnat Hägerstensåsen och begett sig till en plats fri från lömska spindlar och deras nät.

Det är inte ofta men det har hänt att Hedda tänker på döden. Just den här augustieftermiddagen är det emellertid tanken på livet som dominerar. Närvaron av det där andra är starkare än någonsin. Å ena sidan skulle hon vilja beskriva det som en längtan. Som en ihålig upplevelse av att vara ofullständig. Å andra sidan föreställer hon sig att den där närvaron medför en trygghet. Hur det än är har den kommit att bli en del av det som är hon.

Majlin trodde att hon kom med något nytt när hon diagnostiserade Hedda som schizofren. Hon skulle bara veta hur många gånger hon själv har tänkt tanken. Allt hon hittat om sjukdomen har hon läst. Tre gånger har hon gjort schizotestet på nätet, men aldrig vågat sig på att klicka upp resultatet. Hon har vänt och vridit på diagnos-kriterierna. De inkluderar vanföreställningar och hörselhallucinationer. De inkluderar bristen på ork och fokus. Forskarna påstår att ärftligheten är hög, men vilka eventuella störningar hennes biologiska föräldrar drogs med har hon ju ingen aning om.

I tre månader har hon varit sjukskriven nu. Utmattad är tillståndet. Det är inte det att hon är ledsen, faktiskt inte. Många tror det. Utmattnings-*depression* kallade man det ju förut. Nej, Hedda är inte ledsen, bara så fruktansvärt trött. Kroppen är tung som sten. Den vill helst inte röra sig alls. Ligga i soffan och titta på serier går bra. Kravlösa sociala sammanhang med människor som inte ställer en massa frågor. I princip allt annat är för jobbigt att företa sig.

Om hon måste plocka fram en specifik punkt och säga att här blev jag utbränd skulle det vara när hon kom hem från Spanien i maj. Hon var där med familjen, firade pappas 60-årsdag. De hyrde ett hus precis vid havet och hon och mamma tog långa simturer på morgnarna. Ralf lät en strand-försäljare fläta hans hår och såg sedan helt wacko ut resten av veckan. På kvällarna satt de på någon taverna allihop och pratade. Ebba somnade under bordet och Elsa i Wendelas knä.

Väl hemma i Sverige igen gick Hedda tillbaka till jobbet, fast det var som om kroppen inte riktigt lydde henne längre. Semestern hade inte gjort henne utvilad. Den hade paralyserat henne. I efterhand skulle Agneta på vårdcentralen säga att alltihop hade börjat långt tidigare. Att det inte på något sätt haft med Spanienresan att göra. Som om hon legat i bakhåll och spionerat på Hedda tiden före insjuknandet.

Tröttheten var till att börja med som värst på morgnarna. Hon tänkte att hon kanske hade blivit pollenallergisk som pappa. Nu var hon ju i och för sig inte släkt med pappa, men ändå. Det var inte bara den kroppsliga energinivån som var nedsatt. Hon upptäckte att hon även hade blivit dum i huvudet. Helt enkla saker var jätteknepiga att begripa. *Hur menar du nu? Kan du ta det där igen?* Hjärnan laggade som en uttjänt smartphone. Det var liksom ingen hemma.

I nästan två veckor lyckades hon ta sig iväg till jobbet efter Spanienresan. Ända till det där sista torsdagsmötet. Hedda tycker egentligen inte att det är någon big deal att gråta på jobbet. Alexander gjorde det när hans farmor hade dött, Birgitta när hon fick cancerbeskedet. Det kan rentav vara lite fint att visa sin sårbarhet och låta ett par klädsamma tårar rinna utmed kinden. Hon vet inte riktigt vad som hände den där dagen, vad hon sa eller vilka som var med på mötet, men hon vet att hennes egen arbetsplatsgråt var allt annat än klädsam.

"Hej Hedda", säger rösten och förflyttar sig från telefonen in i hennes öra. "Jag heter Josef och bara så du vet så är jag ingen telefonförsäljare."

Hon sätter sig upp i hammocken, benen i skräddarställning och ryggen mot de mjuka dynorna. Han hade inte behövt säga det där. Även om han *hade* varit en telefonförsäljare skulle hon inte ha lagt på. Det här samtalet är i princip det första som händer i dag. Och hon gillar hans röst. Den är möjligen lite forcerad, men något säger henne att hon kan lita på den.

"Jag sitter i min bil utanför huset där du växte upp. På Rimbertsvägen."

"Ska jag bli rädd nu?"

Personen som kallar sig Josef skrattar till i hennes öra. Vem är det han påminner om? Det är någon som skrattar exakt så där.

"Nej, bli inte rädd. Jag hör ju att jag låter som en psykopat, men jag ska förklara."

"Du är ingen telefonförsäljare och ingen psykopat. Så vem är du?"

"Kanske vi kan träffas så ska jag berätta alltihop. Det jag ska säga är viktigt, kanske det viktigaste någonsin."

"Okej..."

Det viktigaste någonsin - han är garanterat från Jehovas.

"Jag vet att du bor på Bokbindarvägen. Kan jag komma dit? Vi skulle kunna ses ute på gatan om du vill."

"Och nu låter du onekligen som en stalker."

Det blir tyst i några sekunder. Hedda pillar med fingret på en avlång fläck i hammockdynan bredvid sig. Förmodligen är det kaffe, men det skulle kunna vara intorkat blod också, rödvin eller väldigt gammal ketchup. Hon kan höra Josefs andning.

"För någon vecka sedan ringde en man till mig", säger han. "Han presenterade sig som Håkan och sa att han kom från Eriksfors i Värmland. Först tyckte jag bara att han kändes skum. Han pratade om en kvinna som han hade förälskat sig i och det verkade som om han hade ringt fel. Men jag lät honom prata på och så småningom förstod jag hur det hela hängde ihop."

"Jag känner ingen från Värmland."

"Nej, det gör inte jag heller. Men genom Håkan har jag fått information om... Ja, jag har fått information om din och min biologiska familj."

Inom Hedda är det alldeles stilla. Hon andas bara, det är allt. Varken tankar eller känslor får plats i den dånande stillheten.

"*Din och min* biologiska familj?"

"Ja."

Kapitel tjugo

Hedda går ut på gatan med känslan av att allt, precis allt, är annorlunda. Lite mer än två år har hon bott i det här huset. Ändå är det första gången hon uppfattar knarret i den gistna altantrappan. Det är första gången hon ser hur det krokiga päronträdet lutar sig mot räcket. För allra första gången stiger hon ut på uppfarten och känner fräscht syre smeka huden. Hon är klarvaken och det är evigheter sedan sist.

Din och min biologiska familj. Kan det vara sant att hon har en sådan? Den här Josef insinuerade att det finns ett släktband mellan dem. Möjligen insinuerade han också att Heddas pappa heter Håkan och är hemma-hörande i Värmland. Det finns förstås inga som helst garantier för att han talar sanning. Josef kan lika gärna vara en rekryterare för IS, Håkan ett tarvligt grepp för att fånga hennes nyfikenhet. Ändå är det utan några som helst skyddsmurar som hon väntar in honom på uppfarten. För äntligen har äventyret börjat.

Det slår henne att hon har glömt mobilen i hammocken. Eller om den följde med upp och blev kvar på sängen när hon bytte från mysbyxor till jeans och satte på lite mascara. Längst ner i handväskan hittar hon ett ensamt tuggummi. Mintsmaken sprider sig över tungan. Majlins gympadojor omsluter hennes fötter. Hon förstår att den gråa Saaben är hans, dels för att den kryper uppför backen, dels för att han sa *Jag kör en grå Saab.*

På trottoaren mitt emot parkerar han. Hedda kliver ut i gatan. När bildörren öppnas och Josef uppenbarar sig framför henne är första tanken att det här inte är på riktigt. Det händer inuti hennes huvud, en fantasi eller en ovanligt verklig dröm. Hon stirrar på honom. Han stirrar tillbaka. Mitt på den smala asfaltsvägen står de framför varandra.

"Men gud, jag..."

Orden kan omöjligt formuleras. Josef tar ett steg närmare och de står med bara någon meter emellan. Det är ögonen förstås och nyansen på håret, utsläppt och lika långt som hennes eget. Men det är också näsans form med den breda näsroten, hudens ton, blåaktig med tunna blodkärl synliga vid tinningarna och precis under ögonen.

Hedda börjar fnissa. Det går inte att hejda. Likt en nysning breder fnisset ut sig genom kroppen. I Josefs ansikte tar ett leende plats. Hon känner det leendet. Mer än något annat känner hon det leendet.

"Vi var tvillingsystrar", säger han. "Jag föddes som tjej. Eller, jag menar, jag föddes som kille men i en tjejs kropp."

"Oj."

Han sträcker ut armarna och drar henne till sig. Som foglig lera formar hon sig efter hans kropp. Hon sluter ögonen. Mitt på gatan står de. Hon blundar och kramas. Det finns olika slags kramar. Den här sortens kram är ovanlig. Så ovanlig är den att hon förmodligen är ensam om att få uppleva den. Den här kramen är som att komma hem.

***

"Vår mamma hette Alice och hon kom från Tyskland", säger Josef när de kör förbi Konstfack. "Hon lever inte längre. Vår pappa skulle kunna vara nederländare. Jag vet inte hans namn, men de träffades tydligen i Amsterdam. Håkan visste inte mycket alls om honom."

Sätet är mjukt och Hedda har redan krängt av sig skorna, dragit upp benen och gjort sig hemmastadd. Låten som spelas på radion skulle kunna agera ledmotiv till den sitcom-serie som hon nu befinner sig i tillsammans med sin nyss okände tvillingbror. *I'm leaving for a destination I still don't know... Destination unknown... Destination unknown...* De har förvisso kommit överens om att de är på väg till Värmland, men den geografiska destinationen är ju knappast det viktiga här.

Josef har tagit en vecka off som han säger. Från vad vet hon inte.

"Alice rymde hemifrån och om jag ska läsa lite mellan raderna i det som Håkan berättade så slog hon sig ihop med ett gäng som ockuperade hus och sov under broar. Så småningom hamnade de i Sverige. Gänget skingrades och Alice och vår pappa tog sig vidare norröver till Värmland. Och där någonstans upptäckte hon att hon var gravid."

"Hoppsan", säger Hedda, "nu måste jag ju fråga mig själv hur jag har förvaltat detta. Vi pratar duktigt äventyrlig DNA här. På både mödernet och fädernet. Du har ju i alla fall bytt kön. Jag har mest suttit hemma och undrat vem jag är."

Den gråa Saaben trycker sig ut bakom en vit lastbil i Västbergarondellen och kör upp på E4:an söderut. I smyg betraktar Hedda Josefs armar nedanför den uppkavlade skjortan, varken muskulösa eller tunna, huden lika anemiskt blek som hennes egen. På vänster överarm, just där tyget slutar, kan hon skönja en tatuering, men det är omöjligt att se vad den föreställer.

"Jag vet inte vad som ligger bakom att Alice rymde hemifrån", säger han, "men hon var bara femton när hon stack. Om jag förstod det rätt hade hon inte hunnit fylla sexton när hon sedan blev gravid. Fast hon vägrade att göra abort."

"Vilket vi tackar för", säger Hedda.

Josef skrattar till.

"Du är lite rolig. Jag har alltid haft för lite av det. Humor. Jag har alltid tagit livet på för stort allvar."

"Jag är cynisk, inte rolig. Det är skillnad. Antagligen har jag tillbringat för mycket tid tillsammans med min fosterbror."

"Fosterbror? Jag trodde du var adopterad som jag."

"Socialen omhändertog mig när jag var fem. Min adoptivmamma Lisbet var alkoholist. Jag skulle säga att hon var sjuk i huvudet också, men det har jag inga papper på."

"Alkoholist, sjuk i huvudet och tandläkare", säger Josef.

Hedda ryggar tillbaka.

"Va? Hur visste du det?"

"Jag har pratat med henne. Det var så jag fick tag på dig. Hon sa ingenting om att du hade blivit omhändertagen dock."

Hedda drar in ett djupt andetag och låter det utmynna i en suck. Hon sneglar på Josef.

"Vad sa hon då?"

"Hon sa att du växte upp på Rimbertsvägen och jag utgick ifrån att hon hade bott där tillsammans med dig. Sedan sa hon att Katja har tagit över tandläkarpraktiken."

"Katja?"

"Hon var också adoptivbarn. Äldre än du. Du minns inte henne?"

Hedda rotar i bakhuvudet efter Katja, men får inte fatt i några minnen. Det var alltid bara Lisbet och Ola på de där umgängesbesöken. Rimligtvis tog socialen Katja i samma veva som de tog Hedda. Att hon sedan skulle ha återvänt och övertagit praktiken är förstås bara ljug.

"I mina adoptivhandlingar hittade jag en mystisk anteckning. *Fru Lisbet Johansson, tandläkare* – och så ett 08-nummer. Mina föräldrar fick aldrig veta att det fanns syskon. När jag hade pratat med Håkan åkte jag hem till dem och vi tittade i de där papperna. Ingen av dem kom ihåg varför tandläkarens nummer stod där eller vem som hade skrivit det. Så jag ringde. Och hon hade kvar samma nummer. En fast telefon."

Ibland uppstår en klåda men på fel sida av huden. Hedda vet inte om det bara är henne det händer.

"Nej", säger hon och skruvar på sig i sätet. "Vi pratar inte mer om Lisbet."

"Vill du berätta om din fosterfamilj istället?"

"Okej. Min mamma är psykolog, lite jobbig ibland, men mycket kärlek och världens bästa bollplank om man väljer att släppa in henne. Pappa är SO-lärare på högstadiet. Maratonlöpare. Lagar rätt god mat."

"Och så har du en fosterbror?"

"Ja, Ralf. Han är som han är, men man kan inte låta bli att tycka om honom. Använder hellre sina sista pengar till svart hårfärg eller gitarrsträngar än till mat och dammsugarpåsar. Alla blir kära i Ralf. Åtminstone alla som rör sig i våra kretsar. Jag skulle inte direkt påstå att han ser bra ut, men han har något i den där attityden. Lite som att ingenting spelar någon roll."

"Ralf. Ovanligt namn."

"Han heter William men när han var fjorton och startade rockband tyckte han att Ralf lät coolt. Och sedan har det hängt kvar. Vi har en syster också. Wendela. En typisk storasyster. Hon vet alltid bäst och har en förmåga att berätta precis vad hon tycker utan att behöva öppna munnen. Wendela har en tvååring som heter Ebba och en femåring som heter Elsa, så jag är moster. Du då? Vad har du för familj?"

En kran har vridits på och all den där kraften som hon har saknat fullkomligt forsar fram. Hon tittar på Josef som lägger ena handen i nacken. Just så där som hon själv brukar göra. Just så! Han berättar om en mamma som är museichef och en pappa som efter hundra år som flygledare på Arlanda gick i pension i julas. Bara de tre, många resor till Italien, men inga syskon. Ett lågmält hem med plats för konst och studier.

"De har varit väldigt stöttande genom hela min process. Alla utredningar, all väntan, alla behandlingar och operationer – mina föräldrar har stått vid min sida hela tiden."

"Hur gammal var du när du började utredas?"

Josef letar med handen i framfickan på de svarta jeansen.

"Tio", svarar han och slänger ett snabbt ögonkast i backspegeln. "Tio år var jag."

Han svänger ut på avfarten till Skärholmen. Bilen vibrerar när däcken passerar den vita linjemarkeringen.

"Jag måste bara köpa snus", säger han och rattar sig igenom den skarpa högerkurvan som leder ut på Smistavägen.

"Vad ställde de för frågor?" undrar Hedda.

"De frågade hur jag upplevde mig själv. Hur det var att bli kallad tjej fastän jag var kille. Om jag hade funderat på att skada mig. Sådana saker. Det var väldigt mycket frågor. Sedan fick jag stopphormoner när jag var tolv."

En välbekant byggnad uppenbarar sig till höger, blå med fyra versaler i gult. Åsynen av det stora varuhuset väcker ingenting särskilt inom henne, ingen stress, inget automatiskt ångestpåslag. Det är som om hon friställts från sina ordinarie reaktionsmönster. Kaxig upprymdhet bubblar under munkjackan.

"Stopphormoner? Vad är det?"

Josef parkerar utanför Ica Kvantum. Det är eftermiddag och mycket folk och bilar i rörelse.

"Hormoner som stoppar puberteten", säger han och hon lägger märke till att hans ögon blir fuktiga. "Så att man slipper få mens. Och bröst."

"Det är jobbigt att prata om, va?"

Han grimaserar, tittar bort.

"Jag har ju pratat om de här sakerna tusentals gånger", säger han. "Det brukar inte vara jobbigt. Men nu när jag säger det till dig känns det bara så himla sorgligt alltihop."

Hedda tar på sig skorna. De öppnar varsin bildörr och kliver ut.

"Nu känner jag ju inte dig", säger hon medan de går över parkeringen, "men jag vill ändå säga att jag är stolt över dig."

Asfalten är torr och grusig under deras fötter. Det är verkligen inte klokt det här. Att hon har en tvilling. Att hon levt fullkomligt ovetande om det under så många år. Josef lägger handen över sin haka och låter fingrarna glida genom skäggstubben. Hon följer hans rörelser med blicken.

"Jo", säger han, "du känner mig. Jag var den första du kände."

De går in i mataffären. I tjugotre år har de varit ifrån varandra, men Josef har naturligtvis rätt. Han var den första hon kände. Medan han väljer snus och betalar vänder hon blicken inåt. Det är tyst därinne. Stilla. Plötsligt fattar hon. Det är ju han. Under alla de här åren. Det har ju varit han hela tiden.

Kapitel tjugoett

Vi som skulle med connecting flights i Madrid stod alltså i begrepp att få lite asbråttom."

Killen med den gråa kavajen skriker när han talar, som om personen framför honom fortfarande satt kvar i bilen ute på grusplanen. Josef tror att de är kollegor. Hedda tycker att det skulle vara roligare om de var på dejt.

"Tänk efter", säger Josef och sveper med handen över den glest besökta vägkrogen, sömnig och med stekflottet djupt inarbetat i pastelltapeten, "vem skulle förlägga en dejt hit?"

"En ironisk person", föreslår hon. "En person som tröttnat på levande ljus och trams. Eller någon med fru och barn som behöver garantera diskretion."

I Josefs mungipa fladdrar ett leende. Han skär en bit av omeletten och för gaffeln till munnen. Hedda petar i sin paj. Den smakar inget vidare. Eller om det är aptiten som gått ut där glädjen klivit in. Egentligen behöver de inte säga något mer till varandra, hon och Josef. Den självklara samhörighet som ramar in dem räcker gott och väl. De kan bara sitta här och luta sig mot sitt syskonskap, sola sig i det, smekas omsorgsfullt av det. Ändå är Hedda ivrig att få veta mer, veta allt som den här Håkan har berättat.

En tjej med röd- och vitrutigt förkläde rullar en skramlig brickvagn genom lokalen. Josef plockar en hårsnodd från sin handled och snor rutinerat ihop håret i en bulle. Hedda frågar honom om Håkan sa något om varför de skildes åt. Josef svarar att det nog är bäst att ta alltihop från början. Hon nickar.

"När du och jag var spädbarn", säger han, "lämnade våra föräldrar oss på en kyrktrappa i Värmland. De la ett brev bredvid där de bad någon från kyrkans personal att ta hand om oss. Sedan hoppades de på det bästa och gick därifrån."

"På riktigt?" flämtar hon. "De lämnade oss på en kyrktrappa?"

"Ja. De var unga och desperata och på rymmen. Vad skulle de göra?"

Hedda tänker att det finns väldigt mycket annat man kan göra i ett sådant läge än att lämna sina bebisar på en trappa.

Hon sväljer.

"Det kunde ha blivit väldigt annorlunda alltihop. Våra föräldrar kunde ha sökt hjälp. Vi kunde ha fortsatt att vara en familj."

Josef drar handen över sin skäggstubb.

Rösten låter känslig när han säger: "Det är en svindlande tanke. Att du och jag aldrig hade skilts åt. Att vi vuxit upp i Värmland. Jag blir nästan yr när jag tänker på det."

Hedda ruskar på huvudet, som för att skaka av sig det som även i henne tagit form som yrsel.

"Vi hade pratat värmländska", konstaterar hon. "Bara en sån sak."

Just det där hade Ralf kunnat säga. Hon ska ringa honom sedan. Det dröjer nog inte länge förrän han börjar undra vart hon har tagit vägen.

Josef dricker av sin lättöl. Med tankfull långsamhet ställer han ner glaset mot den skamfilade bordsytan. Alldeles kort uppträder sedan en speciell min i hans ansikte. Han spänner liksom näsan och munnen samtidigt som ögonen får någonting lätt blängande över sig. Det är som om han tar sats. Hon är övertygad om att hon själv brukar göra så.

"Det är så mycket vi aldrig kommer att få veta", säger han.

Hon föreslår att de ska gå till socialen när de kommer till Karlstad. Där borde ju finnas journaler och kanske information om föräldrarna.

"Om man ska tro Håkan", säger Josef, "så fanns inte vår mamma registrerad i det svenska systemet. Hon sökte aldrig vård, var aldrig folkbokförd någonstans. Hon var rädd att polisen skulle skicka hem henne till föräldrarna i Tyskland. Och sen, när hon blev äldre, fortsatte hon att hålla sig undan myndigheterna. Av bara farten kanske. Håkan träffade henne i våras och då lånade hon en kompis sommarstuga utanför Karlstad."

"Var hon psykiskt sjuk?"

"Nej, jag tror inte det. Det sa han i alla fall ingenting om. Men fysiskt sjuk var hon tydligen för hon dog bara några veckor efter att de hade lärt känna varandra. Det var någonting med lungorna.

Lunginflammation har jag för mig att han sa. Hon dog i maj."

"Alltså nu i maj? 2019?"

"Ja. För tre månader sedan."

"Oj, det var riktigt nära att vi hade kunnat få träffa henne."

Josef kliar sig på läppen med tummen. Händerna är större än hennes men formen är densamma.

"Ja", säger han. "Riktigt nära."

"Och vår pappa?" frågar hon och möter hans blick. "Skulle han kunna vara vid liv?"

"Ja, det borde han ju vara. Han är väl i fyrtioårsåldern i dag. Håkan visste inte var han bodde, men det kanske vi skulle kunna ta reda på ifall vi bara kan klura ut vad han heter."

Hedda följer kanten på bordskivan med pekfingertoppen. Josef lägger in en snus.

"Kaffe?" frågar hon.

"Ja tack."

Hon reser sig från stolen.

"Har du mjölk i?"

Han lutar sig mot ryggstödet och lägger upp ena foten på det andra benets knä.

"Nej, bara svart."

"Jag frågade just min tvillingbrorsa om han har mjölk i kaffet. Jag antar att du och jag har en del att ta igen."

Han ler. Hon går bort till den hörna av serveringsdisken som tillhandahåller termosar i svart plast, en grupp vita porslinsmuggar, Earl Grey-påsar på led och det obligatoriska fatet med identiska småkakor. Två muggar fyller hon med kaffe och återvänder sedan till bordet.

"Var Alice och Håkan tillsammans eller?", frågar hon och placerar den varma drycken framför Josef.

"Han sa att hon var hans livs kärlek, men de kände ju bara varandra i några veckor, så jag vet inte om jag fick ihop det riktigt."

Josef för kaffemuggen till munnen, dricker och grimaserar. Hedda gör samma sak.

"Du tyckte att han verkade skum först, sa du. Att du trodde att han hade ringt fel."

"Ja, han lät rätt märklig. Jag kan inte riktigt sätta fingret på vad det var. Han var ju vältalig och mån om att få träffa oss. Verkligen angelägen om att jag skulle hitta dig och så. Men jag fick ändå en känsla av att han var lite speciell. På ett inte helt positivt sätt. Ett tag övervägde jag att det kunde vara en fälla. Att det var någon som ville åt mig. Någon som hade sett min Youtubekanal."

"Du har en Youtubekanal?"

"Ja, har jag inte berättat det? Jag har många följare men också många hatare. Hatet är något man får räkna med när man lever så öppet som jag har valt att göra."

"Näthat borde kriminaliseras."

Josef skrattar.

"Det *är* kriminellt, Hedda."

Hon känner sig dum. Ofta får hon för sig att hon har mindre koll än andra. Det handlar inte om att hon skulle vara lågbegåvad eller så, mer om att hon liksom aldrig kommer sig för att kolla nyheterna eller läsa de där böckerna och tidningarna som hon har tänkt att hon ska göra.

"Det är inte helt lätt att sätta dit dem som håller på och skriver hat", fortsätter Josef. "Men hur som helst, när det gäller Håkan så antydde inte han i en enda stavelse att han visste något. Att han visste att jag föddes som tjej menar jag."

"Eller som kille i en tjejs kropp", ler Hedda.

Josef drar på munnen.

"Han ville ge oss Alices historia. Det var så han sa. På sin dödsbädd berättade hon om sitt liv, sa att hon hade två barn som hon hade övergett i hopp om att vi skulle få det bättre hos någon annan. Hon berättade om kyrktrappan. Om brevet till den som hittade oss."

Heddas sjukskrivna psyke ger sig till känna. Det blir alltmer ostadigt på insidan. Långsamt andas hon som hon lärt sig av Agneta på vårdcentralen.

"Vår mamma, Josef."

"Ja, vår mamma."

Hon känner hur ögonen fuktas. I samma ögonblick ser hon tårarna i Josefs ansikte. Det är som att se sig i spegeln.

"Jag är så fruktansvärt glad över att du och jag har hittat varandra", säger hon och menar det mer än vad hon har menat något på mycket länge.

"Visste du att huden väger fyra kilo?" gormar den högröstade kavajkillen vid bordet intill. "Och att den är mer än två kvadratmeter stor?"

Josef ler bakom tårarna.

"Jag med", säger han.

Kapitel tjugotvå

När de kör in i Grums samhälle meddelar Josef att det ligger en laptop i handskfacket.

"Om du vill kan du ta fram den och googla *barnen på kyrktrappan*", säger han.

Ett godståg passerar på rälsen intill vägen. Metall mot metall i ett välbekant mullrande. Hedda brister i skratt.

"Menar du att det skulle stå om oss på nätet? Det har jag ju väldigt svårt att tro."

"Jo det gör faktiskt det. Inte något man blir så väldigt mycket klokare av kanske men det finns några trådar."

Hon öppnar handskfacket och plockar ut en grå äppeldator av mindre format. Någon inloggning efterfrågas inte utan hon kastas rakt in så fort hon har öppnat locket. Josefs skrivbord myllrar av mappar och ikoner, länkar och appar. Bakgrundsbilden är en kulörstark ödla i närbild. Hon klickar upp Google Chrome och skriver in *barn på kyrktrappa* i sökfältet. Tanken att någon skulle ha lagt ut information om dem är absurd, särskilt som de själva har levt alla de här åren utan att veta någonting över huvud taget om sin bakgrund.

Bilder av konfirmander framför Hedemora kyrka uppenbarar sig på skärmen. När hon lägger till *Värmland* i sökningen får hon upp ett par nyhetsnotiser om renoveringen av en kyrktrappa i Torsby. Först efter att *1995* infogats i söktexten kommer ett par träffar som tycks kopplade till henne och Josef.

En tidig morgon i början av maj 1995 fann man två spädbarn på kyrktrappan till Nyeds kyrka, börjar ett inlägg på Värmland i mitt hjärta - en blogg om historia, handarbete och hembygd. *Barnen låg nerbäddade i en torftig trälåda, fuktig av nattens väta. De var klädda i trasiga tygstycken och i botten av lådan hittades ett brev från deras föräldrar.*

Heddas ögon fuktas. Med melodramatisk pensel målar bloggaren upp hur den stackars kyrk-vaktmästaren påträffat trälådan vid kyrkporten den där morgonen. Hon improviserar kring hans tankar och känslor och gissar sedan att det måste ha varit med viss tvekan som solens strålar rört sig över den korsvirkestimrade sjuttonhundratals-fasaden. *Och när de små liven slog upp sina oskyldiga ögon var de naturligtvis helt ovetandes om att deras föräldrar med en sådan skoningslös-het hade lämnat dem och begivit sig därifrån.*

"Hur är det?" undrar Josef och hon inser att nu rinner tårarna längs hennes kinder. "Har du hittat den där med sjuttonhundratalsfasaden?"

"Ja."

"Och de små liven som slår upp sina förtvivlade ögon?"

Hedda försöker sig på ett leende.

"Mmm."

Kanske är det svindel man drabbas av i ett sådant här läge. Värmland i mitt hjärta beskriver hur polisen kopplades på, socialtjänsten, media och hela tiden är det henne och Josef det handlar om. Det var för att hitta *deras* föräldrar man genomförde det fruktlösa letandet. Bloggaren avslutar med att abrupt gå över till ett liknande fall i Storbritannien 1989.

"Det är vi, Josef."

"Jag vet. Visst är det konstigt att läsa?"

"Jag vill läsa mer och ändå inte."

"Precis så kände jag också."

Nästa sökträff är en tråd på Flashback. Signaturen "Färjestad" har lagt ut en fråga. Hedda drar in ny luft i lungorna och klickar upp länken. Det visar sig vara en ganska lång tråd, startad och avslutad under 2013.

Färjestad: Någon som har hört talas om de där bebisarna som lämnades vid kyrkan i Molkom 1998?

RogerRabbitTheThird: Har inte alla det? Åtminstone alla som bor här omkring. Två barn lämnades i en tvättkorg på kyrktrappan medan de sov. Det låter ju som på film. Föräldrarna hade skrivit något brev där de bad kyrkan hitta ett bra hem. De sa inte varför och de sa inte vilka de var, men barnens namn stod där och vilket datum de var födda. Man hittade aldrig föräldrarna. Ungarna placerades i jourfamilj via kommunen och efter några månader la polisen ner fallet.

Kulan-71: Det var 1995, inte 1998. Barnen var tvillingar. Två tjejer som var mindre än ett år gamla när de lämnades. Ganska precis tio år tidigare konfirmerades jag i Nyeds kyrka. Jag minns att vi satt på den där trappan och åt Igloo. När tvillingarna lämnades hade jag flyttat till New York, men syrran ringde och berättade. Hela bygden var i chock och alla spekulerade om vilka föräldrarna kunde vara.

Färjestad: Hur kan man göra så? Lämna sina barn på en kyrktrappa och dra! Vem gör så?!!

HateYouMotherFuckers: De kanske inte gillade barn. Barn är äckliga och skiter på sig.

Kulan-71: HateYouMotherFuckers, tänk på vad du skriver för moderatorn har redan ögonen på dig.

Fredagsmys: Var jourhemmet någon av de familjer som fortfarande har uppdrag åt kommunen?

RogerRabbitTheThird: Fredagsmys, jourföräldrarna var gamla redan då och nu är de antagligen döda sedan många år.

Utanför bilens vindruta breder hästhagar ut sig på bägge sidor om vägen, kuperad terräng med stenrösen och lövträd i klungor. Två högresta skimlar kommer galopperande längs staketet. Världen kör på som vanligt även om en smärre revolution pågår inom Hedda. Hon vänder sig mot Josef.

"Någon har skrivit på Flashback att vi placerades i jourhem tillsammans. Varför fick vi inte komma till samma adoptivfamilj sedan? Det känns inte rimligt att man separerar två barn som redan har förlorat båda sina föräldrar."

"I allt det här är det nog det konstigaste. Konstigare än att vi blev lämnade. Våra föräldrar var bara barn och rätt rotlösa. De insåg att de inte kunde ta hand om oss. Det är väl ändå någonstans begripligt. Men att kommunen skilde på oss, det fattar jag inte."

Han skakar på huvudet. Hedda återvänder till skärmen. Tråden på Flashback fortsätter ett bra tag utan att något nytt framkommer. HateYouMotherFuckers länkar till en artikel om en man som grillar guldhamstrar. Hedda är nästan på väg att tappa fokus när hon får syn på MosterEvas kommentar.

MosterEva: Jag råkar ha en bekant som tjänstgjorde vid polisen när systrarna hittades. Huvudparten av de barn som polisen möter i samband med sina brottsutredningar har levt med missbrukande eller psykiskt sjuka föräldrar. De har utsatts för våld och försummelse. Min bekant säger att mycket tydde på att så inte var fallet här. Hon fick aldrig känslan av att barnen farit illa. Tvärtom var de trygga. Det får en ju att undra ännu mer hur det kom sig att föräldrarna övergav dem på det där sättet.

"Lisbet."

Tanken är så stark att Hedda inser att hon har sagt namnet högt. Det hettar i ansiktet och inom henne sjuder det av någonting infekterat och instängt, någonting gammalt och kuvat. Denna MosterEva gör alltså gissningen att hennes och Josefs biologiska föräldrar saknade psykisk ohälsa. Okej, så kunde det absolut ha varit, men Lisbet, hon hade desto mer av den varan.

"Lisbet, din adoptivmamma?" undrar Josef.

"Ja. Det måste ha varit hon som manipulerade socialen. Om du hade träffat henne skulle du fatta. Lisbet är den mest beräknande, lismande och manipulativa människa jag någonsin har varit i närheten av. Om hon ville adoptera såg hon till att gå igenom adoptionsutredningen med MVG. Och om hon ville ha *en* bebis istället för två såg hon förstås till att det blev så! Lisbet är kapabel att charma vem som helst. Men när man inte gör som hon vill, då kan hon också döda en på två röda."

"Döda?!"

"Ja, inte bokstavligt talat. Det är självkänslan hon dödar."

"Psykopat typ?"

"Psykopat de fucking luxe."

"Jag är verkligen ledsen för din skull, Hedda."

"Det är över nu, men av allt Lisbet tog från mig var det här det största. Hon tog dig från mig."

Hedda viker ner locket på den bärbara datorn och stoppar tillbaka den i handskfacket. En välbekant förlamning har tagit kroppen i besittning. Hon huttrar till och trycker ner handflatorna i jeansens framfickor.

"Men tänk om det är så här det hänger ihop", utbrister Josef. "Lisbet och hennes gubbe har redan ett barn sedan tidigare. Katja. De ansöker om att adoptera ett till och erbjuds tvillingar. Men Lisbet vill bara ha *ett* barn. Hon manipulerar adoptionshandläggaren som du ju menar att hon är så bra på. Din adoption går igenom. Du flyttar till Stockholm. Någonstans under den här processen ramlar polletten ner hos utredaren. Hon inser att hon har låtit sig styras. För sent inser hon det. Så där som det ofta är. Man fattar med facit i hand."

"Ja?"

Josef biter på underläppen och kisar mot henne.

"Kan det ha varit adoptionshandläggaren som smög in den där anteckningen i mina papper? *Lisbet Johansson, tandläkare.* I hopp om att mina föräldrar skulle ta kontakt. Så att vi skulle få träffas."

Kapitel tjugotre

Kostymbyxorna har dålig passform och skjortans knappar spänner en aning över magen. Ändå får Hedda känslan av att Håkan har klätt upp sig. Det var hans förslag att de skulle träffas i Karlstad. Om de har tur har han saker med sig efter deras mamma. Saker som kan ge dem någon slags bild av vem hon var. Och förhoppningsvis några ledtrådar till var de skulle kunna hitta sin pappa.

Håkan är redan på plats i hotellobbyn när de anländer. Hedda förstår direkt att det är han. Det är en stor lobby med färgglada fåtöljer, loungemusik och öppen spis. Trots att det är mitt i sommaren är brasan tänd. Ett sällskap av medelålders kvinnor pratar uppsluppet vid ett av borden. En barnfamilj spelar kort vid ett annat. Håkan står vid fönstret. Det måste vara Håkan.

Josef är snabb att checka in vid receptionsdisken. Det finns gratisnätter på hans pappas medlemskonto och strax står han med två nyckelkort i handen. Receptionistens värmländska är lika bred som hennes leende. Det är uppenbart att hon tycker att Josef är het.

”Är ni syskon?” frågar hon.

”Tvillingar”, ler han.

”Urcoolt.”

Bokstaven o dras ut och den dialektala betoningen formar receptionistens läppar till en strut.

Josef skrattar. Hedda är upptagen av Håkan och det stundande mötet. Kanske är det här den enda person hon någonsin kommer att få träffa som har känt hennes biologiska mamma. Det är schysst att han tagit sig tid att komma till Karlstad för deras skull. Hon vet inte hur långt han rest, men Eriksfors låter avlägset och lantligt.

Innan de lämnar receptionsdisken tar Josef en näve med geléhallon ur skålen som tjejen sträcker fram. Håkan är yngre än vad Hedda föreställt sig. Med huvudet lätt framåtböjt går han dem till mötes.

"Så, det här är Alices barn", säger han och sträcker fram handen, först till henne, sedan till Josef. "Det var en slutsats jag kunde dra omedelbart."

Han berättar att han har sett fram emot mötet och att det ska bli *angenämt* att äntligen få träffas och lära känna varandra. De får veta var han har parkerat sin bil och vad han tycker om inredningen i hotellets lobby. Det är nästan som om han har bestämt på förhand vad han ska säga. Som om han läser ur ett manus.

Glasögonen är båglösa och svagt tonade i en grågrön nyans. Huden i ansiktet är grov, som hos en person som lever huvudsakligen på animaliskt protein. Hans ord kommer utan brukliga tillägg – inga *liksom, eeh* eller *vad heter det* utan välformulerade och kompletta meningar, rågade med omoderna uttryck.

Håkans andning är motsträvig och astmatisk. Han är slätrakad med undantag för en välansad mustasch. Den cendréfärgade frisyren är några centimeter i längd. Hedda suckar. Ett vemod kommer över henne och hon måste lägga en hand på hans arm. Det är inte som att han ryggar tillbaka eller avvisar henne, inte alls, men hon känner själv att handen inte hör hemma där. I flera sekunder sitter förnimmelsen kvar i fingrarnas känselkroppar, förnimmelsen av att inte vilja närma sig igen.

"Jag hämtade upp Hedda i Stockholm", konstaterar Josef med samma smått forcerade stämma som han hade när de pratades vid på telefon för några timmar sedan. "Vi tog södra vägen över Eskilstuna. Jag tycker mer om den vägen än den norra över Enköping och Västerås."

Alldeles intill henne står han, tvillingbrodern. Samhörigheten mellan dem stoppar om med behaglig trygghet. Som att omfamnas av varm lera. Utan honom hade hon antagligen haft svårare att orka upprätthålla det här vänliga leendet som hon ändå tycker att deras mammas fästman har gjort sig förtjänt av. Håkan må vara udda på ett lite krypläskigt sätt men informationen han sitter på kan de inte gärna få från någon annan.

Josef frågar om hon vill ha någonting från baren. Han har redan ställt samma fråga till Håkan och erbjuder sig att gå och handla medan de slår sig ner i fåtöljerna vid den öppna spisen. Så här på närmare håll ser hon att elden är fejk, skickligt konstruerade låtsasflammor som rör sig i en återkommande slinga.

"Nej tack, jag är nöjd", är hon snabb att svara, eftersom bara tanken på att lämnas ensam kvar med Håkan får prestationsångesten att pulsera bakom pannbenet.

"Inte heller jag är intresserad av vad baren har att erbjuda", säger han nu, som om det inte räckte med det *Svar: nej* han gav Josef nyss. "Jag är inte någon vän av spritdrycker. Det man alltid bör ta i beaktning är att alkohol tenderar att förvandla individen till ett offer. Med alkohol i kroppen är det inte ovanligt att människor gör sådant de i efterhand ska komma att ångra."

Hans uppmärksamhet är riktad mot Hedda och endast mot henne. Bara helt kort snuddar blicken vid Josef. De blir stående och det är henne han studerar. I varsin färgglad tygfåtölj slår de sig sedan ner och fortfarande är det hon. Hennes reaktion blir att pilla på såret vid vänstra knogen, vika ner jeansjackans ärmar och dra i dem.

"Jag fanns vid hennes sida", säger Håkan. "Det var jag som tog hand om Alice hennes sista tid i livet. Jag skötte din mor med största omsorg ska du veta. Om du vill kan vi besöka hennes grav tillsammans."

"Var det många som kom på begravningen?" frågar hon utan att kommentera hur han konsekvent utesluter Josef.

Håkan rättar till sina glasögon.

"Nej, det var dessvärre inte många som var bekanta med Alice. Hon hade inget större umgänge så att säga."

"Jag förstår", svarar Hedda kraftlöst.

Fåtöljens ryggstöd är för lågt för att hon ska kunna luta huvudet mot det. Håkan pratar om en hjortkalv som stod på tomten morgonen då Alice dog och han pratar om stövlarna som hans farsa brukade ha på sig när han jagade älg. Hon och Josef sitter tysta och lyssnar. Håkan har sparat Alices kläder och smycken. Han har en ledande funktion på sin arbetsplats och anser att rätt ska vara rätt när det gäller milersättning - eller om det är semesterdagar som han snackar om nu.

Hedda får lust att pausa spelet, men är medveten om att det varken är Candy Crush eller Jelly Splash det här. Förmodligen har det blivit lite för mycket på en och samma dag, en hel del revolutionerande information och den största syskonåterföreningen i mannaminne. Lite som när hon och Ralf julkraschade som barn. Det var moster Ylvas uttryck – *barnens traditionsenliga julkrasch.*

Antagligen triggade de varandra. Ralf brukade väcka henne alldeles för tidigt på julaftons-morgonen. Långt innan resten av familjen kommit till liv började de dona med lussekatter och kaffebryggare nere i köket. Julfrukosten intogs sedan i mammas och pappas säng, oftast ackompanjerad av någon extra spexig underhåll-ning som fick publiken att vrida sig av skratt, Wendela undantagen.

Ja, och sedan fortsatte dagen i samma anda. Hedda och Ralf rusade runt i neurotisk förtjusning, flamsade sig igenom jullunchen, krälade runt bland släktingar och hemmagjorda marsipangodisar i soffan, kunde omöjligt sitta still vid Kalle Anka – och flippade sedan totalt när det var dags för julklappsutdelning. Det var alltså därefter som kraschen infann sig. När alla presenter var öppnade.

Vad för slags present Håkan Mullberg är återstår att se.

"Du är sannerligen mycket lik din mor", säger han med ett leende som innefattar även ögonen. "Samma ansiktsdrag och ljusa lockiga hår, samma milda stämma."

Hon funderar på att fråga honom om han händelsevis har några bilder på Alice i sin mobil när en solbränd man med grön pikétröja kommer fram till bordet.

Han utbrister: "Jag visste det! Cissi trodde mig inte men visst är det väl Mulle Mullberg som sitter här? Jösses, det var banne mig inte igår!"

Håkan granskar mannen några ögonblick innan han talar, nu med avsevärt pipigare röst.

"Jag uppfattade inte ditt namn. Ursäkta mig, men hur var namnet?"

"Känner du inte igen mig, Mulle? Det är Tobias. Tobias Mortensen från gymnasie-klassen. Cissi gick ju också på Tingvalla. Cissi känner du väl igen?"

En kvinna i vit klänning och högklackat sluter upp bredvid gymnasiemannen. Han lägger armen om henne och de ler stort bägge två. Hos Håkan framträder inget leende. Tvärtom ser han ut som om han vill lämna lobbyn med omedelbar verkan och bege sig långt bort härifrån.

"Trevligt att träffas", säger han.

Kvinnan vänder sig mot Josef och Hedda.

"Jaha, hej! Och vilka har vi här då?"

"Josef heter jag."

"Hedda."

"Och ni känner Mulle genom..."

"Vi känner egentligen inte varandra", säger Josef. "Håkan var tillsammans med vår biologiska mamma och nu har vi kommit hit för att få veta mer om henne. Vi blev bortadopterade när vi var små och har inte..."

"Jaså, verkligen?" avbryter Cissi utan att tyckas höra vad Josef säger. "Vad spännande det låter! Ikväll är det hur som helst sju år sedan Tobias och jag blev ett par. Och eftersom min lillebrorsa har börjat jobba i baren här så tänkte vi att vi går hit och tar ett glas. Vad säger du, Tobbe, det kanske är dags för oss att röra på oss, eller?"

Hon drar lite diskret i sin pojkväns arm.

"Vi träffades på Simon Hallenstens bröllop", säger han vänd mot Håkan. "Du var inte... Nej, men hur som helst, Simon och Johanna skilde sig förra året. Jättetråkigt verkligen. Och oväntat måste jag säga, så kära som de var på det där bröllopet. Cissi och jag däremot, vi har gått från klarhet till klarhet, firar sju år i dag som sagt var, har villa på Färjestad och tre knoddar."

Innan paret lämnar bordet för att gå vidare till baren lutar sig Tobias mot Mulle och tar en selfie med sin mobil.

"Alltså, herregud, Mulle Mullberg, jag dör", skrattar han och lägger armen om sin forne klasskamrat.

Håkans min påminner om den hos en tvångsbadad katt. Att även Cecilia strax därpå nästlat sig in i omfamningen gör knappast saken bättre. Hedda ser på Josef som diskret höjer på ett ögonbryn. Hon biter på läppen.

När gymnasiekompisarna har gått blir det tyst en stund. Ingen av dem verkar riktigt veta vad de ska säga. *Mulle*. Hedda tänker på William som heter Ralf. Det kanske är läge att ringa honom. Hon vänder sig mot Josef.

"Är det okej om jag lånar din telefon? Jag glömde ju min hemma."

"Jag föreslår att du lånar min istället", säger Håkan och fiskar upp en mobil ur skjortans bröstficka.

I kontrast till Håkans övriga stajl är mobilen tidsenlig, en av de senaste Samsungmodellerna. Snabbt låser han upp telefonen åt henne och lägger den på bordet framför dem.

"Varsågod."

Hedda tvekar ett ögonblick men tar sedan Håkans mobiltelefon och trycker in Ralfs nummer, ett av de totalt två som hon kan utantill.

Kapitel tjugofyra

H on minns egentligen inte att hon tog sig upp till rummet på kvällen och gick och la sig, men det måste hon ha gjort eftersom hon för lite drygt femton minuter sedan vaknade i den ena av hotellrummets två sängar. Josef påstår att hon har sovit i *more or less elva timmar*. När hon kommer ut från duschen har han dukat upp Seven Eleven-kaffe, färska hallon och bagels på en grön sittpuff med upplysningen att frukostmatsalen stängde nio och trettio.

"Halv tolv", ler han och tar upp två kardemummabullar ur en papperspåse. "Klockan är halv tolv, syrran."

Hedda plockar åt sig en av bullarna och sjunker ner på heltäckningsmattan mitt emot honom, idisslar det faktum att han kallar henne *syrran*. Det får några yrvakna flygfän i mellangärdet att fladdra till och en serie minnesbilder från gårdagen att komma ifatt henne. Deras förbluffande möte. Bilfärden till Värmland. Håkan Mulle Mullberg.

"Jag är inte van att gå upp tidigt", säger hon. "Eller att gå och lägga mig sent. Sjukskriven sedan maj. Du har inte sagt vad du jobbar med."

Bullen är saftig och med perfekt mängd fyllning. Josef tar en bagel men ångrar sig och lägger tillbaka den igen.

"Jag pluggar."

"Till vad?"

"Genusvetare."

"I och för sig liiite förutsägbart."

Han höjer på ögonbrynen.

"Men schysst såklart", lägger hon till och slickar socker från läpparna.

"Vad för slags sjukskriven är du?" undrar han.

"Utmattningsdeprimerad."

Hon flyttar sig över golvet för att slippa få underredet till den otympliga vägglampan i huvudet. Nacken är lite stel efter en natt i okänd säng. Josef viker in fötterna under sig så att han hamnar i skräddarställning. Hedda undrar vilket schampo han använder för hans hår ser mer följsamt ut än hennes eget. Kardemummabullen är slut. Hon skulle vilja ha en till.

"Ta den", säger han och gör en gest mot den andra.

Hon ler över tankeläsningen och gör sedan som han säger.

"För sex år sedan fick jag min juridiska identitet. Jag blev Josef på pappret. Efter år av utredningar och behandlingar och operationer kunde jag ägna mig åt annat. Min Youtubekanal hyllades. Andra transkillar såg mig som en förebild. Jag hade flickvän och i samma veva flyttade jag till egen lägenhet. Det var... Ja, jag borde ha varit lycklig."

I korridoren utanför hörs röster. Hedda tar en klunk av det svarta kaffet.

"Men allt du kände var tomhet?" föreslår hon.

Han drar på munnen.

"Jag hade alltid tänkt att om jag bara får vara man så blir allting bra, men när jag väl kom dit visste jag inte vem jag var. Alltså jag visste inte vem jag var helt oavsett kön, om du förstår vad jag menar."

"Du anar inte vad jag förstår. *Vem är jag?* är i det närmaste det första jag frågar mig själv när jag vaknar på morgonen. Du och jag kanske har anledning att suga lite extra på den funderingen, med tanke på vår knepiga bakgrund."

"Adoptionen låg absolut inflätad i identitets-kaoset. Under några månader tappade jag det helt, sov tjugofyra sju. Eller låg och stirrade in i väggen."

"Så vad blev vändningen?"

"Det var en lite oväntad vändning. Min kusin sökte upp mig. Han bor i Oslo. Vi var väldigt tajta när vi var små men har bara haft sporadisk kontakt sedan dess. En dag stod han där och sa att vi skulle på fest."

"Att ni skulle på fest?"

"Ja. Jag vet inte hur han bar sig åt men han lyckades få med mig. Till Oslo."

Josef frustar, eller om det är ett skratt.

"Ja?"

"Vi festade ett par veckor och jag träffade en massa folk. Och någonstans i allt det där gick det upp för mig att det finns olika sätt att vara människa på. Och att det löser sig."

Hedda nickar, dricker mer av kaffet.

"Du behöver bli meddragen. För att inte bli för seriös. För att inte gå vilse i dina egna fund-eringar."

Josef betraktar henne.

"Du vet vem jag är", säger han mjukt.

"Alltså. Med risk att låta töntig. När jag är... Eller förresten, det var inget."

"Jo, säg."

När jag är med dig vet jag typ vem *jag* är, var det som hon tänkt säga, men inte ens till sin tvillingbror kan hon formulera någonting så töntigt.

Istället säger hon: "Du festade dig fram till insikten att det finns olika sätt att vara människa på."

"Lite så."

Hon reser sig upp.

"Jag tänker att det finns ganska många olika sätt att vara *man* på också."

"Eller hur", säger Josef och reser sig han med. "När jag var tonåring brottades jag mycket med alla de där schablonbilderna som finns av manlighet."

"Det kan jag tänka mig."

"Någon machosnubbe har jag ju aldrig varit. Och inte heller strävat efter att bli."

"Vilket liksom hedrar dig på något vis."

Hedda gör en teatralisk bugning. Josef skrattar och kramar om henne. De städar undan frukosten och lämnar hotellet.

***

Det är trivsamt att färdas med Josef. Som skyddad av ett omtänksamt hölje sitter hon här igen bredvid honom i bilens framsäte. Enligt vägskyltarna ligger

Molkom bara några enstaka mil från Karlstad. Trafiken är gles. Josef nynnar med i låten som utan brådska släpar sig ut ur högtalarna. *Days like this* heter den och kommer från hans blueslista på Spotify.

Hedda vilar blicken på träden genom bilrutan. Värmland är fullt av skog. Större delen av Sverige är fullt av skog. Hon både älskar och hatar det. Älskar för att det är välbekant och tryggt, hatar för dysterheten som vilar över de mörka barrskogarna. Hon är ju liksom lite känslig för dysterhet. Har en tendens att förföras av den. Gå vilse i den. Emellanåt är det skrämmande lätt att identifiera sig med avvägarna.

Linus sa en gång att den mest sanningsenliga synen på världen har den som är deprimerad. Det var naturligtvis en märklig sak att säga, men han hade läst det någonstans. Hos den deprimerade finns en nykterhet, en transparens i perceptionen som är så fri från tillrättaläggande att den är sjuk. För att klara av livet måste vi sminka till verkligheten, göra världen snyggare än vad den egentligen är, göra oss själva snyggare. Vi måste ljuga för att vara lyckliga.

Mindre än en halvtimme efter att de lämnat parkeringshuset i Karlstad bromsar Josef in på den stora grusplanen nedanför Nyeds kyrka i Molkom. De kliver ur bilen. Hedda rättar till den nyinköpta tröjan som hasat upp över ryggen under bilfärden. En lätt bris för med sig doften av någonting blommigt. Hon knuffar igen bildörren. Ovanför parkeringen en bit bort står en äldre man och vattnar med en vattenslang. Han tycks inne-sluten i ett oåtkomligt universum.

"Du, jag glömde ju att säga att jag pratade med socialtjänsten förut", utbrister Josef.

"När har du hunnit med det?"

"Medan somliga låg och sov."

"Det var synnerligen driftigt av dig."

"De sa att det finns journaler och utredningar som vi ska få läsa. Den här killen som jag pratade med lovade att kontakta arkivet. Där kommer de att kopiera alla handlingar åt oss. När det är klart återkommer han till mig."

"Oj."

"Ja, när han sa det, då blev jag faktiskt lite skakis. Det känns stort att få allting svart på vitt."

De följer den grusade gång som leder genom gravplatsen fram till kyrkan. Nyeds kyrka ser snäll och trygg ut med sin gedigna stengrund, röda timmerfasad och höga, välvda fönster. Taket ligger som en stor hygglig mössa över den näpna byggnaden. I nocken sitter en metalltupp och vakar över det hela och strax bakom kyrkan ligger sjön.

Om Hedda själv hade hamnat i en situation där hon sett sig nödgad att lämna sina bebisar vid en kyrka hade det här också blivit hennes val.

"Det måste vara på andra sidan", säger hon och de följs åt runt hörnet på byggnaden för att hitta huvudingången.

"Där", säger Josef och pekar på kyrktrappan. "Där var det som de lämnade oss."

Den är lägre än hon hade tänkt sig, breda stenblock och bara tre trappsteg. Hon kliver upp och ställer sig med ryggen mot den rustika träporten. Den är solvarm fast på ett obehagligt sätt.

"Vad kände vi tror du?" frågar hon och sväljer ner någonting ömtåligt. "Var vi rädda?"

"Jag antar att vi sov. De kanske hade gett oss något så att vi inte skulle vakna så lätt."

"Gett oss något?"

"Ja, jag vet inte, någon lugnande tablett eller något. Det är väl rimligt?"

De slår sig ner bredvid varandra på den svala stenen.

"Nej, det är inte rimligt", säger hon, rösten grötig. "Inget av det här är rimligt!"

Han tittar bort. En lång stund blir de sittande där på trappan utan att säga något. Hedda klappar med handen över stenytan. Josef tar ut en snus.

"Det skulle kunna finnas någonting nedskrivet", säger han, "en dagbok eller vad som helst. Från Alice alltså. Bland sakerna som Håkan har."

"Mulle."

"Ja, Mulle. Jag tycker att vi ska åka dit. Han var ju rätt tydlig med att vi var välkomna. Eller att *du* var välkommen. Det var han väldigt tydlig med."

En närgången vindpust tar tag i Heddas hår och hon fångar det med handen för att hålla det borta från ansiktet. Detta att träffa Håkan Mullberg i inramningen av en hotellobby var en sak. Hans personlighet och hur det var att befinna sig i hans omedelbara närhet väckte onekligen upp någonting klaustrofobiskt inom henne. Tanken på att de, som Josef föreslår, skulle besöka honom i hans hem i Eriksfors, stryper i det närmaste hela hennes lufttillförsel.

På gruset vid klocktornet en bit bort promenerar en skata. Den rör sig emot dem. Fjädrarna skimrar i de mjuka augustistrålarna. Hedda följer djurets knyckiga rörelser medan hon begrundar Josefs förslag.

"Vad tror du, Skatan?" frågar hon. "Skulle farbror Mulle kunna ha vår mammas dagbok där hemma?"

Skatan som flackat med blicken på fåglars vis ser nu på henne med oförmodad skärpa. Ögonen är blankt svarta. Hedda hejdar ingivelsen att luta sig fram och klappa den över nacken.

"Skatan säger att det skulle vara överflödigt att åka till Eriksfors och hälsa på Mulle", förklarar hon för Josef. "Skatan säger att om Mulle nu hade haft Alices dagbok skulle han väl förihelvete ha tagit med sig den när vi träffades igår. Så säger Skatan. Direkt översatt med svordomar och allt."

Josef ler sorgset.

"Det slår dig inte att Skatan säger så utifrån att hens biologiska föräldrar aldrig övergav hen som litet fågelbarn? Skatan har helt enkelt inte tillräckligt skarp mentaliseringsförmåga för att sätta sig in i hur stort det skulle vara för dig och mig ifall vi skulle hitta någonting som Alice har skrivit."

Antingen känner sig Skatan förnärmad eller så skräms den av signalen från Josefs mobil. Hur som helst lämnar den sin post som sakkunnig och flaxar därifrån.

"Eller vänta lite..." säger Josef och skuggar telefondisplayen med sin handflata. "Vad säger du om att pausa sökandet efter våra roots under de närmaste tjugofyra timmarna och göra någonting helt annat?"

"Va? Vad är det som har hänt?"

"Jag tror att jag kan ha århundradets grej på gång."

Kapitel tjugofem

Ett monotont dunkande ljuder i den svarta natten. En ridå av rök formar dramatiska mönster. In genom den täta dimman stiger en gigantisk best. Den har två huvuden och flertalet armliknande tentakler längs med utsidan av den upprättgående kroppen. Benen liknar slemmiga trädstammar och slutar i ett par enorma klövar vars ytskikt ena stunden verkar rött och nästa glittrar i en guldgul ton. Dunkandet stegras och som på en given signal kastar varelsen sina bägge huvuden bakåt och ger ifrån sig ett vrål som skär genom luften.

En svettig tonårskille stöter emot Heddas axel i det annars andäktiga publikhavet. Josef fattar hennes arm och drar henne till sig. Trummandet bryts, dimmorna skingras och när vrålet ebbat ut råder total tystnad. Varelsens huvuden riktas istället mot varandra. Det ena är ludet, öronen spetsiga och morrhåren långa från det blanksvarta trynet. Ögonhålorna är urholkade fördjupningar. Det andra huvudet har fler mänskliga drag, skinnet bara lätt hårbeväxt, ansiktsformen oval med platt nos och långsmala ögon. Munnen som är halvt öppen har stelnat i ett hånflin.

Med sina långa halsar undersöker huvudena varandra - gnider, nosar, sniffar. Plötsligt kommer en lång ormtunga farande ur det hånleende gapet, pressar sig in i det lurviga ansiktets mun. Högljutt

kysser de varandra. Det är en absurd, mot-
bjudande och kuslig kyss som för tankarna till
dekadans och förtvivlan, till död och världens
undergång.

Just som åsynen av den groteska kyssen är på
väg att bli ohanterlig sprakar det till i en av de
många tentaklerna. En intensiv elektricitet
förflyttar sig från tentakel till tentakel hela vägen
längs den väldiga kroppen. Torson fattar eld och
lågorna sprider sig blixtsnabbt. Rätt vad det är
exploderar hela varelsen och lemmar och
kroppsvätskor stänker åt alla håll. Huvudet med
det hånleende gapet är det sista som flyger i luften.
Det brinner som ett tomtebloss innan det faller ner
och förenas med glödgade kroppsdelar och kött-
slamsor.

"Sysslebäck är ni med oss?!"

Carla och Zoe springer ut på scenen iklädda sina
karakteristiska kättingkostymer. Publiken jublar.
Resterna från den skoningslösa slakten nyss är
borta och istället har två guldfärgade burar hissats
ner från taket.

"Är du okej?" skriker Josef i hennes öra medan
bandet kör igång introt till Unhuman love affair på
scenen.

"Absolut, det är kanon!" skriker hon tillbaka.

De befinner sig på en exklusiv spelning med
Sysslebaeck Suicide. Sedan det mytomspunna
genombrottet i London förra året är det här första
gången som bandet uppträder i Sverige. För en
kväll har pyttesamhället Sysslebäck i norra
Värmland förvandlats till en internationell arena

med tung polisövervakning, kravallstaket och ett massivt pressuppbåd. Att Josef lyckats komma över biljetter är obegripligt.

Musiken stegras och publiken vrålar. Zoe har stigit in i sin bur, men Carla går fram till det vargliknande monster i jätteformat som kommit in på scenen. Hon har ett stort svärd i handen och sjunger att inte ens döden kan få henne att ge upp. *Hey, take a look at me. I'm not afraid. I'm the bloody owner of my universe.*

När hon höjer svärdet hugger odjuret med stora rovdjurständer efter henne. I närkampen faller svärdet till marken. Hon lyckas greppa det och prickar in ett perfekt hugg. *I'm the bloody owner of my universe.* Trummorna är snabba och Zoe's elgitarr skränig. En aggressiv klaviaturslinga ligger på i bakgrunden.

Unhuman love affair, unhuman, unhuman, unhuman love affair. Carla stoppar in hela armen i varelsens bröst och sliter ut dess hjärta. Striden är över och den väldiga kroppen faller ner i en hög på scengolvet. Zoe stiger ut ur sin bur och tillsammans lyfter de det självlysande hjärtat mot himlen. *Unhuman, unhuman, unhuman love affair.*

***

"*Sysslebaeck Suicide* – kan det verkligen ha varit så illa att växa upp här?" säger Josef och gör en gest mot Klarälven som självsäkert flyter fram genom det pittoreska vykortslandskapet. "Fast det såklart, det är en liten håla. Deras hårdrocksambitioner fick väl knappast adekvat uppmuntran på hemmaplan. Här är det nog folkdans och scouting som gäller. Skidåkning. Flugfiske."

De har ställt sig vid ett av de höga barborden i anslutning till områdets öltält med varsin lager. Till vardags är det här en fridfull husvagnscamping med vildmarksinriktning, nu en storslagen konsertanläggning med världspress, avancerad teknik och otaliga säkerhetsvakter som meddelar sig via kommunikationsradio.

"Jag läste att namnet bara är en lek med ord", säger Hedda. "Att de hade en rätt okej uppväxt här. Deras pappa är tydligen också musiker. Jag har för mig att han var från England från början."

"Han är irländare", säger Josef. "Men du, vad tyckte du nu då? Om spelningen."

Hedda hade så gärna bjudit honom på ett skarpsinnigt svar, inkluderat en nyanserad jämförelse med andra rockband hon sett. Josef har inte bara tagit del av otaliga teaterpjäser, smala kultfilmer och besökt tonvis av konstutställningar. Han har också varit på ett stort antal konserter med internationella band. Hon hade velat möta honom där, på hans nivå. Problemet är bara att konserten med Sysslebaeck Suicide är den första konsert Hedda har varit på i hela sitt liv. Ralfs småskaligare evenemang genom åren undantagna.

Hon svarar istället att konserten var *helt otrolig*. Hon säger: *Vilken energi!* och framhåller att hologrammen var *hur coola som helst*. Hon konstaterar att hon *nog inte riktigt har fattat det än* och syftar på det faktum att hon har sett bandet live. Hon säger att ingen kommer att tro henne. Hon säger till och med att hon *inte kommer att tro sig själv.*

"Så hur gör vi nu då?" frågar Josef utan att tyckas reflektera över detta hennes lågvatten-märke. "Tänker du fortfarande att du *inte* vill besöka Mulle?"

Åtskilliga röster konkurrerar om luftrummet och de behöver fortfarande skrika för att göra sig hörda. Borta vid baren har någon fått i sig lite för mycket och börjat kräkas. Personen bredvid vrålar värmländska superlativ.

"Ja faktiskt", säger hon som svar på Josefs fråga. "Jag kan inte komma i kontakt med någon som helst längtan efter att få träffa Mulle igen."

Josef smuttar på sin öl.

"I min värld har vi åkt till Värmland för att söka våra rötter. Mulle är vår enda koppling till det vi kommer ifrån. Om vi packar ihop nu och drar hem igen missar vi möjligheten att få veta mer om våra föräldrar. Vi missar möjligheten att hitta vår biologiska pappa."

Hedda blickar upp mot den stjärnklara natthimlen. Hundratals glimmande diamanter lyser i den blåsvarta rymden. Ett hisnande konstverk, lika kusligt som vackert. På mellanstadiet hade hon en klasskompis som ville bli astronaut. Zainab som hon hette var inspirerad av Christer Fuglesang. Tidigare samma år blev han förste svensk i rymden. Själv har Hedda aldrig förstått sig på den sortens våghalsiga begär. Hon har liksom haft fullt upp att hantera de utmaningar som serverats henne här på jorden.

"Vi har redan träffat Mulle", säger hon. "Han säger att det finns lite kläder och några smycken kvar efter Alice. Det tycker jag kanske att vi kan klara oss utan."

"Eftersom du inte vill träffa honom igen? Eftersom du tyckte att han var en rätt kymig typ?"

"Ungefär därför."

"Helt oavsett vad Mulle *säger*, tycker du inte att det borde finnas mer än några klädesplagg och smycken kvar efter Alice? Ingen dör väl utan att lämna någonting nedskrivet efter sig? Om inte dagböcker så i alla fall anteckningar. Eller en mobiltelefon med kontakter. Jag tänker att personliga spår måste finnas efter en människa som har levt i mer än fyrtio år."

"Mmm."

"Är du med på vad det skulle vara värt ifall vi hittade någonting som Alices har skrivit eller om vi hittade personer som kände henne? Om vi hittade vår biologiska pappa, Hedda!"

En stark längtan efter soffan hemma på Bokbindarvägen kommer över Hedda. Att få krypa upp bland de mjuka kuddarna. Se någon okomplicerad serie på Netflix.

"Kanske", säger hon.

"Vad då kanske?"

"Jag vet inte. Anteckningar och dagböcker säger du. Mulle sa ingenting om att Alice skulle ha lämnat några såna grejer efter sig. Han pratade om kläder och smycken. Hade han velat visa oss en dagbok hade han väl nämnt det redan på hotellet. Eller?"

Josef grimaserar.

"Ja, eller om det finns saker som han inte vill att vi ska ha", säger han. "Som han hellre vill behålla för sig själv."

"Det han inte vill ge oss kan vi ju i alla fall inte komma åt, eller hur? Ifall du inte väljer att rikta en fet revolver mot hans nacke och säga: *Ge oss Alice dagbok. Som jag känner på mig att du har. Annars skjuter jag dig.*"

Josef dricker av sin öl.

"Kommer du ihåg när han sa att det var onödigt att vi bodde på hotell?" frågar han medan han tankfullt vickar flaskan i ena handen. "Att vi var välkomna att bo hos honom i hans gästrum istället."

"Ja och det var ju knappast ett alternativ", flämtar Hedda.

"Om vi åker dit i morgon kväll och sedan stannar kvar över natten, då skulle vi kunna leta igenom hans hus under fredagen medan han är på jobbet."

"Sova över menar du?!"

"Ja. Om det är vår chans att få tag på de spår som Alice har lämnat efter sig, då föreställer jag mig att det är en rimlig insats. Du kan se det som en investering i din egen identitet."

Någonting har börjat äta på Hedda, äta och äta som om hon förvandlats till en tallrik fish 'n chips.

"Jag avstår helst", säger hon energilöst.

"Du avstår helst från att sova över?"

"Från att åka dit. Alls."

Josef grimaserar.

"Med all respekt Hedda", säger han, "jag förstår att du inte älskar Håkan Mullberg. Det gör inte jag heller. Men är det inte väldigt mycket av..."

Han avbryter sig själv.

"Väldigt mycket av vad då?"

"Är det inte väldigt mycket minsta motståndets lag som styr dig nu?"

Det blir strävt i området kring hjärtat. Josef tycker att hon är handlingsförlamad. Oförmögen. Ynklig. Snart kommer han att fråga om det här verkligen är den hon är. *Är det så här du vill leva ditt liv?* kommer han att säga. *Genom att* avstå *ifrån det.*

De blir stående utan att säga något. Hon pillar lite på ölflaskans etikett. Josef kollar sin mobil. När *Unhuman love affair* börjar strömma ut från öltältets högtalare skruvas volymen upp ännu lite till. Omedvetet sugs Hedda in i musiken. Trummornas distinkta rytm bultar mot köttet. Den upproriska klaviaturslingan masserar hennes skuldror. Som genom en osynlig kanyl tränger texten in i hennes blodkärl.

Hey, take a look at me. I'm not afraid. I'm the bloody owner of my universe.

I'm the bloody owner of my universe? Det kan hända att Hedda har fegat ur lite för många gånger och det kan hända att hon gått miste om en och annan möjlighet. Men var det inte hon som utan att tveka kastade sig iväg när Josef ringde? Var det inte hon som susade upp till Värmland massor av mil hemifrån? Och är det inte hon som just har varit på sitt livs första rockkonsert? Möjligen är det så att själva kraften finns där trots allt, men att det är upp till henne att sträcka ut handen och sno åt sig den.

När de någon timme senare hoppar in i bilen för att resa söderöver har Heddas mentala konstruktion snickrats om en aning. Hon tänker att Josef har en poäng ändå. De borde nog kolla upp lite mer noggrant vad som finns kvar efter Alice. Även om det inbegriper ett besök hos Mulle. Och i värsta fall en övernattning.

Kapitel tjugosex

Huset är vitt med gröna knutar, gammalt men väl underhållet. Fasaden har flertalet spröjsade fönster och en balkong, men huvudentrén verkar vara på baksidan av byggnaden. Josef kör upp på det välkrattade gruset och parkerar bredvid en svart stadsjeep. Hedda låter blicken svepa över gräsmattan och de pampiga blomsterrabatterna, lusthuset och den blågula fanan som fladdrar i flaggstångens topp.

"Antingen har han gott om tid eller också resurser nog att anlita yrkesfolk", säger Josef och nu uppenbarar sig Mulle bakom grinden.

Det är en låg grind i ett vitt staket som omgärdar trädgården. Josef stoppar in en snus och stiger ut på gruset. Innan Hedda kan lämna bilen får hon återigen lirka med sin inre motor. I en långsam rörelsekedja sätter hon ner en fot i taget, kliver åt sidan och puttar igen bildörren. Doften av nyklippt gräs fyller luften. Pappa hade garanterat börjat nysa om han varit här. Mulle har öppnat grinden och kommer emot henne, ögonen som kisande streck bakom de båglösa brillorna. Precis som här om dagen är han klädd i vit skjorta och kostymbyxor.

"Ser man på."

Hans röst är spänd. Klumpigt sluter han hennes hand i sin. Stor, varm hud tar för sig av hennes.

184

Handen är större än hon minns den och den dröjer kvar lite för länge.

"Vad fint du har det", hör hon Josef säga och hon vet inte varför hon börjar fnissa men det gör hon.

De följer en stengång in i trädgården. Här är mer av den organiserade växtligheten, några uthus och skog som omgärdar tomten. Inte förrän hon känner Josefs hand på sin axel avtar fnisset. Mulle visar dem upp på en glasveranda. Han säger att allra först ska de få se det som var Alices rum. Josef höjer på ögonbrynen bakom hans rygg.

Mulle går in med skorna så de gör likadant. Där den mindre farstun slutar tar en större hall vid. Här är tavlor med naturscenerier, präliga armaturer, ett uppstoppat älghuvud, vitrinskåp med uråldriga skrivmaskiner, välbehållna trätråg, ett par antika strykjärn, tjocka böcker, ett gevär. Hedda känner sig yr och tingen omkring henne smälter samman.

Älgens kropp avslutas en bit ner på halsen där en rund platta av trä tar vid. Pälsen är intakt om än lite dammig. Djurets tomma blick suger tag i henne. *Hjälp mig,* viskar blicken. Hon känner sig betraktad men det är inte längre älgen som tittar på henne utan Mulle. Hans ögon är djupt blåa och liksom fastnaglade vid hennes ansikte.

"Håkan?" säger hon försiktigt.

De står där mitt på golvet i hallen och Mulle är inte kontaktbar. Hon tittar på Josef. Han ser ihopsjunken och liten ut bredvid Mulles rejäla kroppshydda. Längre bort ser hon bordet som står dukat med tallrikar och glas, ljusstakar och en stor bukett med blommor i vas. De har väl inte tackat ja till att han ska bjuda dem på middag, eller hur var det egentligen? Josef möter hennes blick och de utbyter ett tyst samförstånd.

"Hallå?" försöker hon igen, vänd mot det märkliga husets lika märkliga ägare. "Håkan?"

Mulle slår ner blicken.

"Här", pekar han och öppnar en dörr.

De går in i vad som ser ut som ett sovrum. Här finns garderobsvägg, säng och bokhylla, allting stramt och stilrent utformat. Hedda sväljer. Det var alltså här som deras biologiska mamma bodde så sent som för tre månader sedan. Sannolikt var det här hon dog.

På väggen hänger ett svartvitt porträtt av en äldre man. Fotografiet förmedlar mannens uppfodrande blick med en sådan intensitet att Hedda instinktivt tar ett steg bakåt. Det är lite som att befinna sig i ett drömtillstånd. Ingenting känns helt och hållet verkligt här. När ett operastycke börjar spelas rycker hon till.

Mulle står kvar i dörröppningen.

"Ursäkta", säger han och tar fram sin telefon ur skjortans bröstficka.

Med en snabb rörelse slår han av musiken och stoppar tillbaka mobilen. När han rättar till sina glasögon slår det Hedda att han påminner om mannen på fotografiet. Likheten sitter i ansiktets form som är påfallande fyrkantig, men de har också samma slags flyende hårfäste. Det skulle kunna vara en morfar, farfar eller möjligen en pappa. En lätt skälvning kommer över henne, en ilning längs skelettet.

"Sjöglimt", försöker Josef som står vid fönstret och spanar ut genom de spröjsade rutorna.

"... som mäklarna brukar säga." fyller hon i och ställer sig bredvid.

Omgivningarna rymmer öppna landskap och skogspartier, den nyss nämnda sjöglimten samt villor och trädgårdar i stil med Mulles. På grannfastighetens ägor går trettiotalet får. Vad obekymrade de ser ut där de betar i sin hage - luddiga kroppar utan ängslan. Själv är Hedda på god väg att få träningsvärk i smilbanden.

De behöver naturligtvis inte stanna länge. Får de bara sakerna som Alice lämnat efter sig kan de ju hoppa in i bilen sedan och dra. Josef verkar inställd på att stanna över natten. Så innerligt hon önskar att de ska slippa. Bara tanken på att vara kvar i det här huset till i morgon blir ett knytnävslag i solarplexus.

Om Mulle frågar ifall de vill ha middag ska de säga att de redan har ätit. Det har de kommit överens om. Helt sant är det inte men innan de lämnade Karlstad tog de i alla fall varsin kanelbulle och åtskilliga koppar nybryggt kaffe i hotellets lobby.

Mulle frågar inte.

"Nu äter vi kvällsvard", fastställer han.

Hedda tittar på Josef. Hon mimar ett *nej* och han biter på sin underläpp.

"Tack Håkan, men vi har redan..." börjar han.

"Det serveras raggmunk med fläsk och lingon", upplyser Mulle. "Måltiden ska intas medan den fortfarande är varm. Vi får därför ge oss till tåls med resten av husesynen."

***

Egentligen är det inget fel på raggmunken. Den är frasig och smakar generöst av potatis. Ändå lägger den sig som en cementliknande massa över gommen, gör sig knepig att svälja. Matsalens väggar har murriga medaljongtapeter och konsten är placerad i guldram. Besticken är i silver och den vita duken perfekt slät. Bordets storlek är larvigt överdimensionerad. Hon och Josef sitter sida vid sida på en av långsidorna, deras värd vid kortändan som den ordförande han är.

"Jag leder firman i samma anda som min far har gjort i alla år, fostrad och skolad som jag ju är av honom", mässar Mulle medan han skär med kniven genom fläsket så att det sjunger i porslinet. "Det är minsann ett betydande ansvar att styra över en så omfattande koncern och jag är en mycket ansedd direktör ska tilläggas."

Han verkar ha glömt bort att hon och Josef är här för att få veta mer om sin bakgrund. Istället för att berätta om Alice och deras relation, snöar han in på detaljer kring sitt yrkesliv som ingen av dem bryr sig om. Här och där flikar de in med frågor men Mulle tenderar att vara kortfattad i sina svar. Varför bjöd han dem hit ifall det inte är Alice han vill prata om?

Drycken som serveras till maten är vad Hedda uppfattar som ett exklusivt bubbelvatten. San Pellegrino står det på flaskans blåa etikett. Mulle tar en klunk ur sitt glas och torkar sig sedan med tygservetten. Han stryker inte tyget över munnen som en vanlig människa utan baddar omsorgsfullt läpparna. När han är färdig lägger han tillbaka servetten i knät.

Någonstans under den utdragna redogörelsen för skrivmaskinsfabrikens utveckling till dagens framgångsrika teknikkoncern får Hedda syn på ett tidningsurklipp borta på den brunlackade skänken. Mellan två av San Pellegrino-flaskorna sitter pappret inkilat.

...*kyrktrappa i Molkom*? är den del av rubriken som inte skyms av bubbelvattnet. Brödtexten kan hon omöjligt läsa på det här avståndet, men hon noterar att pappret varken är gulnat eller skrynkligt. Det hade kunnat vara hämtat ur dagens tidning. På en kyrktrappa i Molkom? Är hon narcissistisk som tänker att texten måste ha med dem att göra?

"Hur länge var det som Alice bodde här hos dig?" frågar Josef som ett par gånger tidigare under middagen ställt frågor som Mulle valt att helt nonchalera.

Hedda är förvånad över att han fortsätter. Själv sitter hon nu mest och väntar på ett bra tillfälle att fråga om tidningsurklippet. Någonting tungt trycker mot området mellan ögonbrynen. Hon skulle inte påstå att det är huvudvärk men den tunga känslan får henne att vilja blunda och gå in i viloläge. Bilden av soffan där hemma på Hägerstensåsen kommer upp igen men också soffan hos mamma och pappa.

Det är någonting anspråkslöst över soffor, någonting okomplicerat och vänligt. Hon skulle ge en hel del för att få kollapsa bland de där gröna kuddarna nu, känna doften av pappas nybryggda kaffe och höra de bekanta ljuden från teven eller diskmaskinen eller grannens minigris som brölar ute på gräset.

Mulle för in det sista av maten i munnen. Omsorgsfullt lägger han sedan ifrån sig besticken, sida vid sida på tallrikens kant. Hedda följer hans rörelser med blicken och tittar sedan förstulet på urklippet borta på skänken igen.

"Håkan, kan du inte berätta om tidningsurklippet som du har där borta på skänken?" hör hon sig själv fråga. "Jag får för mig att det skulle kunna vara någon som har skrivit om mig och Josef. Eller har jag fel?"

I Mulles ansikte tar ett leende form. Eller snarare någonting som påminner om ett leende. Det hade kanske lika gärna kunnat beskrivas som en förvriden min. Innan hon hinner värja sig har han lyft handen och lagt den ovanpå hennes.

"Det är en annons, min sköna, inte en artikel. Din gissning är för övrigt helt korrekt.
Annonsen har med dig och din syster att göra."

Handen är tung. Den är varm. Och den ska inte ligga där.

Som om han ändå förstår att han har passerat en osynlig gräns tar Mulle tillbaka handen. Återigen baddar han den vita tygservetten över läpparna, aristocrat style.

Hedda flätar samman sina händer i knät.

"Mig och min bror, menar du?"

Mulle harklar sig.

"Ja men då så", säger han. "Då tycks allt vara till belåtenhet. Jag hoppas att det har smakat. Kaffet kommer alldeles strax att serveras i biblioteket."

Han reser sig till stående, lämnar bordet och ser ut att ta sikte mot den serveringsvagn i mässing som står borta vid fönstret. En annons? På vilket sätt skulle hon och Josef kunna figurera i en annons? Hon bara måste få veta vad som står där. Hastigt lutar hon sig ut från stolen och sträcker sig mot raddan av flaskor med bubbelvatten på skänken. Snabbt rycker hon åt sig urklippet.

Josef tar det ur hennes hand och tillsammans läser de den korta texten under bordet. *Vet du något om de barn som 1995 lämnades på en kyrktrappa i Molkom? Allt som har med barnen eller deras föräldrar att göra är av intresse då jag skriver ett undersökande reportage om händelsen.* Annonsen avslutas med kontaktuppgifter till en *Lo Nilsson Tjärn.*

Kapitel tjugosju

"Håkan, förlåt men den här journalisten som skriver ett reportage om oss, har du haft kontakt med henne? Du sparade ju annonsen tänker jag."

Det rum som Mulle kallar biblioteket är inte bara en plats som rymmer böcker från golv till tak. Här finns också en uppstoppad rävunge, ett uppstoppat rådjurshuvud och ett stort jävla renhorn. Koppar och assietter står framdukade på det massiva träbordet, en kaffekanna, ett fat med rabarberpaj, mjölk i glasflaska, socker i skål - och en pedantiskt hopvikt hög med kläder.

De har slagit sig ner i varsin skinnfåtölj vid eldstaden alla tre. Heddas fråga blir hängande i luften.

Istället för att svara på den väljer Mulle att ställa en egen: "Hur var det, ville ni titta på sakerna från Alice? Det här är alltså vad som finns kvar."

Han nickar mot henne och pekar på klädhögen på bordet. Josef lutar sig fram och börjar plocka med en pastellgrön blus. Hedda kliar sig i nacken, drar naglarna genom hårbotten. Det kryper i henne som om hon har fått löss. Josef räcker henne blusen. Försiktigt greppar hon plagget och känner på det tunna tyget, hejdar en impuls att lukta på det. Hon vet ju inte vad som skulle hända med henne ifall hon kände igen sin mammas doft. Kanske skulle hon förflyttas tjugofyra år tillbaka i tiden och tvingas återuppleva den traumatiska separationen.

Istället lägger hon blusen ifrån sig på bordet. Josef tar upp ett par jeans och en skjorta ur högen, ett halssmycke i silver och ytterligare ett i trä. Hedda lutar sig bakåt i fåtöljen. Hon vill få svar på sin fråga. Visst måste väl Mulle ha tagit kontakt med journalisten. Någonting säger henne att den kontakten har haft betydelse för att hon och Josef sitter här nu.

Josef håller ett av halssmyckena i handen och hans ögon är glansiga. Det är en rund silverplatta med en ädelsten i mitten. Ingraverat i silvret är ett mönster, eller om det är runor. Han låter ena pekfingret glida över inristningarna, som om han läste punktskrift för synskadade.

"Hon lämnade ingenting skriftligt efter sig?" frågar han dröjande. "Någon dagbok eller så? Eller en mobiltelefon?"

"Nej", svarar Mulle och reser sig ur fåtöljen. "Det här är allt. Det är allt."

Josef lägger ifrån sig halsbanden på den nu betydligt slarvigare traven med kläder. Heddas blick glider över raderna med gamla böcker i hyllorna. Den fastnar ett ögonblick på den uppstoppade rävungen. En brasa är förberedd i den öppna spisen, travad ved och hopskrynklat tidningspapper. Med tanke på hur varmt det redan är här inne hoppas hon att Mulle inte har tänkt att tända den.

"Men du Håkan", försöker hon igen, "hur var det nu då, har du haft kontakt med journalisten som satte in annonsen? Annonsen du klippte ut. Den här."

Hon tar fram urklippet och placerar det mellan rabarberpajen och skålen med bitsocker. Den energitäta raggmunksmiddagen ligger som en massiv klump i mellangärdet. Inte en chans att hon kommer att få i sig något av efterrätten. Mulle har lyft upp kaffekannan och tycks behöva ta sats innan han kan tömma dess innehåll i kopparna framför dem.

"Det stämmer att jag tog kontakt med personen i fråga", svarar han. "Eftersom jag insåg att jag måste vara en av ytterst få som kan tänkas förvalta över adekvat information så föll det sig naturligt att svara på hennes förfrågan i tidningen. Dessvärre visade sig denna *Lo Nilsson Tjärn* vara ett synnerligen tvivelaktigt fruntimmer. Ja, sinnessvag för att tala klarspråk."

Mulle har ett entonigt sätt att prata men när han uttalar journalistens namn gör han det som om det tillhörde någon motbjudande brottsling eller skandalomsusad tevekändis. Han liksom spottar namnet ur sig. Och nej, något klarspråk upplever hon inte att han talar. Tvivelaktig? Sinnessvag? Vad är det för uttryck?

Hedda sätter ena benet över det andra.

"Sinnessvag?" frågar hon försiktigt. "Vad menar du med det?"

"Låt mig säga att personen i fråga inte var tillräknelig. Något seriöst journalistuppdrag förelåg av allt att döma aldrig. Snarare talar vi här om en flickstackare som till varje pris vill göra sig intressant och på anständighetens gräns locka till sig omgivningens uppmärksamhet."

Hedda har aldrig mött en person som Mulle förut. Möjligen har hon sett någon på teve. En kufisk rollfigur i en Agatha Christie-deckare från 60-talet kanske. Hon är verkligen inte sugen på att stanna kvar, men nu är de här och har man tagit fan i båten får man ro honom i land, som pappa brukar säga.

Hon återför sin uppmärksamhet till rävbarnet. Pälsen ser så mjuk ut, öronen välformade och spetsiga. Det här var en godhjärtad räv - när den nu fortfarande var i besittning av ett hjärta. Den hade föräldrar och syskon, rävkamrater och visioner om framtiden. Är det Mulle som har haft ihjäl och låtit stoppa upp djuren eller är det den där farsan som han snackar om hela tiden?

Nu ställer han ifrån sig kaffekannan på underlägget i metall, rättar till sin mustasch och säger: "Så där ja, då är det bara att ta för sig. Rabarbern är från egen skörd."

"Tack", säger Hedda till den fan som hon har tagit i sin båt.

Hon lyfter kaffekoppen till läpparna. Små skära rosor bryter elegant av mot benvitt porslin, men det hjälper inte. Den svarta vätskan smakar ångest.

"Nej men så förargligt", utbrister Mulle. "Jag tycks ha glömt kvar skålen med vaniljsås i kylskåpet. Tro mig, i sällskap av vaniljsås är rabarberpajen en oemotståndlig njutning. Jag ska genast gå och hämta den."

Och så är de ensamma i rummet.

"Okej att den här journalisten är knäpp eller oseriös", viskar Josef. "Så kan det förstås vara, men han ljuger om Alices saker. Tänkte du på vad han gjorde med handen när han sa att det här är allt som är kvar?"

"Nej, jag såg nog inte."

"Han satte handen för munnen. Det är ett sånt klockrent tecken på att en person ljuger. Och så upprepade han sig. *Nej, det här är allt*, sa han. Och sedan sa han det en gång till. *Det här är allt.* Klassiskt lögnbeteende."

Mulle donar ute i köket. Han tar god tid på sig för att hämta en färdig skål med vaniljsås.

Hedda suckar.

"Jag fattar vart du är på väg", säger hon till Josef och sedan får hon ta lite sats innan hon kan uttala orden: "Okej, vi sover kvar till i morgon."

Kapitel tjugoåtta

" Vi har känt varandra i *fyra* dagar. Hur kan det kännas så här normalt att ligga bredvid varandra i en förhållandevis väldigt smal säng?"

Hedda rättar till kudden under huvudet. Det faktum att de övernattar hos Håkan Mullberg är förstås allt annat än normalt, att de fått sin döda mammas säng om möjligt ännu sjukare. Samtidigt är det sant som hon säger till Josef. Hon har inga problem med att dela den smala sängen med honom. Tvärtom, han är ju hennes trygghet här.

"Du glömmer att vi tillbringade nio månader tillsammans i vår mammas mage."

"Den tanken är onekligen himla vacker."

"Och lite klaustrofobisk."

"Det också."

De pratar dämpat. Det finns en risk att Mulle står ute i hallen med örat tryckt mot dörren. Han har i och för sig formulerat ett tydligt *God natt, då är det dags för mig att dra mig tillbaka för natten,* men det är knappast någon garanti för att han ska hålla sig borta.

Kvällen är mörk utanför fönstret och skuggor rör sig över rummet. Hedda är uppmärksam på alla ljud. En och annan bil passerar ute på gatan. Kvällspigga djur meddelar sig med varandra. Någon gisten uthusdörr står och slår i vinden. Det måste vara grannens. Mulle skulle förstås inte försumma underhållet av någon enda detalj på sin egendom.

Det är ålderdomligt bäddat med överlakan och filt istället för påslakan och täcke, sängkläderna stramt infällda runt madrasskanten. Inte ens gamla människor bäddar så här längre. Själv var Hedda snabb att pilla loss sitt lakan med foten, men Josef har kvar den hårda bäddningen. Hon tänker att lakanen är vad som ger rummet en doft. Det verkar inte finnas några konkurrerande doftinslag här inne. En svag fläkt av rentvättade lakan, det är allt.

"Fattar du att hon faktiskt bodde här?" viskar Hedda. "Din och min mamma bodde i det här rummet."

"Det känns surrealistiskt", viskar han tillbaka. "Allt med Alice känns surrealistiskt."

"Tror du att hon älskade Mulle? Är det rimligt att han kan ha varit någons förstahandsval?"

Gardinen fladdrar till av vinden från det öppna fönstret. Josef lägger händerna bakom nacken.

"Eller så blev han konstig av att hon försvann", säger han med en suck. "Det kan faktiskt ha varit en trevligare kille hon flyttade in hos."

"Alltså, var de ens tillsammans?" frågar Hedda. "Mulle blev kanske kär i sin inneboende. Jag menar, om de nu var ett par, varför hade de då separata sovrum?"

"Egentligen kan han ju ljuga ihop vilken story han vill. Nu när hon är död och inte har möjlighet att rätta honom. Han kan säga vad som helst om Alice och vi bara tuggar i oss."

Hedda gnuggar sig i ögonen.

"Tänk om hon är kvar", föreslår hon. "I spökform."

"Lägg av."

"På tolvslaget varje natt skrider hon över golvet i ett självlysande nattlinne, nynnandes på en sorgesam hymn. Klockan är 23:04. Mindre än en timme kvar. De stackars försummade tvillingarna Josef och Hedda närmar sig ett makabert återseende med en mor som nätt och jämnt har ögonen kvar att se dem med."

"Sluta nu, Hedda."

"Förlåt."

Hon känner själv att hon gick för långt. En skamsen rysning fortplantar sig genom kroppen. Spökhistorier kanske inte är Josefs grej men själv kan hon faktiskt lugnas av dem. När det som är läskigt förstärks tillräckligt mycket är det som om den egentliga faran förvandlas till något betydligt lamare i jämförelse. Hon och Ralf var mästare på att skrämma upp varandra när de var små. Den av dem som inte berättade spökhistorier fnissade och skrek om vartannat.

På sommarloven brukade de tre syskonen bo ett par veckor själva hos farmor innan mamma och pappa fick semester och kunde ansluta. Farmors hus är ett kråkslott mitt ute i ingenstans med Arvidsjaur som närmaste tätort. Pappa har berättat att flytten till Lappland var resultatet av en ganska rejäl flipp från farfars sida. I slutet av åttiotalet slog han fast att han ville tillbringa resten av sitt liv i ett italienskt kloster. Barnen var stora och han ville överraska sig själv, sa han. Överraskad blev onekligen även farmor.

Kråkslottet är beläget intill en becksvart tjärn där Hedda och hennes syskon lekte och byggde kojor som barn, käkade mandelkubb med pärlsocker och drack litervis med hemmagjord fläderblomssaft. Hedda lärde sig simma i den där tjärnen. Till och med Wendela brukade bada, så varmt var det i vattnet. På kvällarna transformerades emellertid den oskuldsfulla skogssjön. Åtminstone i Heddas och Ralfs fantasi. Nerkrupna i sängen uppe på loftet turades de om att göra varandra rädda.

Berättelserna handlade om olyckliga barn som vandrade ut i tjärnen för att dränka sig, om förhärdade mördare som dumpade lik i det svarta vattnet och de handlade om träskpackan. På sjöns botten låg hon redo att plocka åt sig första bästa människokropp och knapra i sig. Genom åren utvecklade Ralf träskpackans karakteristika så grundligt att han hade kunnat lansera en egen skräckgenre.

Hedda slänger ett öga på Josef som ligger tyst och kliar sig lite frånvarande med pekfingernageln mot handryggen. Hon vill distrahera både honom och sig själv från alla olustiga tankar på Alice och Mulle. Dessutom vill hon kompensera för det lilla övertrampet nyss.

"Vill du höra en lite skruvad grej som hände när vi skulle åka upp till farmor en gång?" frågar hon. "Det är inga levande döda inblandade, jag lovar. Inga självlysande nattlinnen."

Josef drar på munnen.

"Okej", säger han.

Det är nio år sedan nu som farmor fyllde åttio och de skulle åka upp allihop på kalas. Ett och annat har suddats i konturerna, men när Hedda börjar berätta för Josef om det som hände under den där bilresan upp till farmor märker hon att detaljerna successivt vaknar till liv.

April 2010 var en ovanligt mild vårmånad. Medan Wendela och hennes dåvarande pojkvän tog tåget valde mamma, pappa, Ralf och Hedda att bila de tio timmarna upp till Norrbotten. Dag ett färdades de längs kusten med övernattning i Umeå, dag två inåt landet via Lycksele och Storuman. Beslutet att ta bilen handlade bland annat om de fyra laktosfria schwarzwaldtårtor som pappa specialbeställt från Örnsbergs konditori och som bedömdes bli knepiga att hantera på tåget.

Under etapper av resan övningskörde Ralf. Han var knappast att betrakta som någon natur-begåvning, men fort gick det i alla fall. När mamma någonstans i närheten av Sorsele blev kissnödig och efterfrågade en toalett sa pappa att en buske i skogen förmodligen var vad som stod till buds. Ralf höll inte med.

"Jag har en idé", sa han och här var det alltså han som satt vid ratten. "Om allt går som det ska kommer det att bli både damrum och fika. Men i ett oväntat upplägg."

Därefter tog han in på en mindre väg med åker-landskap på ena sidan och tät barrskog på den andra.

"William!" vrålade pappa från passagerarsätet. "Sakta ner! Om du får möte på den här smala vägen..."

Han svalde resten av meningen eftersom Ralf överraskande nog hade svängt upp framför en röd masonitkåk med blåa knutar, bryskt intryckt i skogen. Innan de visste ordet av hade han tvärnitat och slagit av motorn.

"Jaha", konstaterade han med ett klurigt leende. "Då var vi framme."

"*Känner* du någon här?" frågade mamma.

"Nej, men var det inte du som var kissnödig?"

"Kissnödig, men inte desperat."

"Vi kliver på som om vi känner dem", sa Ralf med sänkt röst. "*Äntligen blev det av. En spontanare på väg till Arvidsjaur. Vad himla roligt att se er! Det var inte i går.* Och så får vi se vad som händer. Vi får se hur de reagerar."

Pappa protesterade.

"Nej, så kan man inte göra!"

Hedda kunde inte bestämma sig för om man kunde det. Om det var ett kul prank att låtsas känna folk. Eller om det var taskigt. Och lite stört.

"Jag misstänker att de har en toalett i alla fall", sa hon dröjande.

Ralf klev ur bilen och gjorde en gest mot dem alla tre att följa med. Pappa förblev sittande, men mamma skrattade till och ryckte på axlarna. Hon och Hedda följde Ralf ut på landbacken. Luften var frisk och luktade starkt av granbarr. Närmast skogen till låg snön kvar i drivor, men själva gårdsplanen framför huset var barlagd.

"Här bor en gammal senil änka med huset fullt av katter", viskade mamma. "Om man får vara fördomsfull."

"Fördomsfull är man ju vare sig man vill eller inte", viskade Ralf tillbaka. "Den som bor så här undangömt borde hur som helst längta efter besök."

"Eller inte", invände Hedda. "Själva grejen med att bo så här undangömt skulle lika gärna kunna vara att man *inte* vill ha besök."

På uppfarten stod en nyvaxad BMW. Tomten skuggades av den täta granskogen och saknade traditionella inslag som gräsmatta och rabatter för blommor. Huset och den grusade gårdsplanen var allt. En låg trappa i cement ledde upp till ytterdörren. Hedda la märke till att persiennerna i fönstren var neddragna.

Ralf klev upp de tre trappstegen och placerade en självsäker tumme på ringklockan. Efter att ha fastställt att den var trasig knackade han istället på dörren. Det dröjde bara några sekunder innan en tjej med bebis på armen öppnade. Hon var sexton, kanske sjutton, lång och spenslig med det mörkblonda håret högt uppsatt på huvudet.

Ansiktsdragen antydde att hon egentligen var snygg, höga kindben och symmetrisk placering av öga-näsa-mun. Men mörka skuggor framträdde under ögonen och huden hade förlorat sin lyster. Hon var klädd i lång beige kofta i ett tätt stickat material, fötterna instuckna i ett par för stora fårskinnstofflor. Mellan tofflorna och den långa koftan skymtade stora blåmärken, som om hon hade varit med om en olycka.

Uppsynen var uttryckslös. Så uttryckslös var den att den snarare var att betrakta som frånvaron av en uppsyn.

"Jaha?"

Ralf klev fram. Han sa hej och var just på väg att omfamna henne när han plötsligt hejdade sig. Önskan att verkställa buset verkade ha övergivit honom och alldeles för många sekunder blev han istället stående rakt upp och ner med sitt tappade målföre. Hedda skruvade på sig och även mamma såg ut att vara besvärad. Tjejen med bebisen ändrade inte sitt ansiktsuttryck.

Äntligen samlade sig Ralf och sa: "Alltså, sorry, det här blev ju helt fel. Vi hade bara tänkt låna toaletten, men..."

En mansröst hördes inifrån huset: "Vem är det, älskling? Någon av Lundbergs killar?"

Tjejen tryckte det lilla barnet hårt intill sig.

"Nej", svarade hon. "Det är inte Lundbergs killar."

Ungen bara hängde där, medgörlig som en docka. Inga som helst likheter med Wendelas barn som i ett tidigt skede och inte utan orsak fick smeknamnen Piff och Puff. Sakta gick tjejens blick från Ralf till mamma till Hedda och fastnade sedan några sekunder på deras gröna Skoda. Något hände i hennes ansikte när hon fick syn på bilen. Hedda kunde inte sätta fingret på vad, men kanske var det avstängdheten som försvann.

"Vem är det då?" skrek mansrösten från övervåningen.

Pyttesmå muskelryckningar uppstod kring den unga mammans mun.

Hon tvekade men ropade sedan tillbaka: "Det är min moster. Min moster Carro är det. Och hennes barn."

Helt tyst, nästan ohörbart sa hon sedan ytterligare något. *Ta mig härifrån*, sa hon. Bara det. Hon klev åt sidan och gjorde plats för dem att stiga på. De tittade på varandra, vilsekomna, på sin vakt och placerade rakt in i den oförutsägbarhet som Ralf hade fiskat efter. Hedda korsade armarna hårt över bröstet och gick efter de andra in i huset.

Steg hördes från övervåningen och sedan knarrade det till i trappan. Hon hann registrera att hallen var mörklagd. Så var mannen där, i trettioårsåldern med kortklippt herrfrisyr och intensiv blick. Han var prydligt klädd i ljusa långbyxor och en kortärmad skjorta som stramade ordentligt kring ansenliga biceps. En lätt skälvning kom över Hedda, som en huttrande rysning.

"Nä men så trevligt", sa mannen och visade sina tänder i ett smalt leende. "Moster Carro med familj minsann. Er har man ju aldrig hört talas om, men vad sjutton. Vi ska väl bjuda på något, älskling? Visst bjuder du väl dina gäster på något när de kommer på besök?"

Orden var lismande och väna men bakom dem skymtade en vrede så stark att den i det närmaste tog fysisk form i luften omkring honom. Tjejen rörde sig inte. Det gjorde inte heller mamma. Ralf däremot tog ett steg mot dörren. Han famlade i luften efter dörrvredet, i färd att lämna byggnaden.

"Alltså, vi ska nog gå igen", sa han. "Det var ett spontanbesök. Vi förstår att vi kommer oläftligt."

Mannen greppade tag om tjejens arm.

"Ja, det kanske är lika bra det", sa han. "Ni begriper förstås att vi inte gärna vill ha några mostrar springandes här."

Med sin fria arm daskade han Ralf över axeln, som för att skicka iväg honom. För Hedda innebar det en överraskande kraftansträngning att förflytta sig de där få stegen tillbaka genom hallen till ytterdörren. En stumhet hade tagit musklerna i besittning. Väl ute på grusplanen kände hon spyan på väg upp från magen. Med ett par djupa andetag av frisk luft lyckades hon stävja den.

"Och vad tror du att du håller på med? Bort med tassarna!"

Rösten tillhörde bicepsmannen. Hedda vände sig mot huset. Genom den öppna ytterdörren såg hon att mamma hade lagt sin hand över tjejens axel. På mannens befallning drog hon nu tillbaka den.

"Följ med mig ut till bilen i alla fall och titta på lite barnkläder som vi har med oss", sa hon och även om rösten var mjuk hörde Hedda att hon var rädd. "Jag tror att de ska vara i rätt storlek."

Det fanns absolut anledning att tvivla på hennes omdöme här. Ändå fick Hedda en stark känsla av att mamma hade koll på läget och någon form av plan. Hon visste inte vad den gick ut på, men när Ralf strax därpå kom för att blanda sig i agerade hon helt på instinkt.

"Kom, vi går och sätter oss", sa hon och rörde sig mot bilen.

I ögonvrån såg hon att mamma kom ut på uppfarten med tjejen och barnet i släptåg. Ralf tvekade men följde med och satte sig vid ratten. Hedda hoppade in i baksätet.

"Det får gå snabbt", skrek mannen från huset. "Är det uppfattat? Inget krångel nu."

"Starta motorn", väste Hedda till Ralf.

Bakdörren öppnades och mamma kastade sig in tillsammans med tjejen och det lilla barnet. Ralf startade motorn.

"Kör!" kommenderade mamma.

Och Ralf körde. Ostadigt brände han fram över den smala asfaltsvägen och upp på motorvägen.

Pappa var först med att öppna munnen och sätta ord på situationen: "Han har en BMW av senaste årsmodell. Han borde vara ikapp oss redan."

"Ja, eller hur", sa Ralf med gasen i botten. "Jag tänkte just lite samma sak."

Mamma harklade sig.

"När vi stod där i hallen råkade jag få syn på bilnyckeln", sa hon. "Den låg på byrån. Fråga mig inte var jag fick modet ifrån. Men jag tog den."

Triumferande höll hon upp en stor svart nyckel med BMW-logga.

Håkan Mullbergs hus är tyst och stilla. Hedda sätter sig upp i sängen, trägaveln hård mot ryggen. Josef sätter sig intill.

"Jag gillar din familj", säger han.

Hon nickar.

"Jag med."

En bil kör förbi nere på gatan och ljuset från lyktorna sveper in över rummet. Helt kort lyses det svartvita fotografiet på väggen upp. Mulles äldre släkting borrar in sin blick i Heddas. Även om hon är trött vet hon att hon aldrig kommer att släppa taget och låta sig själv somna i det här huset.

"Men hur gick det sen då?" frågar Josef. "Blev det någon biljakt?"

Hedda skakar på huvudet.

"Ingen biljakt", säger hon.

"Och tjejen med barnet?"

"De skrevs in på ett skyddat boende för utsatta kvinnor så småningom. Men först fick de gå på åttioårskalas."

Kapitel tjugonio

M ulles väckning börjar diskret med en knackning på dörren, men strax därpå står han vid sängen. Varken hon eller Josef har sovit, även om de den sista timmen åtminstone legat ner och ägnat sig åt någon slags vila. Snabbt drar Hedda upp täcket till hakan, men ändå känner hon sig naken.

"Hej", får hon ur sig.

Josef rör på sig intill.

"God morgon", hälsar Mulle. "Jag står dessvärre inför ett angeläget kundmöte och blir tvungen att ge mig av. När jag kommer hem igen ska vi besöka Alices grav."

Helt nära sängen står han, så nära att Hedda kan känna hans andedräkt, kraftigt präglad av tandkrämsmint. Lukten är obehaglig på gränsen till plågsam. Nu fattas bara att han skulle slå sig ner på sängkanten.

Han slår sig ner på sängkanten.

"Okej", flämtar hon, "då vet vi."

Mulle sträcker ut handen och stryker den klumpigt över hennes hår. Hans fingrar är fuktiga. Varenda millimeter av hennes kropp är paralyserad och oförmögen att röra sig. Rysningen sprider sig längs hårbotten, nacken och ner över ryggen.

Efter vad som känns som en smärre evighet tar Mulle bort handen från hennes huvud, vinklar sin arm för att kunna läsa av sitt armbandsur.

"Nej nu är jag verkligen nödgad att gå", konstaterar han. "Det finns frukost i matsalen. Ägna dagen åt lata aktiviteter. Jag ser fram emot vårt återseende."

Han reser sig upp och går över golvet. Först när han lämnat rummet kan hon röra sig. Hon för handen till sitt huvud i försök att avlägsna hans beröring. Ytterdörren slår igen. Bilmotorn startas. Hon kan andas igen.

"Asvidrigt!" skriker hon och fäktar med armar och ben mot madrassen.

"Är du okej?" frågar Josef som har satt sig upp i sängen.

"Inte direkt."

Hedda sätter ner fötterna på det hårda trägolvet och studsar upp till stående. Hon försöker ruska av sig äckelkänslan som man ruskar vattnet från ett paraply. Josef ler åt hennes spattiga dans. Trots att solen lyser in genom de tunna linnegardinerna huttrar hon till av köld.

"Han ser ut som om han vill äta upp dig", konstaterar tvillingbrodern och lämnar sängen han också.

"Ja vi får väl se vad du bjuds på till *kvällsvard*", säger hon i ett tafatt försök att gaska upp stämningen.

Josef tar sina kläder från stolen.

Blicken är långt borta när han säger: "Jag mår inget vidare."

***

Väggklockan i köket visar på tio över nio när de
båda har kommit i ordning och står redo att fort-
sätta sökandet efter de biologiska rötterna. Hedda
tittar in i matsalen där en rejäl frukost med bacon,
stekta ägg, gröt, frukt, kaffe, apelsinjuice, ost, bröd
och apelsinmarmelad står uppdukad.

"Är du hungrig?" frågar Josef klanglöst.

Hon skakar på huvudet.

"Inte jag heller", säger han, redan på väg
därifrån.

"Jag kan börja att kolla igenom kökslådorna",
säger hon, osäker på om Josef hör henne och
osäker på om kökslådorna över huvud taget är ett
ställe där Mulle skulle förvara vad som är kvar efter
den döda flickvännen.

Josef svarar inte. Han går in på kontoret och hon
hör honom rota runt där inne. Det blir skrovligt i
halsen. Deras kommunikation har suttit som en
smäck de senaste dagarna. En befriande självklar-
het har flödat och samhörigheten har bäddat
mjukt i bröstkorgen. Hon får känslan att han drar
sig undan nu och i det vet hon inte alls hur hon
ska bemöta honom. Med ens blir det tydligt hur lite
de egentligen vet om varandra. Det räcker inte att
vara född ur samma mamma. Sedan två års ålder
har de byggts på varsitt håll.

Vilset ser hon sig omkring bland de generösa ytorna. Även om köket sannolikt har renoverats åtskilliga gånger sedan huset byggdes verkar originaldetaljerna vara bevarade. Golvet är svart- och vitrutigt i äldre stil. Bredvid den moderna induktionshällen är vedspisen kvar. På en järn- krok över diskbänken hänger en antik sax som har så grova blad att den skulle utgöra ett reellt hot om den kom i orätta händer.

Här har alltså Alice tillrett sitt morgonkaffe, värmt mat på spisen, bakat sina tyska surdegs- limpor, åtminstone under den sista tiden av sitt liv. Hedda öppnar låda efter låda i det pedantiskt arrangerade köket, skåp efter skåp. Bristen på sömn gör sig påmind.

Huset är ljust och Mulle kommer att befinna sig på jobbet under ytterligare minst sju timmar. Ändå kittlar nervositeten henne i nacken, krafsar mot skelettet. Det är inte på något sätt okej att genomsöka en oskyldig människas bostad i smyg. Å andra sidan, om de nu har kommit så här långt ska de väl inte slösa energi på att jaga upp sig. Ifall det finns någonting här som kan ge dem mer information om Alice eller deras pappa så ska de få det med sig idag.

I det allra sista av skåpen hon öppnar förvarar Mulle silverbestick i vinröda läderskrin. Knivar, gafflar och skedar i olika storlekar ligger ordnade i individuella fack klädda med silkestyg. Efter att ha tittat igenom även dessa läderskrin efter möjliga lönnfack skjuter hon igen skåpet. Köket är genomsökt.

"Ingenting på kontoret", säger Josef som uppenbarat sig i dörröppningen. "Han är inte dum. Säkert förstod han att vi skulle leta."

Det kan absolut vara som Josef säger. Å andra sidan påstod Mulle att de klädesplagg och smycken som han visade för dem i biblioteket var allt som fanns kvar efter deras mamma. Varför skulle han tänka att de inte trodde honom? Han kunde ju inte gärna känna till Josefs förstklassiga färdigheter inom kroppsspråkstolkning. Mer sannolikt utgår han ifrån att de köper allt vad han säger till dem. Som högste chef på ett större företag borde han vara van att diktera villkoren till lojala medarbetare.

"Ja", säger hon ändå, "jag vet inte. Kanske det."

Det är konflikträdslan som får henne att inte säga emot honom. Hon vill att de ska vara på samma lag. Hon vill att de ska höra ihop igen.

"Kom så ska jag visa dig en sak", säger Josef.

De lämnar köket och hon följer honom ut i hallen. Framför de stora vitrinskåpen med museiföremål stannar de. Han pekar på en av de gamla skrivmaskinerna.

"Titta där. Ser du nyckeln?"

På glasytan bredvid skrivmaskinen ligger en rustik nyckel som borde höra till en gammal byrå eller något antikt skåp.

"Ja?"

"Den där nyckeln skulle kunna gå till en möbel där Alices saker förvaras."

Hedda tänker att det lika gärna kan vara en gammal nyckel bara, ett av alla föremål som Mulle tycker är snygga. Josef drar handen över pannan. Han svettas och det är annorlunda. Mellan dem är det annorlunda.

"Jag vet inte", säger hon igen. "Kanske det."

Hon följer honom med blicken när han fattar tag om skåpdörrens tunna handtag och drar det mot sig.

"Naturligtvis", stönar han. "Det är låst."

Han ger ifrån sig en djup, uppgiven suck och gräver efter snusdosan i jeansens framficka. Hedda tänker att han ska börja gråta och en stark vilja att krama honom kommer över henne. Josef stoppar in en snus under läppen och sjunker ner på huk på golvet. Försiktigt placerar hon en hand på hans axel.

Hon kommer att tänka på en sak han sa när de satt i bilen på väg till Sysslebäck. De hade pratat om hans roll som förebild för unga transpersoner. Han sa att han var tacksam över att få andras förtroende. Det var respekt och synliggörande de alla sökte och han gick gärna i täten för en sådan ansats. Samtidigt kunde det bli för mycket ibland. Han sa att hur mycket han än brann för HBTQ-rörelsen hamnade han i lägen där han inte orkade vara den alla skulle luta sig emot hela tiden.

Har Hedda lutat sig för mycket? Även på detta deras helt småskaliga korståg är det ju Josef som har varit den drivande, hon en följare. Hon tar tillbaka sin hand ifrån hans axel.

"Vet du", mumlar han med handlovarna mot pannan, "jag mår verkligen inte bra."

214

"Jag vet. När vi är klara åker vi till något mysigt fik och tar en kaffe och chillar resten av dagen. Sedan behöver vi aldrig mer ägna en tanke åt Håkan Mullberg. Kommer du ihåg det där caféet som vi körde förbi nere vid tågstationen? Där de hade en massa färgglada stolar. Vi lyssnade på låten med det där brittiska 60-talsbandet och du tyckte att..."

"Jag säger väldigt sällan åt folk att hålla käften, men nu håller du käften, Hedda."

Josef sätter upp en hand i luften, en arrogant hand eller bara en hand, hon vet inte. Det är ju inte som att hon känner den här killen. Inte egentligen. Och inte särskilt väl. Hennes ansikte hettar och hon lägger händerna mot kinderna. Nej, hon var inte beredd på den, inte alls.

"Du är arg på mig."

"Ingenting handlar om dig just nu. Ingenting. Det är det här huset. Det gör något med mig."

Josef är tydligen inte enbart den där behaglige unge mannen som lyssnar på blues och pluggar genusvetenskap. Hur skulle han kunna vara det? Självfallet blir han förbannad han också och kan fräsa ifrån när han upplever att så behövs. Hedda inser att hon har förenklat honom. Det är överraskningsmomentet som får henne att inse det, hur paff hon blev när han tände till.

Han reser sig upp till stående och drar henne till sig i en mjuk omfamning.

"Förlåt", säger han lågt. "Det där var onödigt."

"Ja, det var det."

När kramen är över ger Josef ifrån sig en långdragen suck.

"Jag vet att det var jag som drev på att vi skulle åka hit och leta rätt på Alices saker", säger han, "men nu känner jag att det får räcka med det som socialen har. Jag fixar inte att vara kvar här."

Hedda tvekar. De har ju bara börjat och huset har många rum. För en gångs skull är hon inte den som vill ge upp först. Ifall hon avstår ifrån att vika sig nu bryter hon ett inarbetat mönster. Det självklara skulle vara att säga *okej, du har rätt, vi åker härifrån*. Men ska hon i en enda situation stå på sig och strida för något, då kan det här vara den situationen.

Hon väger på ena benet, växlar över till det andra.

"Socialen har ju inte hennes dagböcker", säger hon. "Eller mobiltelefon. Det var ju därför du övertalade mig att vi skulle åka hit, Josef. För att hitta hennes personliga grejer. *Packar vi ihop nu och drar hem igen missar vi möjligheten att få veta mer om våra föräldrar*, sa du."

"Jag vet, men jag mår illa", säger han och det syns för han är riktigt svettig nu.

Hon tuggar försiktigt på sin underläpp, brottas med en nyfödd strävan.

"Ja, men..."

"Jag mår väldigt illa."

"Om du går ut en stund då? Sätter dig i trädgården och tar lite frisk luft", säger hon. "Och en banan."

Hon plockar en banan från skålen på hallbyrån. Han tar emot den och lämnar huset. Häpen står hon kvar och inser att hon uppgraderats till mamma Helene, en vänlig men bestämd auktoritet. Det är sällan Hedda bidrar med en avvikande åsikt. Både på jobbet och hemma i kollektivet är hon den som lyssnar på vad de andra har att säga. Hon kan bidra med pepp eller en och annan oförarglig iakttagelse men är definitivt inte den som ger andra order.

En lång rödfärgad matta pryder trappans steg. Guldfärgade lister håller den på plats. Hennes hand glider över träräcket och fötterna tar steg på steg över det vävda materialet. I hallen på över-våningen slår lukten av syntetisk citrus emot henne. Golvet blänker som om Mulle bonat det här på morgonen.

Hallen är bred med stängda dörrar på bägge sidor. Genom ett fönster får hon syn på Josef som slagit sig ner i gräset. Älskade främmande Josef. Han sitter lätt framåtlutad, ätandes på bananen hon gav honom.

Det är framför allt ett rum Hedda tror kan ge dem något här uppe. Hon får öppna flertalet stängda dörrar innan hon hittar rätt. För ett ögonblick är hon på väg att fega ur, men hon lyckas mota sig själv över tröskeln till Mulles sovrum.

Tunga draperier skymmer fönstret och frånvaron av ljus gör skrymslen och vrår lömska. Hon tänder taklampan och ett svagt gulaktigt sken lägger sig över rummet. Den stora dubbelsängen i mörkt lackat trä, nattygsborden som flankerar den och

spegelchiffonjén i hörnet skulle mycket väl kunna vara kvar sedan huset var nytt. På väggarna hänger svartvita porträtt i runda ramar och en murrig tavla
föreställande några knotiga träd vid ett vattendrag. Hedda får påminna sig själv om varför hon är här innan hon kan förmå sig att röra sig runt i rummet. Ett vitt överkast ligger skrynkelfritt över sängen. Aldrig att hon skulle få för sig att slå sig ner där. Precis som Alices rum saknar detta en egendoft. Kanske beror det på att det inte finns några växter eller annat organiskt material här. Hedda går fram till ett av sängborden och öppnar den första utdragslådan. Den bruna bordslampan skakar till av rörelsen.

En packe tidningar förvaras i lådan. Hon blädd-rar igenom dem och kan konstatera att det genomgående är tidskriften *Discover Magazine*. Vetenskapliga artiklar, färgstarka illustrationer och en och annan annons fyller de glansiga tidningssidorna. Inga gömda papperslappar, inga brev, bara nummer efter nummer av samma magasin. Hon skjuter in lådan och öppnar nästa. Här ligger flertalet tygnäsdukar, ett par glasögon och ett gulnat fotografi av en pojke på skidor, rimligtvis Mulle själv som barn.

Hon är på väg mot chiffonjén när hon ändrar sig och istället går fram till nattygsbordet på andra sidan sängen. Möbeln kärvar men hon rycker hårt och lyckas få upp lådan. Under en IKEA-katalog och två nummer av tidningen *Gods och Gårdar* lig-ger ett spiralbundet A4-block. Hon lyfter upp blocket. Framsidan är ljust blå. I nedre vänstra hörnet har någon skrivit ett namn med bläck. *Lo Nilsson Tjärn.* Det är journalisten som satte in annonsen i tidningen. Hon bläddrar bland sidorna. Blocket är fyllt med anteckningar.

Kapitel trettio

Trollbundna blir de sittande på gräsmattan, plöjer sida efter sida av journalistens informationsfragment. Handstilen är oregelbunden och det är gott om pilar, understrukna meningar, inringade ord, överstrykningar, utropstecken, frågetecken och skissade teckningar i blocket.

Hedda föreställer sig att det är så här en kreativ människas anteckningar ser ut, flödande, obehindrade och djärva. I smyg har hon alltid avundats människor som står i förbindelse med sin skaparkraft. Hennes egen verkar ligga tryggt förvarad i en container någonstans - med ett lock så tungt att hon liksom aldrig skulle orka lyfta på det.

Utifrån noteringarna i kollegieblocket hjälps de åt att sätta samman händelseförloppet. Det verkar som om Lo har läst allt hon lyckats komma över, kontaktat myndigheter, intervjuat privatpersoner och efter mycket om och men lyckats få kontakt med Josefs pappa.

Anteckningarna från samtalet med pappa Karl Bergman innehåller bland annat information om Youtubekanalen.

"Han brukar hänvisa dit."

"Varför ringer folk till dina föräldrar? Har du hemligt nummer, eller?"

"Nej men Karl har min gamla mobil. Söker man på mig kommer hans nummer upp."

Hon har märkt att det är så han säger. *Karl.* Inte pappa, inte farsan.

"Är det många som ringer?"

"En och annan."

Hon knuffar lekfullt till honom i sidan.

"Du är kändis, Josef."

"Inom vissa kretsar ja."

"Min berömde bror. Coolt."

"Hon måste ha frågat efter Josefine. Det var väl det enda namnet hon hade."

"Jag tänkte samma sak."

"Lite konstigt att han inte har sagt något om det. Det var väl minst femton år sedan någon ringde och frågade efter Josefine senast."

"Är det där ditt mobilnummer?"

"Ja."

"*Ringer 17:30. Upptaget. Ringer 17:45. Upptaget.* Hon har prövat att ringa dig."

"Vad står det där under?"

De betraktar en slarvig notering.

"Hmm..."

"Jo men det är ju Mulles adress", slår Josef fast. "Hon annonserade i tidningen och han svarade. De bestämde att hon skulle komma hit. Onekligen lite vågat från hennes sida."

"Och sedan ingenting. Allt tar slut här."

"Deras möte resulterade i alla fall i att Mulle snodde hennes block."

"Eller så lämnade hon över uppdraget till honom. Det var ju han som ringde dig, eller hur? Hon kanske skulle resa bort eller något."

"Han kallade henne *sinnessvag*", säger Josef och plockar fram sin telefon. "men hon kan vara *både* sinnessvag och en person som sitter inne med viktig information."

Solen tittar fram mellan två duniga molntussar. Hedda håller upp handen för att skugga ögonen.

"Nu saknar väl i och för sig Mulle mandat att avgöra vem som är normal och inte", säger hon.

"Eller hur."

"Ringer du?"

"Jag ringer."

Josef har tagit fram tidningsurklippet med journalistens kontaktuppgifter ur bakfickan på sina jeans. Han knappar in telefonnumret på mobildisplayen. Enträgna grässtrån kittlar mot Heddas ben. Hon har klänningen hon köpte första dagen i Karlstad. Vilket när hon tänker på det känns som flera veckor sedan.

"Hej! Jag heter Josef och jag är en av tvillingarna från kyrktrappan i Molkom. Just det. Ja, det stämmer. Det är Lo jag pratar med, va?"

Sedan säger han *Okej*. Han säger *Ingen fara* och *Tack så mycket,* varpå det är tyst en liten stund. När han återigen börjar prata presenterar han sig igen. Han säger *Ja, faktiskt* och *Vi är här båda två.* Sedan förklarar han att de är hos Mulle och att de har hittat tidningsannonsen och kollegieblocket.

Hedda följer hans mimik och rörelser. Han ser fokuserad ut. Själv kommer hon på sig själv med att spänna musklerna som inför en strid.

"Absolut", säger han. "Det låter som en bra idé. Ja, elva blir perfekt. Korsningen Östra Torggatan och? Vad sa du? Korsningen Östra Torggatan – Tingvallagatan. Okej. Nej det är lugnt, vi gps:ar. Bra, då ses vi där. Hej!"

Han trycker bort samtalet och skriver in en anteckning innan han skjuter ner mobilen i jeansen.

"Hur knäpp var hon?" frågar Hedda.

"Svårt att avgöra. Hon lät mest speedad faktiskt. Det var någon tjejkompis som svarade först. Hon blev nästan lika glad som Lo över att jag ringde. Jag fick ett gathörn där vi ska träffas klockan elva. I centrala Karlstad."

"Så vad väntar vi på? Kom, vi drar."

Att uttala orden *Kom, vi drar* fyller kroppen med lätthet. Även om hon nyss var den som propsade på att de skulle vara kvar är hon okej med att ta en paus i sökandet. Hon dunkar Josef över axeln. Han ler och synkront reser de sig och går över gräset. Den magiska förbindelsen är återupprättad.

Kapitel trettioett

D et är inte mycket alls de ska hämta i huset innan de kan hoppa in i bilen och åka härifrån. Josef tar sin axelremsväska och jeansjackan från stolen i Alices rum, Hedda handväskan som hon ställt på golvet intill sängen. Det är när hon ska vända sig om och följa Josef ut i hallen hon ser den bruna skinnasken, placerad på den nedersta avsatsen i hyllan på väggen. Hon bara vet att hon ska öppna den.

Hyllan är mörkbetsad och rymmer några böcker, en gammal väckarklocka och två extrafiltar. De kikade förstås igenom den innan de gick och la sig, men tydligen inte tillräckligt noga. Hedda sträcker sig efter asken. Den har samma färg som hyllan. Skinnet är slitet och sprucket på sina ställen. Hon lyfter på locket för att upptäcka en vit broderad näsduk och en nyckelring med två nycklar.

"Kommer du?" ropar Josef från hallen.

"Vänta, jag har hittat något", ropar hon tillbaka.

Vänster hands tumme och pekfinger fattar tyget och hon lyfter upp den broderade näsduken. Med ett dämpat rasslande trillar nycklarna till askens botten. Ett ögonblick håller hon näsduken framför sig innan hon släpper den på sängen. Den ena nyckeln påminner om den de såg i vitrinskåpet tidigare, stor och klumpig i svart metall, den andra är av modernt snitt. De borde definitivt ha med Alice att göra, när de nu förvaras i hennes sovrum.

"Mulle, Mulle, Mulle", säger Josef som klivit fram och ställt sig bredvid henne.

"Mina föräldrars husnyckel ser ut typ så här", säger Hedda och viftar med den plattare nyckeln. "Kan den höra till någon av byggnaderna ute på gården?"

"Ja eller till något av de gods i Skåne som familjen Mullberg förfogar över", svarar Josef och hon kan skönja ett svagt leende över hans läppar.

"Du mår lite bättre nu, va?"

"Ja faktiskt."

Hon besvarar hans leende.

"Det måste ha varit bananen."

***

Två lite större uthus och ett mindre skjul finns på tomten. De går från den ena byggnaden till den andra och testar nyckeln utan framgång. Inte heller i garageporten passar den. Josef tycker att de ska kolla låsen på själva huvudbyggnaden.

"Det här kan ju ha varit Alices egna husnycklar när hon bodde här", säger han.

Boningshuset har tre ingångar – huvudentrén, källardörren och köksingången. Ingenstans passar nyckeln. Hedda föreslår att de ska testa den grövre nyckeln i chiffonjén som hon såg uppe i Håkans sovrum.

"Vi behöver ringa Lo och säga att vi blir sena", säger Josef när de kommit tillbaka in i huset och står framför det olycksaliga älghuvudet.

Han tar upp telefonen och bläddrar fram journalistens nummer i listan över ringda samtal. Medan signalerna går fram sjunker Hedda ner på en vintagemöbel med sittplats och bord i ett. På den lilla bordsytan står en telefon med snurrplatta. När hon efter gymnasiet jobbade en kortare period inom hemtjänsten var det ett par av åldringarna som hade sådana här telefonbänkar.

"Hon svarar inte", säger Josef och gör därpå en andra uppringning.

Hedda stoppar in fingret i den gamla telefonens nummerplatta och för den hela vägen runt tills det tar stopp. Flera gånger upprepar hon rörelsen, gillar känslan när den hårda plasten rör sig under hennes finger. Den mekaniska konstruktionen bjuder in henne till en annan tidsepok. Ibland tänker hon att hon hade passat bättre in i tiden före skärmar och uppkoppling. Saker och ting var långsammare då. Det fick ta sin tid. Och det måste ha varit enklare att leva.

Josef viftar med sin mobil innan han stoppar tillbaka den i fickan.

"Jag får inte tag på Lo", säger han. "Om vi ska hinna dit till elva måste vi åka nu."

Hedda tvekar.

"Eller om du åker och träffar henne så fortsätter jag att leta", säger hon. "Vi kan vara nära ett genombrott här."

"Ett genombrott", upprepar Josef roat.

Hon betraktar honom, kliar sig på näsan. Det förvånar henne att hon erbjuder sig att stanna kvar ensam.

"När jag tänker på det", säger hon, "så inser jag att om vi åker härifrån nu kommer vi aldrig återvända för att leta vidare."

"Vad menar du?"

"Vi kommer inte vilja åka tillbaka till det här konstiga huset. Jag tror inte det. Du minns väl hur jag vacklade? Och du har vacklat hela dagen i dag. Åker vi nu sumpar vi det här."

Han nickar.

"Så är det nog. Men jag lämnar inte dig här ensam. Om någon ska stanna så är det jag som ska göra det. Ta bilen du och åk till Karlstad och träffa Lo, så stannar jag kvar och letar."

"Men jag har ju inget körkort."

"Har du inget körkort?"

"Nej, det har inte blivit så. Jag bor väl för nära tunnelbanan för att det ska vara värt besväret. Vi gör så här. Du åker och träffar Lo. När du är klar och kommer tillbaka har jag förhoppningsvis hittat Alices grejer och vi drar härifrån tillsammans. Mulle kommer ju inte hem förrän tidigast halv fem, så vi har gott om tid."

Återigen har hon sagt åt Josef vad han ska göra. *Vi gör så här* – var det verkligen hon som sa det?

"Men..."

"Åk nu innan jag ångrar mig."

"Okej", säger han trevande. "Det här känns ju inte helt bra. Men om du är säker så åker jag väl då."

"Vi får se om den här Lo är ett ännu större weirdo än Mulle. Du får vara beredd på lite vad som helst."

Josef skrattar och de omfamnar varandra.

"Jag är tillbaka i god tid före halv fem."

"Okej, vi ses."

Så snart han gått ut genom ytterdörren ångrar hon sig. Hon hör hans steg i gruset och motorn som startar. Skilsmässan lägger sig som en rysning längs ryggraden. Det är deras andra och den första kom hon aldrig riktigt över.

En stund blir hon kvar i hallen. Hennes steg är osäkra när hon till slut tar sig upp för trappan och går tillbaka till Mulles sovrum. Järnnyckeln passar inte i chiffonjén, men möbeln visar sig hur som helst vara olåst. Hon söker igenom lådorna. Här ligger gamla fotografier, arrangerade i album eller förvarade i omsorgsfullt märkta papplådor, diabilder i plastaskar och en projektor, Mulles gamla skolböcker från 90-talet, ett antal vykort. Ingenting som är relaterat till Alice.

Liksom inkilat bakom ett av hyllplanen har ett tjockare pappersark blivit fast. Hedda lyckas pilla ut det som visar sig vara ett fotografi av en ung kvinna och en liten pojke. Kvinnan sitter i en beige sittmöbel med barnet i knät. De skrattar mot varandra och omfamningen känns innerlig och äkta. Det här måste vara Mulle och hans mamma. Bilden berör henne. Kärlek, tänker hon. Det är kärlek här.

Hon tar med sig kortet och stänger dörren till chiffonjén.

Kapitel trettiotvå

När Hedda vaknar vet hon inte var hon är någonstans. Ett lätt illamående håller henne kvar på det mjuka underlaget. Det är torrt i munnen. Blöta stänk smattrar mot ett plåttak. En gardin fladdrar till vid ett gläntat fönster, men trots lufttillförseln är det dåligt med syre här inne. Det är bilden av den stränge mannen på väggen som hjälper henne att minnas var hon befinner sig.

Hon kommer ihåg att Josef stuckit iväg för att träffa journalisten, att hon själv sökt igenom chiffonjén och sedan gått ner till Alices rum och lagt sig på sängen. Det var tänkt som en två minuters power nap men hon känner i hela kroppen att hon sovit längre än så.

Makligt sätter hon sig upp på sängkanten, blir sittande en liten stund innan hon förmår resa sig helt. På golvet ligger nycklarna som de prövat i lås efter lås. Hon böjer sig fram och plockar upp dem. När hon höjer blicken fastnar hennes uppmärksamhet på garderobsväggen. Hon går fram och drar den första skjutdörren åt sidan.

Som de kunde konstatera igår hänger här tomma stålgalgar på en stång och på golvet står en papplåda märkt *Julgransbelysning*. Bakom den andra skjutdörren finns en lådhurts utan innehåll och där bredvid två höga, platta Ikeapaket lutade mot väggen. *HEMNES* läser hon på den främre kartongen. Vid sidan av texten och ett rätt långt artikelnummer är en schematisk bild av en sekretär.

Var det så att Mulle och Alice var tillsammans på Ikea och valde ut just den här möbeln för att hon tyckte om den? Hedda fattar tag i kartongerna, en i taget, och tippar dem emot sig. Det är klumpiga paket och hon balanserar dem mot axeln. Där bakom blottas ett meterhögt väggfast skåp. Hon knuffar tillbaka det bakre kollit mot väggen och hasar det främre åt sidan. Det är tungt och hon får ta i. När hon ställt det ifrån sig gör hon samma sak med det andra. Det verkar vara del två i samma skrivbord.

Det väggfasta skåpet är grått och handtaget platt. Hon för in den tunnare av de två nycklarna i låskolven, håller andan och vrider om. Bingo! Luckan öppnas och en mindre träkista uppenbarar sig bakom den. Hedda gör en segergest med handen i luften och mumlar ett *Yes!* för sig själv. Kistan är brun och dekorerad med slitna målningar i rött och grönt. Pulsen stegras när hon tar fram den stora nyckeln för att pröva den i nyckelhålet. Den passar perfekt.

På kortsidorna är handtag i järn. Hon får grepp om handtagen och kånkar ut kistan ur garderoben. För att bättre se hur låset är konstruerat tänder hon den vita golvlampan och drar den till sig. Hon slår sig ner på golvet. Efter lite ruckande och juckande fram och tillbaka i det gamla låset klickar det till och hon kan öppna locket. Kistan är fylld av kläder och saker. Hedda upprepar segergesten. Äntligen!

Hon plockar med grejerna. Vördnadsfullt fingrar hon på de tre dekorationsfigurerna i porslin – en katt, ett föl och en uggla. De är välgjorda, var och en som ett litet konstverk. Förmodligen är det att betrakta som barnsligt att en vuxen människa samlar på porslinsdjur. Hedda får ibland själv höra att hon är barnslig. Det kan handla om val av t-shirt eller mobilskal, om att föredra varm choklad framför kaffe, fredagsmys framför barhäng. Det kan handla om att vid tjugofem års ålder inhysa en gammal sliten mjukisgorilla på hyllan bredvid sängen.

Försiktigt lägger hon tillbaka figurerna i kistan. Hon rör vid ett par av klädesplaggen, lyfter upp och tittar på smyckena. Några böcker ligger i en trave, samtliga på tyska. Det är *Ziemlich beste Freunde* av Philippe Pozzo Di Borgo, *Das Parfum* av Patrick Suskind, *Faust* av Johann Wolfgang von Goethe och *Die Verwandlung* av Franz Kafka. Böckerna är tryckta under de senaste åren och har alltså inte följt med Alice från hemlandet. Hon måste ha kommit över dem här i Sverige eller om det är Mulle som varit behjälplig med att skaffa fram dem åt henne.

Prydligt hopvikt ligger ett litet lapptäcke. Hedda vecklar ut det och betraktar det pilliga hantverket. Sett till sin storlek skulle täcket kunna passa på en barnsäng. Farmor har tillverkat flera lapptäcken uppe i Arvidsjaur där tygbitar från ett tjugotal tyger återkommer i mönster. I Alices lapptäcke är ingen tygbit lik den andra. Det innehåller ett hundratal lappar från vad Hedda bedömer som lika många tyger. Långsamt följer hon lapparnas skarvar med fingertopparna och plötsligt är det som om hennes biologiska mamma är här. Det är som om de sitter intill varandra på golvet i Mulles gästrum.

"Det är så himla mycket som jag skulle vilja fråga dig om, Alice."

"Jag förstår det."

"Fattade du till exempel att Josef var en pojke?"

"Fattade *du*?"

"Ett barn delar nog inte in människor på det viset. Han var min tvilling helt enkelt, som en del av mig själv antar jag."

"Ni har vuxit upp till två fina personer, du och Josef. Jag är så stolt över er."

"Själv har jag ju mest varit utmattad. Du fattar inte vad mycket tid jag har slagit ihjäl tillsammans med Candy Crush i soffan."

"Du har saknat Josef."

"Ja."

"Och han dig."

"Livet verkar vara så enkelt för andra. Själv tycker jag att det är rätt svårt att vara människa."

"Det *är* svårt. Men du har lyckats bra, Hedda. Du har ett gott hjärta och det är det som räknas."

"Kan du inte säga något om vår pappa?"

"Vi älskade varandra."

"Lever han?"

"Inte mer än jag."

Hedda sväljer.

"Jag har i alla fall haft det bra hos familjen Månsson."

"Det är jag väldigt glad för. Lisbet förstod sig inte på barn och det gjorde inte Ola heller. Det var fint att du fick komma till Torbjörn och Helene istället."

"Lisbet och Ola var ditt fel, Alice. Hur kunde ni göra det? Hur kunde ni lämna oss på den där kyrktrappan och inte ge er till känna ens när de efterlyste er? Ni kunde ha fått hjälp, fattade ni inte det?"

Hon är borta. Hedda lägger ifrån sig lapptäcket, stryker med handen över det. Naturligtvis vet hon att Alice aldrig satt här på golvet med henne, men tänk om hon faktiskt hade gjort det. Tänk om hon och Josef hade fått en chans att träffa sin biologiska mamma medan hon fortfarande var i livet. Hade hon vågat ställa henne mot väggen då? Hade hon *velat* göra det?

Det ligger en handväska i kistan. Hedda lyfter upp den, plastig och grön med ett stort guldigt spänne. Ett ögonblick tvekar hon men sedan sticker hon ner handen. Det första hon får fatt i är ett par glasögon. Bågarna är stora och grönmelerade, ena skalmen tejpad. Glasens yta har flera repor. Hedda vet inte mycket om glasögontrender men gissar att de här brillorna har minst två decennier på nacken.

Hon lägger tillbaka glasögonen i väskan och plockar fram en dubbelvikt plånbok i reptil-mönstrad läderimitation. När hon öppnar den är det första hon lägger märke till frånvaron av plastkort. Här finns inga bankkort, klubbkort eller busskort, inget Icakort eller bibliotekskort, legitimation eller körkort. Istället rymmer Alices plånbok sedlar och mynt, några kvitton - och ett slitet fotografi av två barn sittande på en filt.

Med alla sinnen skärpta studerar Hedda bilden. Det är sommar. Miljön är en klassisk villaträdgård med gräsmatta och bärbuskar. Barnen har bara blöja på sig. Den äldre kvinna som figurerar på huk intill filten är barfota med ärmlös klänning. Ett av barnen lyfter en plastleksak i luften och gör en grimas. Det andra sitter rakt upp och ner på filten med en nalle i famnen. I förgrunden är ett buskage och det mesta talar för att fotografen tagit bilden i smyg.

Hedda kan inte avgöra vem som är hon själv och vem som är Josef. De ser likadana ut. Ifall Alice och deras pappa nu lämnat dem på en kyrktrappa och gjort sig osynliga, hur har de då lyckats spåra dem till den här trädgården? Och om de hållit sig under radarn så som allt pekar på, hur har de då kunnat framkalla bilden? Hedda torkar ögonen med baksidan av handen. Det här skulle kunna vara det enda fotografi som finns på henne och Josef tillsammans som barn.

Kapitel trettiotre

Allra längst ner i kistan med Alices grejer ligger en ordentligt medfaren skokartong. Den är trasig i hörnen och håller samman tack vare det grova snöre som knutits omkring den. Hedda lyfter upp lådan och ställer den på golvet framför sig. Försiktigt lirkar hon upp knuten och tar av snöret. En enträgen hackspett hamrar mot ett träd utanför.

När hon lyfter av locket från skokartongen kan hon konstatera att den är fylld av brev, ett trettiotal illa tilltygade kuvert med frimärken och post-stämplar och handskrivna adresser. Jesus! Det pirrar i hela kroppen när hon för ner handen och bläddrar i lådan. Kanske lämnade Alice ingen dagbok efter sig, men här ligger brev efter brev som är skrivna till henne.

På måfå tar Hedda upp ett kuvert ur lådan och läser på det. Brevet är skickat från Danmark och avsändarens namn är *Viggo*. Det samma gäller nästa. Och nästa. Hedda har vacklat många gånger i livet. Hon har varit säker på få saker och ständigt ifrågasatt sig själv. Nu bara vet hon. Som en trygg, varm stadga ligger vetskapen i bröstkorgen. Hedda vet att den efternamnslöse Viggo är hennes pappa.

Naturligtvis borde hon vänta in Josef innan hon börjar läsa de här breven, men hon kan inte hålla sig. Med koncentrerad iver sorterar hon dem i högar efter kuvertens datumstämpel. Varje hög representerar ett kalenderår med början 1995. Hon sitter på golvet med de sju brevhögarna framför sig. Medan den första är så stor att den är nära att falla isär minskar omfånget för varje år. Breven är från Viggo till Alice, med undantag för de sista fyra som är hennes skickade i retur.

Hedda plockar upp det första kuvertet som är poststämplat den 25 juni 1995, en dryg månad efter att hon och Josef lämnats på kyrktrappan. Med barnslig handstil har Viggo präntat ner adressen - Alice, c/o L. Bengtsson, Storgatan 57, 667 30 Forshaga, Sverige och på kuvertets baksida den egna - Viggo, c/o Ambjörnsen, Dalströget 55, 2870 Dyssegård, Danmark. Inget av deras efternamn blottas.

Brevet är fyra tätskrivna A4-sidor som dryper av explosiva känslor. Språket är engelska. Det dröjer inte länge förrän Hedda kan konstatera att hon hade rätt. Viggo är hennes och Josefs pappa. Hon reser sig upp och promenerar omkring i rummet medan hon läser. Då och då stannar hon till vid fönstret, tittar ut över de regniga fårhagarna och andas. Det är starkt att ta in vad han skriver.

Texten är kodad. Viggo refererar till *the puppies* och *our unforgivable act*. Genom hans ord kan hon också ana Alice och konflikten som uppehåller sig mellan dem. De verkar inte ha varit överens om att de skulle överge sina barn. Någonting föranledde Viggo att lämna Sverige och återvända hem till Danmark. Grälade de och han gav sig av i vredesmod?

Hon tar brev två ur högen, brev tre, brev fyra. Ju mer hon läser, desto tydligare framträder bilden av två unga människor som befinner sig på katastrofens rand, ridna av ångest och bestialiska skuldkänslor. Här och där skriver Viggo om sin kärlek för Alice, men i betydligt större utsträckning är det sin besvikelse och vrede han uppehåller sig vid. I ett brev kallar han henne för mördare. Han skriver att det var hennes val *to kill the puppies* och att han hatar sig själv för att han inte var starkare.

Hedda vet hur skuld känns, den kalla metallen mot hjärtat, eggen som skär sina tunna fina linjer genom köttet, men när hon tar in det som var hennes föräldrars vandring, då tänker hon att hon kanske ändå inte vet.

Till att börja med kommer flera brev i veckan. I brev fem blir det tydlig att det finns en plan. Viggo ska tjäna ihop tillräckligt med pengar och sedan återvända. Av allt att döma är hans släktrelationer mindre infekterade än hennes för han bor hos sin onkel Flemming i en förort till Köpenhamn. Onkeln beskrivs förvisso som *an asshole* men råkar arbeta som butikschef på Netto och ordnar jobb åt Viggo där.

Alice byter ofta c/o-adress. Det framgår inte om hon faktiskt bor inneboende eller om hon bara hämtar sin post hos olika personer. I mars 1996 adresserar Viggo sitt brev till Alice, c/o Handlar'n, Norrstrandsgatan 67, 654 64 Karlstad. Han skriver att hon behöver rycka upp sig, *get your shit together*. Det är nio månader efter kyrktrappan.

Tanken att Viggo skulle återvända till Sverige tycks vid det här laget ha runnit ut i sanden.

Det översta brevet i hög tre är dekorerat med två hjärtan i bläck. Här skriver Viggo att det kanske ändå var bäst så som skedde. Han förlåter Alice och han förlåter sig själv, ett uttalande han tar tillbaka redan i nästa brev med hänvisning till att han var full. Året är nu 1997 och på Alices nittonårsdag skickar han ett födelsedagskort. Gratulationshälsningen är opersonlig och så även valet av motiv. En bukett med blommor pryder framsidan tillsammans med texten *Tillykke* i snirkliga förtryckta guldbokstäver.

Med åren tunnas känslorepertoaren ut och breven blir mer allmänt hållna, nästan artiga. Alla tankar på återförening verkar borta och i juni 1998 tillkännager Viggo att han har träffat en tjej som det har blivit seriöst med. Hon heter Mette och de har flyttat ihop i hennes lägenhet på Jylland. Adressen för avsändare på kuvertets baksida är därmed en annan.

Sättet Viggo formulerar sig på vittnar om att han fortfarande känner sig bunden till Alice och mellan raderna ber han om ursäkt. Hela tre år har passerat sedan Viggo lämnade Sverige och de är väl båda att betrakta som vuxna nu, han tjugo redan fyllda och Alice nitton, på det tjugonde. Hemligheten de delar verkar onekligen ha knutit starka band. För att inte tala om sorgen som svävar likt ett spöke över dem båda.

Det sista brevet som Viggo skickar till Alice är daterat den 7 april år 2000. Han har diagnosticerats med cancer. Brevet är på en knapp A4. Han preciserar inte vilken cancerform det handlar om eller hur prognosen ser ut, men tycks angelägen om att hon ska veta. Hedda kan inte tolka Alices svar på annat sätt än att hon skriver ur ett underläge. Hon ger ett hudlöst intryck. Mycket tyder på att hon fortfarande saknar bostad.

På de tre första av Alices brev till Viggo har det danska postväsendet satt en stämpel med den korta instruktionen att försändelsen ska returneras. Först nu lägger Hedda märke till att det allra sista brevet har fått en avvikande stämpel. Instruktionen om returnering kompletteras här med en orsak – den att adressaten är avliden.

Hedda vet inte att hon vågat hoppas förrän slaget drabbar henne brutalt i magen. Viggo är död. Han har varit död i tjugo år och de kommer aldrig att kunna söka upp honom för en återförening. Under läsandets gång har en samhörighet vuxit fram. Viggo har inte gett ett genomgående sympatiskt intryck, men han har fått färg och form, en röst, en doft. *Pappa.*

En lång stund blir Hedda stående vid fönstret. Hur mycket är det tänkt att hon ska orka smälta inom loppet av några enstaka dagar? Här kastas det ut biologiska föräldrar som kort därefter håvas in igen, den ena efter den andra. Hon ser framför sig hur hon och Josef skulle ha tagit tåget ner till Köpenhamn. Hur Viggo och all hans förbehållslösa faderskärlek skulle ha mött dem på stationen. Och var det inte ett knippe röda ballonger som han hade med sig där i ett snöre - en sådan fantastisk och underbart fånig gest från hans sida!

Kvar i skokartongen ligger ett allra sista kuvert. Det saknar frimärke, adress och postens stämpel. Egentligen är det inte ens ett kuvert utan en mindre papperspåse, brun i färgen och med en centimeterstor fettfläck i ena hörnet. Det är med flit Hedda lämnat den kvar i lådan. När hon nu har gått igenom sina föräldrars korrespondens är det med lite extra stor vördnad hon lyfter upp det solkiga konvolutet. Nedanför fläcken är tre ord skrivna: *Till mina barn.*

Hon drar fram brevet ur den bruna papperspåsen, stryker med handen över det och börjar läsa.

Jag älskade att vara er mamma. Efter allting som blev vill jag att ni ska veta det. I samma ögonblick som ni flyttade in i min mage förstod jag att ni var där. Jag hade en dröm den natten. Jag drömde att er pappa och jag promenerade i en himlaträdgård. På vår väg mötte vi Herren själv. Han frågade om vi ville se er. Vi tackade ja och följde honom, barfota i den daggvåta mossan.

Ett stycke därifrån hördes svag musik från en harpa och vi skymtade älvor som dansade i stora vida dräkter. När vi passerade ett tätt avsnitt mellan två klippväggar blev det häpnadsväckande tyst, en förtrollande tystnad som gjorde mig lycklig. Jag stannade upp och jag slöt mina ögon. Plötsligt sköljde kristallklart vatten över mig från ovan.

Herren förklarade att det var uråldrigt vatten som skulle rena oss innan vi kunde träda in i templet där ni låg. Han böjde sig ned, lyfte undan ett förhänge av omsorgsfullt flätad timotej och kröp före in i en liten jordkula. Vi följde honom in. Här brann hundratals små ljuslyktor. Exotiska blommor smyckade väggar och tak och golvet var täckt av mjukaste gräs - ljusgrönt, nyfött.

I templets mitt, på en bädd av ull och mossa, låg ni och sov. Jag steg fram, drog efter andan. Er pappa gjorde likadant. Vi tog varandras händer, er pappa och jag. Det här är våra barn, sa jag. Aldrig att vi ska låta något ont hända dem. Och han tryckte min hand. Hårt tryckte han min hand och jag visste att den kärlek som fyllde mitt eget hjärta var samma kärlek som fyllde hans. En lång stund stod vi där inne i den varma jordkulan och förundrades. Sedan förde Herren oss ut igen. Besökstiden var slut och vi återvände för att påbörja en ny dag i världen.

Kapitel trettiofyra

Mobiltelefonen är röd och av en gammal modell med knappar. Just en sådan här telefon hade Hedda själv när hon var tolv – tretton år, fast hennes egen var blå. Hon sitter på golvet bredvid kistan efter att ha gått igenom allt som ryms däri. En bilmotor hörs ute på gatan. Josef borde verkligen vara tillbaka snart. Lite på måfå trycker hon ner tangenterna på sin biologiska mammas mobil. Fingrarna känner igen sig. Mobilens batteristapel visar fyra stavar av fem. Det är tre månader sedan Alice dog men Mulle har alltså valt att hålla mobilen vid liv.

På den omoderna knappsatsen trycker Hedda in Ralfs nummer. Det är troligt att hon kommer att ta med sig en hemlig gäst till Wendelas överraskningsfest i morgon och det kan vara bra att slänga iväg en hint om det. Att det handlar om en tidigare helt okänd, transsexuell tvillingbror ska hon inte avslöja än.

Entusiastiskt sätter hon telefonen mot örat och reser sig till stående. Fyra signaler går fram innan han svarar.

"Ja, hallå. Ralf speaking."

"Hej! Det är Hedda."

Det blir alldeles tyst.

Efter flera sekunder säger Ralf: "Hedda! Alltså shit, du fattar inte vad glad jag är att du ringer! Linus och jag sitter hos Karlstadspolisen."

"Vad då Karlstadspolisen? Menar du att ni är i Karlstad? Varför då?"

"Det är en lång historia. Men ingenting spelar någon roll nu när vi har fått tag på dig. Var är du någonstans? Vem är den här Mull...?"

Telefonen slits ur Heddas grepp. I samma ögonblick möts hennes kind av ett hårt slag och ett öronbedövande oväsen tar rummet i besittning. Det är lampan som faller till golvet. Hon kan inte hejda sitt skrik. Instinktivt fattar hon tag om garderobens skjutdörr för att återfå balansen.

"Att du bara vågar! Du har ingen som helst rätt att snoka bland mina tillhörigheter!"

Mulle! Hedda vet inte om hon behöver kräkas eller gråta eller både och. Är det redan kväll? Varför är Mulle annars hemma och var är Josef? Kroppen är stel och verkligheten har omgärdats av en glansig hinna. Samtidigt som hon står på gäst-rummets golv tillsammans med den upprörda Mulle befinner hon sig på en neutral plats en bit därifrån. Det har hänt henne förut, det här skiftet, men det var länge sedan sist.

"Förlåt mig", flämtar hon.

Svett gör Mulles panna blank. Otillgängligt klappar han med handen över den röda mobil-telefonens hölje som om det rörde sig om ett högt älskat sällskapsdjur. Så gräver han efter något i sin byxficka. Uppmärksamheten har förflyttat sig från Alices mobil tillbaka till Hedda.

"Låt mig hjälpa dig", säger han och i den framsträckta handen uppenbarar sig en motbjud-ande tygnäsduk.

Hon ryggar tillbaka.

"Nej tack, det är lugnt."

Plankorna under deras fötter är fyllda av skärvor från lampan. Hon får parera de vassa porslinsbitarna när hon rör sig över golvet. Mulle suckar och lägger tillbaka näsduken i kostymbyxornas högerficka. Han lutar sig mot dörrposten. Armbågen tar stöd mot en avsats i den väggfasta hyllan. Det är som om han försöker blockera vägen för henne.

"Du ska inte vara ledsen", säger han, rösten lugnare nu. "Så märkvärdigt var det väl ändå inte att jag opponerade mig? Du lägger näsan i blöt, min sköna. Du tar dig friheten att gräva i det som är personligt och privat."

"Jag ringde brorsan", säger hon och stannar till på golvet framför honom. "Det var brorsan jag ringde. Han heter Ralf och han är i Karlstad just nu. Hos polisen."

Ansiktet svider. Försiktigt känner hon med handen mot kinden där lampan smällde till henne. Huden är kladdig. När hon håller fingertopparna framför sig ser hon att det är blod. Det är inte ofta hon skadar sig. Ingen har någonsin velat tillräckligt illa för att slå henne och inte heller på egen hand har hon utsatt kroppen för fysiska risker. Hon var ett försiktigt barn, ingen som föll ner från lekstugetak eller klämde fingrarna i dörrspringor.

"Alice betydde mycket för mig", säger Mulle. "Det var därför jag blev lite sträng. Vanligtvis är jag en sansad karl. Det vill jag att du ska veta."

Hon har varken ätit eller druckit på hela dagen. Det är snustorrt i munnen. Mulles deodorant blir framträdande. Doften angriper henne.

"Jag lovar att jag inte ska röra något mer", säger hon och orden är så snabba att de snubblar över varandra. "Det var jättefel av mig och jag ber verkligen om ursäkt."

Den delen av hjärnan som konstruerats av Agneta på vårdcentralen påminner henne om att andas. När luften rör sig in och ut nästan rispas slemhinnorna.

"Får jag bjuda dig på någonting att dricka, månntro?" frågar Mulle. "Hur skulle det smaka med ett glas svartvinbärssaft? Du kanske rentav är hungrig? Något säger mig att ni aldrig tog för er av vad jag ställde fram åt er i matsalen."

Hon sneglar på Mulle. Stormen i hans ansikte har bedarrat och tanken på ett glas svartvinbärssaft är onekligen väldigt lockande, men annat står före i kön.

"Först måste jag bara få ringa tillbaka till Ralf", säger hon med så mycket pondus hon förmår att uppbringa. "Skulle jag kunna få låna din mobil?"

Egentligen vet hon inte vem av bröderna hon mest skulle behöva just nu. Hjärtat pickar som en vilsen fågel mot bröstkorgens innerväggar. Det är något med Mulles anspråk som hon inte förstår. Han vill ha något av henne. *Vad. Vill. Han. Ha?*

Fumligt känner han nu efter med handen mot den vita skjortans bröstficka.

"Min telefon blev nog kvar ute i bilen är jag rädd."

"Och Alices mobil?" försöker hon. "Den röda."

Mulle svarar på hennes fråga genom att inte svara på den. Han står kvar i samma pose i dörröppningen, stationär som en del av inredningen. Även Hedda har fastnat på stället med axlarna uppdragna och händerna sammanflätade framför kroppen. Hon sväljer. *Okej, vad tänker du ska hända nu, Håkan?*

"Min far blev nästan nittio år gammal", säger han som om han tror att det är något hon i det här läget skulle vara intresserad av att veta. "Det allra sista året av sitt liv var han sjuklig och i huvudsak sängliggande. Vi anlitade två sköterskor som turades om att svara för hans omvårdnad. Far lät inreda det här rummet för att erbjuda dem en egen plats att dra sig tillbaka till de stunder som de inte erfordrades."

Vad tänker du ska hända nu, Håkan?

"Vad tänker du ska hända nu, Håkan?"

Han släpper dörrposten och ställer sig med armar och händer hängande längs sidorna. Ett underligt leende uppträder i hans ansikte.

"Jag vill att du ska vara lycklig här hos mig", säger han.

"Vad sa du?" viskar hon.

"Jag vill göra dig lycklig", upprepar han. "Det är inte märkvärdigare än så."

Hedda bara gapar. Agneta på vårdcentralen har tagit över andningen.

"Vad pratar du om?"

"Du har alltid känt dig ensam, eller hur? Olik omgivningen och missförstådd. I likhet med så många andra unga kvinnor har du gått vilse i feministiskt strunt. Jag vet att du i själva verket längtar efter en man som kan skydda dig och jag lovar att jag kan vara den mannen för dig. Aldrig någonsin mer kommer du att behöva känna dig ensam."

Den astmatiska andningen. Deodoranten från helvetet. Den anmärkningsvärda uppfattningen att han skulle veta någonting alls om vem hon är eller vad hon behöver. Heddas fötter har fastnat i mental cement.

"Vänta lite här nu. Du måste ha missuppfattat..."

Mulle skrattar till.

Han grejar med glasögonen på sitt ticsmässiga sätt, harklar sig och säger: "Naturligtvis behöver du tid att lära känna mig. Vi är nya för varandra, du och jag. Jag räknar med att vi båda behöver tid för att bli bekanta."

"Eeh..."

"Jag förfogar över en stor förmögenhet och avser som du säkert förstår att sörja för dig ekonomiskt. Du kan ägna dig åt vad helst du önskar om dagarna. Kanske har du kommit i kontakt med en engagerande hobby som du vill utveckla? Vet du, Hedda, vi har alla förutsättningar för att forma ett enastående liv tillsammans, du och jag."

Hedda lystrar efter motorljud från vägen.

Josef, hör du mig? Jag vet inte var du är någonstans, men det har blivit konstigt här. Riktigt konstigt. Du måste komma hit.

"Josef borde vara här när som helst", säger hon skrovligt.

Mulle skakar på huvudet.

"*Josef*", säger han. "Jag är ledsen, kära du, men det där är inte på något sätt en normal människa. Du tycker sannolikt att jag är hård när jag uttrycker mig så, men tänk efter. Det är någonting mycket stört i en flickas förstånd när hon tänker på sig själv som pojke."

"Va?"

"Nåväl. Rätt ska emellertid vara rätt. Jag har din tvillingsyster att tacka för att du är här hos mig nu. Vägen till dig behövde gå via henne."

Inom Hedda gnistrar det till. Förolämpningen mot tvillingbrodern får hennes nyfunna handlingskraft att kavla upp ärmarna. Oberoende av Josefs medverkan är det hög tid att ta kommandot över situationen. Den minst sagt skruvade situationen. Hon ser sig omkring. På golvet bredvid Alices blåa lapptäcke ligger bilden på Mulle och hans mamma. Hon sträcker sig efter fotografiet.

"Jag hittade den här" säger hon och vänder upp bilden mot honom. "Det är du och din mamma, va?"

Så som Mulle snackat om sin farsa var hon bara tvungen att under middagen igår fråga om han inte hade en morsa också. Och det var hans reaktion då som får henne att spela ut det här kortet nu. *Oåtkomligt territorium*, sa Josef när de pratade om det igen på natten sedan. *Det är något där. Någonting smärtsamt och... farligt?*

"Var hittade du fotografiet?" flämtar Mulle, blicken plötsligt glansig.

Regnet utanför har upphört och solen strilar in i gliporna mellan de fördragna gardinerna. Rummets väggar är snabba att suga upp ljuset.

"Det spelar kanske inte jättestor roll var jag hittade det", svarar Hedda och hon står stadigare mot golvet nu, mjukt och grundat, "men jag tänkte att du skulle vilja se det."

Mulle tar fotografiet ur hennes hand. Hela hans uppmärksamhet försvinner in i bilden. Hon ser hur han klipper med ögonen. Osäkerheten som hon själv kände nyss verkar ha flyttat över till hans planhalva. Eller om det är den där smärtan som Josef pratade om.

"Jag trodde inte att det fanns några bilder av mor. Det har inte... Jag har aldrig sett någon bild från..."

Han sätter sig på sängens fotända, fortfarande med blicken på sin mamma.

"Nähä?"

"Mor var... Jag hade inte..."

Den annars så vältalige Mulle tycks ha tappat förmågan att sätta ihop ord till meningar.

"Så hon lever alltså inte, din mamma?" undrar Hedda eftersom den frågan aldrig fick något svar under gårdagskvällens middag.

Mulles ena pekfinger rör sig över fotografiet på ett i det närmaste barnsligt sätt.

Han tittar inte upp när han mekaniskt säger: "Mor dog 1986. Jag var sju år gammal. Hon svek oss genom att ta sitt eget liv. Inte mycket till mor som..."

Hans ord dör bort. Någonting lite mjukare tar plats inom Hedda. För ett ögonblick är det inte den vuxne mannen hon ser. Det är den lille pojken.

"Hon älskade dig", säger hon. "Det syns att hon älskade dig väldigt mycket."

Mulle drar efter andan, fingrar nervöst på fotografiet och nu ser han på henne.

"Ja", säger han lågt. "Det gjorde hon."

Hedda biter på sin underläpp. Hon betraktar buketten med skära rosor i vasen på sängbordet, kippande blomkronor på stympade stjälkar.

"Jag beklagar", säger hon.

Mulle lägger ifrån sig fotografiet på det tillstökade lakanet och reser sig upp. En fläkt av hans deodorant når hennes näsborrar när han passerar, men lukten känns av någon anledning inte lika kvävande som nyss.

"Jag lovade dig svartvinbärssaft", säger han med raspig stämma och går ut ur rummet. "Dröj kvar här så länge."

Hon tar de få stegen fram till sängen och plockar upp bilden. Var är den tagen och vem är fotografen? Bredvid den ljusa manchesterfåtöljen där Mulle och hans mamma sitter är en soffa i samma material. På andra sidan fönstret skymtas snötäckt stadsmiljö. Mamman bär grå klänning och leendet är mjukt. Barnet med sin ljusa skjorta och bruna byxor halvligger i hennes knä. Hela kroppen skrattar.

Hedda vänder på kortet. Med snirkliga skrivstilsbokstäver står där skrivet: *Lille Håkan och hans mamma på besök hos morfar den 25 januari*

1987. Hon räknar på fingrarna. Bara tio månader efter den här till synes bekymmersfria kramen valde Mulles mamma att ta sitt liv.

Liksom utdragen i sin handrörelse lägger Hedda tillbaka fotografiet på sängen. Hur det nu än är med barndomar och mödrar är det dags att bege sig härifrån. Vem vet när Josef behagar komma tillbaka. Mulles sällskap har hon hur som helst fått nog av. *Jag vill att du ska vara lycklig här hos mig.* Vem säger så till en främling?

Hon reser sig och går fram till kistan. I sin handväska lägger hon ner porslinsugglan och fölet, det smygtagna bebiskortet från gräsmattan och Alices röda mobiltelefon. Herregud, det här är ju deras arv, hennes och Josefs. Mulle har ingen rätt att stjäla det från dem. Bestämt tar hon lapptäcket och skokartongen med brev under armen och lämnar rummet. Från första bästa bensinstation ska hon ringa tillbaka till Ralf. Även till Josef ska hon slå en signal och kolla om inte han och journalisten är klara med intervjun snart. Hotellet i Karlstad borde ha hans telefonnummer registrerat från incheckningen.

När hon går förbi älghuvudet i hallen hör hon Mulles skramlande med glas. Begäret efter att få släcka törsten tar överraskande kommandot och styr hennes steg i riktning mot köket. Hon är snustorr i munnen och hela svalget. Plötsligt är allt hon kan tänka på det där utlovade glaset med svartvinbärssaft.

Del III

Kapitel trettiofem

Fredag kvart över ett

Ralfs fötter väger bly när han med Linus i hasorna lämnar Nils Hjorts kontor och går tillbaka genom polishusets väntrum. Han förstår att det är hög tid att koppla in morsan och farsan. Han förstår att han borde ha gjort det för länge sedan. Vilken annan son som helst hade gjort det. Naturligtvis har de rätt att få veta att deras dotter är i fara. Bara en liten stund till ska han stanna kvar i sin egen gyttja. Sedan ska han ringa.

När Hedda kom till deras familj sa farsan: *Nu barn är det här på riktigt. Hedda är en Månsson nu.* Ralf förstod vad han menade. Deras nya syster hette Johansson i efternamn men hon var en av dem, en Månsson. Samma dag som vårdnaden flyttades över skickade farsan in ansökan om efternamnsbyte. Hedda var tolv år gammal och stolt ändrade hon sitt användarnamn på både Lunarstorm och Bilddagboken.

Utanför polishusets entré står den medelålders kvinnan från väntrummet och röker, det rosafärgade håret delvis dolt av en nytillkommen skärmmössa. Hennes jeansshorts är korta. En och annan skulle säkert välja att betrakta både dem och det figurnära linnet som vågade val för en person som samlat på sig så pass gott om år och kilon.

"Vad glor du på?"

Ralf hajar till.

"Sorry. Det var inte meningen."

Linus plockar upp telefonen och slår sig ner på den intilliggande plätten av gräs.

"Så vad nu?" suckar Ralf och sätter sig bredvid. "Vad i helvete gör vi nu, Linus?"

Grässtråna sticker som nålar mot arslet, det mellanliggande lagret jeanstyg till trots. Huvudet är överhettat. Ralf vill blunda, försvinna bort, men den här gången kan han inte fly. Han får inte svika Hedda. Och det är verkligen hög tid att ta sig i kragen och ringa morsan och farsan.

"Vi har googlat Mulle plus Karlstad", säger Linus och börjar greja med telefonen, "men vi kanske kan pröva med Steffe plus Mulle plus Karlstad."

Hans ansats är långsökt och de vet båda två att en sådan googling är dödfödd. Men han visar i alla fall att han försöker och det är inte enbart desperat utan också ganska fint. Ralf torkar ögonen med knogen.

"Ja, eller om man skriver Stefan", kraxar han med oväntat sprucken stämma.

Kvinnan med shortsen drar in ett bloss på sin cigarett. Hon tar ett par steg emot dem.

"Steffe och Pastorn?" säger hon medan cigarett-röken lämnar henne genom munnen.

"Vad för något?" undrar Linus.

"Min karl har två bekanta som heter Steffe och Pastorn. Är det dem ni letar efter?"

Ralf som aldrig trott på Gud slänger iväg en blixtsnabb bön: *Schyssta, låt det här få vara vårt halmstrå!*

"Berätta om dem", säger han. "Berätta om Steffe och Pastorn! Vad är det för några?"

Kvinnan rycker på axlarna.

"Ja, vad ska man säga... Småtjyvar. De kommer hem till oss ibland och super tillsammans med min karl. Han brukar säga att de kan skaffa fram grejer. Vapen och sånt."

Ralf sväljer.

"Du känner händelsevis inte till en man som kallas Mulle?" frågar Linus.

Med hjälp av sulan på sin ena sandal dödar kvinnan ciggen mot asfalten.

"Aldrig hört talas om."

Hon börjar gå. *Krångla inte nu, Gud. Du ser ju själv - vilket annat halmstrå har vi att gripa efter här?*

Utan att vända sig om eller titta på dem stannar kvinnan med det rosa håret upp. Hon tvekar ett ögonblick.

Sedan säger hon: "Steffe Ålinder och Patrik Österberg heter de om ni skulle googla. Eller Östergren. Patrik Östergren heter han nog när jag tänker efter."

Hon försvinner runt hörnet med frisyr och shorts. Ralf biter sig i läppen. Linus söker på sin mobilskärm. Utan att någon av dem har kommenterat det märkvärdiga i att en okänd person kliver fram från ingenstans och serverar dem två namn, letar han fram numret och ringer upp Patrik Östergren alias Pastorn på högtalartelefonen.

Mannen svarar nästan omedelbart.

"Hallå din gamla rövslickare", skränar han. "Så du har vaknat nu?"

"Hej", säger Linus. "Mitt namn är Linus. Är det Patrik jag talar med?"

"Va? Oj! Ursäkta mig, jag trodde det var någon annan."

Pastorn börjar skratta. Linus säger ytterligare en gång att han heter Linus. Han förklarar att han skulle behöva få tag på Mulle och undrar om Pastorn råkar känna till på vilken adress de kan hitta honom.

"Alltså, det vill jag göra helt klart för dig att Mulles business det är Mulles business", är Pastorn noga med att framhålla. "Vad det än handlar om har jag ingenting med det att göra."

Tårarna börjar rinna nerför Ralfs kinder, den här gången av lättnad. Pastorn vet vem Mulle är. Det här skulle kunna betyda att de har fått napp.

Kapitel trettiosex

Fredag kvart i två

Mulles farsa var ökänd i halva Värmland", meddelar Patrik Pastorn Östergren som vägrat att lämna ut några adressuppgifter utan istället krävt att bli upphämtad på vägen. *"Direktörn* som folk kallade honom. Han var duktigt tät. Ägde och drev hela Mullbergskoncernen."

Ralf är en värdelös förare och bilen från hyrfirman så bred att han bara kan gissa var i vägbanan den befinner sig. Växelspaken kärvar men med tanke på att fordonet är av senaste årsmodell handlar det knappast om bilen utan om honom. När Ralf tänker efter inser han att det måste vara mer än fem år sedan han satt bakom ratten senast. Att han nu lyckats ta sig från A till B och är i full färd på väg mot C är mirakulöst. A som i bilfirman alltså och B som utanför Pastorns lägenhet på Gruvlyckevägen 64. C är den plats där de ska hitta Hedda.

I backspegeln skymtar han Linus, blek med håglös hållning. Inte ett ord har han yppat sedan de blev tre i bilen. Kanske även han la märke till pistolen i jackans innerficka när Pastorn viftade bort honom från passagerarsätet – med avsikt att själv kunna placera sin kroppshydda där. Antaligen ska de vara tacksamma att hans krav inte inkluderade upphämtning av kumpanen Steffe. *En oförutsägbar galning i bagaget räcker.*

"Det gick många stories om han när man växte upp. Det var direktörn hit och direktörn dit", fortsätter den levande GPS:en och kliar sig obesvärat i skrevet. "Damen tog självmord. Mulles morsa närmare bestämt. Hon stod väl inte ut med gubbfan. Nu är det höger här framme."

Ralf puttar till ett reglage som skulle kunna vara en blinkers. Två fjuttiga strålar med spolarvätska sprayas över bilens framruta. Han sneglar på Pastorn, en storväxt man med gråsprängt halvlångt hår och två iögonfallande ärr diagonalt över ansiktet. Läderjackan är fodrad och ser rätt varm ut i den tjugofemgradiga sommartemperaturen. Nedanför de camouflagemönstrade armébrallorna har han sneakers av Adidasmodell. Ralf bromsar in för att undvika kollision med en cabbad sportbil som kör häpnadsväckande långsamt framför dem. Sedan gör han som Pastorn säger och svänger höger.

De är på väg för att hämta Hedda. Varje gång han påminner sig om att mardrömmen snart är över sprattlar det till i magtrakten. Någonting nykläckt rumsterar om där inne och det är skönt att kunna andas igen.

Linus föreslog tidigare att de inte skulle ta ut något i förskott. *Det är som sagt ingen självklarhet att Mulle är den vi söker*, sa han innan de lämnade biluthyrningen. Ralf begriper inte hur man kan välja att negga i det här läget. Där han sitter i förarsätet bredvid en beväpnad bandit vars kontaktnät borde inkludera merparten av Värmlands gangsters är det närapå upprymd han känner sig. De har famlat i mörker men plötsligt tilldelats en lykta.

"Är du och Mulle bra polare?" frågar han Pastorn med blicken kvar på vägen.

Han möts av ett kluckande skratt och en oväntad dask över jeanslåret.

"Polare? Du är rolig du, Ralf från Stockholm. Mulle och jag är inte polare."

Morgonen efter skolavslutningen i nian kom Hedda hem tillsammans med en härjad yngling vid namn Lester Westwood. *Nej, vi är inte polare,* log hon kryptiskt när Ralf förhörde sig om den hålögde gossen. *Han behövde bara någonstans att sova.* Unge herr Westwood var som hämtad ur någon av de vampyrfilmer som var omåttligt populära vid den tiden. Enligt uppgift var han på rymmen från en brittisk ungdomsvårdsskola och klockan fyra på morgonen hade Hedda lite otippat påträffat honom på damtoaletten på Stockholms Central.

En frågeställning som kanske främst engagerade morsan och farsan var hur det alls kom sig att den femtonåriga Hedda befunnit sig på Stockholms Central klockan fyra på natten istället för att, som överenskommet, sova tryggt hemma hos Emelie Mbeke-Nordström efter skolbalen. Informationen att balen följts upp av en föräldrafri tillställning hemma hos Haren i Örnsberg och att Hedda och några andra, när festen blivit "lite för rörig", valt att hoppa på tunnelbanan in till stan, var av den art som skapade fler frågor än den besvarade.

Att Hedda till morsan uppgett att hon skulle sova hos Emelie och att morsan rakt av köpte det sa mycket om morsan men det sa också en del om Hedda. Om vem hon brukade vara. Hon var nämligen inte den som hade för vana att plocka upp okända desertörer på offentliga toaletter mitt i natten. Inte alls. Så här i efterhand kan Ralf konstatera att det var en helt kort period i Heddas liv där sådana saker faktiskt inträffade, en period där hon till skillnad från både före och efter placerade sig själv i oväntade situationer.

Om han minns rätt handlade det om max några veckor av nian, första månaden i gymnasiet och sommaren däremellan. Ett världsrekord i komprimerad tonårsrevolt med andra ord. Ralf tänker att ifall det varit under den perioden som Hedda hade följt upp det här oberäkneliga dejtingspåret i Värmland så hade han inte blivit lika förvånad.

"Du fattar inte", bullrar Pastorn och trollar fram en ölburk. "Mulle är ett skämt. Folk driver med han. Det är därför han inte får några brudar på frivillig basis. Rakt fram i rondellen här. Sedan är det nästa vänster."

Inga brudar på frivillig basis?

Ölburken ger ifrån sig ett karaktäristiskt pysande ljud när den öppnas. Den överräcks till Ralf.

"Alltså, jag kör ju lite bil här."

"Och hur är det med benjaminfikusen i baksätet, ska det vara en bärs?"

Det faktum att han inkluderats i samtalet tycks ha gett Linus talföret tillbaka, för han säger: "Nej tack, men har du lust att utveckla det där? Vad menar du med att Mulle inte får några brudar *på frivillig basis*?"

Pastorn frustar.

"Stålar är ingen issue", konstaterar han och dricker av ölen. "Mulle köper det han vill ha."

Ralf sväljer ner ett stycke olust.

"Hedda skulle aldrig sälja sig till någon", säger han, men Pastorn verkar inte lyssna.

"Nej stålar är ingen issue", upprepar han. "När vi andra började knega på bruket efter gymnasiet skickades Mulle till något toppuniversitet i staterna. Jo då, fint skulle det vara. Man har ju lite olika förutsättningar om man säger så. Det var ju inte som att min morsa hade några pengar att skjuta till. Alla år som hon slavade åt välbeställt folk. Skurade deras skitstolar och strök deras sidenskjortor nästan gratis. Tre jobb hade hon, morsan. Och ändå gick det inte runt."

"Trist att höra", hasplar Ralf ur sig, utan att vara säker på att den deppiga skildringen ens är sann.

Pastorn känns som en snubbe som vet hur han ska vinna omgivningens fruktan men lika mycket som en snubbe som vet hur han ska vinna sympati. Ifall det blir det ena eller det andra styrs sannolikt av vad som gagnar honom mest i stunden. I mötet med Mulle nu kan de få användning av en person som Pastorn. Ralf är ändå lite tacksam om pistolen stannar kvar i den fodrade skinnjackans innerficka.

"Din syrra vet jag ingenting om och ärligt talat bryr jag mig inte heller. Men betyder det här att Mulle hamnar i skiten, då vill man ju vara på plats. Han kommer att få betala för min tystnad och det vet han. Nu är vi framme, boys. Det är det stora vita huset där. Jag sköter snacket."

Ralf styr upp på grusplanen och slår av motorn. De kliver ut. Huset ser onekligen ut som något som tillhör en *direktör* - en stor, vräkig villa med pampig trädgård och flaggstång. Det är nästan så att han tänker att vakter med hörselsnäckor och automatvapen ska kliva ut och myndigt ifrågasätta deras intrång. Han följer Pastorn och Linus in genom en vitmålad grind i staketet. Skulle Hedda ha sålt sex till någon gubbe trettio mil hemifrån? Sålt sex över huvud taget? Hedda? Nej, tanken är för absurd för att tänka färdigt.

Han suckar. Känslorna hänger utanpå som en fladdrig jacka, flaxar i vinden när han går genom trädgården. Han vet inte om det är rädd han är eller uppspelt, nervös, spyfärdig, glad eller förbannad. Vad är det som ska hända här?

"Jag känner mig som Kurt Weller i *Blindspot*", fnissar han steget bakom Linus. "*We are the FBI. You are under arrest, din värmländska loser.*"

Linus skrattar och lägger en hand på hans axel. Det känns skönt. Pastorn kliver upp på verandan och drämmer till den massiva ytterdörren tre gånger, skriker *Jag vet att du är hemma för biljäveln står på uppfarten* och trycker därefter ner handtaget med ett brutalt ryck.

All likhet mellan Ralf och den självtillräcklige FBI-agenten Kurt Weller är spårlöst försvunnen. Orörlig blir han stående på stengången nedanför verandan.

"Jag älskar dig, Linus", hör han sig själv säga. "Överge mig inte."

Kapitel trettiosju

Fredag tio över två

D et här är garanterat den sinnessjukaste inredning jag har sett i hela mitt liv", väser Ralf till Linus medan Pastorn ledsagar dem genom bottenvåningen i det av allt att döma obefolkade huset. "Jag skulle inte höja på ögonbrynen om han hade en levande björn i en bur."

"*Jag* skulle höja på ögonbrynen", säger Linus.

Huset är ett pedantiskt museum för antika högreståndsmöbler, jakttroféer och spektakulära föremål. Ralf påminner sig själv om att andas. I nuläget är han mer än nöjd över att de är här i sällskap med Pastorn. Ensam är han inte säker på att han hade vågat genomföra den här typen av djärvt inkräktande i en främmande människas bostad.

Matsalen för tankarna till någon burgen bankdirektörs sammanträdesrum vid 1900-talets början. Flådig konst figurerar i guldram på väggarna. På bordet, som lätt skulle svälja tjugotalet direktörer, står en frukostbuffé uppdukad. Ralf kliver fram och petar på en tomatskiva. Jo, den är riktig. Muséefeelingen till trots serveras här verkligt käk. Det är en generöst tilltagen frukost för två som dukats fram på den enorma bordsytan. Två koppar, två tallrikar, två höga glas med apelsinjuice.

Linus snubblar över en serveringsvagn i mässing. Pastorn flabbar åt honom.

"Jaha Patrik", konstaterar en röst som låter bekant, "det är visst andra gången den här veckan som du oanmält infinner dig på min egendom."

I dörröppningen står det som borde vara Mulle, en kraftig man med mustasch, klädd i kostym och vit skjorta. Ögonen flackar bakom tonade glas och han är ensam. Varför är han ensam? Var är Hedda någonstans?

"Pöjkera är här för tösa", deklarerar Pastorn och slår sig ner vid bordets kortända. "Det var olåst så vi gick in."

Han greppar ett av de höga glasen med apelsinjuice från bordet och klunkar i sig av drycken. Mulle slänger ett öga på Ralf och Linus och tar sedan några steg in i rummet. Det är inte svårt att tolka hans ansiktsuttryck. Naturligtvis är han missbelåten över deras våldgästande. Ralf vrider besvärat på sig där han står på golvet. Linus rör sig inte ur fläcken.

"Var har du Stefan då?" frågar Mulle vänd mot Pastorn. "Det hör inte till vanligheterna att ni två uppträder separat."

"Steffe har annat för sig. Dambesök. Men töla inte nu. Jag vet att du har stockholmarens syrra hos dig. Jag kan läsa dig som en öppnad bok. Du gömmer henne."

Med en skinnjackeknarrande rörelse plockar han åt sig en banan från den dignande fruktskålen. Mulle skakar långsamt på huvudet. Rörelsen tycks inövad. Ralf känner sig vilse-

267

kommen men märker att han får mer power när han sträcker på kroppen. Som en orangutang som reser sig på bakbenen.

"Var är Hedda?" frågar han i sin uppblåsta pose. "Jag trodde att hon skulle vara här med dig. Stämmer det som Patrik säger att du gömmer henne någonstans?"

Mulle betraktar honom, fastnar på hans zombie-linne, avvaktar. Rummet är tyst. Det enda som hörs är Pastorns banansmaskande. Linus försöker bli ett med väggen, armarna i ett låst kors över bröstet.

"Nej", säger Mulle, "påståendet som Patrik lägger fram med sådan högröstad säkerhet är alltigenom oriktigt. Jag gömmer inte Hedda någonstans. Hon valde att bege sig härifrån. Ingen är mer olycklig än jag, men du har mitt ord på att hon har givit sig av."

"Hör på den, va?" avbryter Pastorn. "Som han ljuger! Skippa skitsnacket nu, Mulle. Säg vart du har gjort av henne. För du vill väl inte att pöjkera ska få se filmen?"

Han flåsgarvar. Ralf griper tag om en stolsrygg. Det hela blev genast ännu mer ostadigt. Filmen? Vad då för film? Hans associationsbanor hämtar snabbt fram en rad tänkbara filmsnuttar. Kropp i blodpöl. Kropp i plastsäck. Kropp i delar. Han flämtar och sjunker ner på stolen.

"Vad är det för film du snackar om?"

"Ska du eller jag berätta?" frågar Pastorn vänd mot Mulle. "Du känner mig. Något vidare med tåla-mod har jag inte."

Han slänger ifrån sig bananskalet på bordet framför sig och halar upp sin mobil ur en av benfickorna på de gröna armébrallorna. Demonstrativt placerar han telefonen mellan fruktskålen och den blanka ståltermos som rimligtvis innehåller kaffe. Det är första generationens smartphone, sliten och klumpig med flera större sprickor i glaset.

"Här har vi filmen", slår han fast. "Vad säger du, ska vi titta på den tillsammans? Jag misstänker att den kan få dig att öppna käften lite snabbare. Och jag gillar snabbare."

Håret i Mulles tätvuxna mustasch ligger i grova strån mot överläppen. En svettpärla uppehåller sig däri.

"Dröj lite här, mitt herrskap. Ni går in i mitt hus olovandes och har därefter mage att misstänkliggöra mig. Har vi ens presenterat oss för varandra, du och jag?"

När han säger det sista är det Ralf han fäster blicken på. Pastorn muttrar att Mulle kan köra upp sitt skitsnack i röven, eller *röva* som det blir på värmländska. Därefter lägger han en ljudlig brakare och lutar sig tillbaka i stolen, den tjocka jackan som en rustning runt överkroppen.

"Nu är ju det här i och för sig inte någon artighetsvisit", säger Ralf, "men okej. Jag heter Ralf och jag är Heddas bror. Vi pratades vid på telefon här om dagen."

Framför allt är det ögonen som stör honom – grumliga och liksom tomma på vettig riktning. Han har alltid haft svårt med sådant, ögon som inte lirar. Det var samma sak med Ägget. Hans ögon stämde inte heller. Fast all tänkbar kritik mot Ägget är antagligen peanuts i jämförelse med det här. Att Hedda skulle ha ihop det med mannen framför honom av fri vilja är en rakt igenom absurd idé.

"Jag vet vem du är", säger Mulle. "Hedda har talat om dig. Inte i någon större omfattning förvisso, men hon har talat om dig."

"Hur känner du ens min syster? Varför kom hon till Värmland över huvud taget?"

I ögonvrån registrerar han Linus som har sjunkit ner på stolen intill och nu skakigt börjat torka sina glasögon mot tyget på Misfits-tröjan.

"Din syster och jag har fått kontakt med varandra till följd av min bekantskap med hennes..."

"Men vad fan!" ryter Pastorn. "Du har lagt något skit i drickat. Helvete Mulle, jag ska..."

Ögonen blixtrar. Han reser sig och går över golvet. Medan han utstöter primitiva läten siktar han in ett hårt slag mot Mulles huvud och sedan ett till. Det går hål och blod rinner ner för halsen och ut på den vita skjortkragen.

"Lugna ner dig, Patrik", vädjar Mulle.

Han har höjt händerna över huvudet i ett försök att skydda sig mot det överraskande angreppet. Pastorn ger honom ytterligare en smocka innan han sträcker sig över bordet och greppar tag i sin mobil. Rörelserna är fumliga men efter lite pillande med telefonen har han plockat fram vad han söker.

"Här!" säger han småsluddrigt och räcker över telefonen till Linus. "Kolla in den här inspelningen. Vi kallar den *Mulle the movie.*"

När Linus tagit emot telefonen slår sig Pastorn ner på närmaste stolsdyna. Han ser tankad ut med glansiga ögon och instabil hållning. Mulle jämrar sig och baddar sitt blödande huvud med en småblommig servett.

På mobildisplayen syns ett namnlöst filmklipp. Linus trycker på pilen och filmen startar. En svart stadsjeep är i fokus. Miljön skulle kunna vara en butiksparkering. Filmaren är skakig på hand och rör sig oavbrutet. Han kommunicerar med den man med grön- och gulmönstrad keps som ställt sig bredvid bilen. Det blåser in i mikrofonen.

"Filmar du?"

"Ja, jag filmar. Är du hundra på att det är Mulles kärra?"

"Det är Mulles kärra."

En fumlig axel tränger sig upp bredvid Linus och en stor näve griper efter telefonen.

"Ge mig mobiltelefonen!" uppmanar Mulle, kladdig från det blodiga flöde som tar sin början vid hans hårfäste.

Ralf reser sig hastigt och tar mobilen ur Linus hand. Filmen fortsätter att rulla medan han rör sig med snabba fötter över golvet. Det måste finnas en orsak till att Pastorn vill att de ska se den. Och att Mulle inte vill det.

"Lille Mulle, nu har du visst varit en stygg pöjk", flinar mannen med kepsen och de båda männen på filmen brister ut i ett gemensamt gapflabb.

Ralf lämnar rummet och skyndar ut i hallen. Linus är steget efter. Mulle upprepar ordet *Stopp* med stigande frustration i rösten. Hans andning är närmast astmatisk när han jagar efter dem genom korridoren. Situationen känns absurd. Snett nedanför det stora älghuvudet i hallen spanar Ralf in en oval mässingsskylt med texten *WC*. Strax har han fått med sig Linus in genom toalettdörren och låst med den grova järnhaspen. Mulles knackning är kraftfull.

"Öppna omedelbart!" flåsar han. "Det här är olaga intrång. Jag kontaktar polisen."

"Det tycker jag absolut att du ska göra!" ropar Linus tillbaka. "Ring polisen du!"

Deras fokus återgår till Pastorns mobilskärm. Bredvid den svarta jeepen stannar nu en kvinna på cykel. Hon frågar något som Ralf inte uppfattar på grund av den rätt taskiga ljudupptagningen. Mannen med kepsen är snabb att schasa iväg henne.

"Sköt du ditt så sköter vi vårt. Det är ingen jävla realitysåpa det här om du trodde det."

Kvinnan cyklar vidare och filmaren vrider upp kameran mot den svarta bilen, zoomar in passagerarsätet genom sidofönstret. De ser en gestalt som sitter där. Bildkvaliteten är usel, men Ralf är ganska säker på att det är en kvinna. Hennes handleder är bundna.

Kameran vrids bort abrupt. Mulle med en grön plastpåse i handen rör sig mot filmaren. Han sätter upp en hand i luften och säger åt männen att sluta filma.

"*God dag, Mulle!*" säger mannen med kepsen och kameran far hit och dit. "*Vi ser att du har en alldeles särskilt god dag i dag.*"

"*Så här kan ni inte göra!*"

"*Jaså, det säger du? Vi funderade på om det kunde vara tvärtom. Om det kunde vara du som inte kan göra så här.*"

Återigen garvar de. Återigen filmas bilrutan. Kvinnan tittar rakt in i kameran. Hon har ljust lockigt hår, blek hy. Ralf slutar andas.

Det är Hedda.

Kapitel trettioåtta

Fredag vid halv tre

Som en väktare står Mulle utanför badrummet när de kommer ut. Ralf ställer sig närmare än vad han känner sig bekväm med, medveten om att de förmodligen kommer att bli utkastade nu när Pastorn ligger uträknad på ekparketten och inte har möjlighet att gå emellan.

"Det verkar som att du har målat in dig i ett så kallat hörn", säger han. "Du vet att vi har sett filmen så du har inget för att fortsätta ljuga för oss. Säg bara var du har gjort av henne! Var är Hedda någonstans?"

"Det var inte Hedda som ni såg på filmen."

Mulle sträcker fram sin hand mot Linus för att ta emot Pastorns mobil.

"Nej, den behåller jag", kontrar Linus och stoppar ner telefonen i jeansfickan.

Ralf andas snabbt. Bilden av Hedda bunden i Mulles passagerarsäte har etsat sig fast på hans näthinna.

"Så vem skulle det ha varit som satt i din bil då menar du?" frågar han. "Ifall det nu inte var Hedda. Christina Aguilera? Eller självaste Alice i Underlandet?"

Mulle rör vid Linus arm för att komma åt telefonen.

"Det var Alice", säger han.

"Nu får du ge dig!" fräser Linus. "På riktigt, släpp alla dina korkade lögner. Det spelar ingen roll vad du försöker lura i oss fattar du väl. Både Ralf och jag såg ju att det var Hedda som satt i passagerarsätet på din bil. Fastbunden. Frågan som du ska svara på är var hon är nu."

Mulle är just på väg att säga något när det ringer på dörren. Hann Pastorn skicka efter några stora stygga polare innan vad det nu var som hällts i hans glas golvade honom? Eller ringde han rentav hit snuten? Ralf tar upp sin telefon och bläddrar fram den senaste inlagda kontakten: *Polisen Nils.*

Återigen ringer det på dörrklockan. Ett pampigt plingplong i gammeldags stajl. Linus vänder sig mot Ralf.

"Ska han inte öppna?" säger han irriterat. "Det är väl ändå han som bor här?"

Mulle tar de få stegen över golvet in i den mindre tambur som avlöser hallen. Ralf och Linus följer efter. Långsamt trycker Mulle ner handtaget och öppnar ytterdörren.

"Karlstadspolisen", säger en röst i Ralfs öra samtidigt som personen på andra sidan dörren uppenbarar sig framför honom. "Du talar med Nils Hjort."

"Tja Nils", får han ur sig. "Det här är helt sjukt men nu står det en människa här framför mig som inte är min syster utan en man. Jag vet inte riktigt vad jag... Eeeh..."

Ralf undvek Mulles spetsade frukostbuffé. Han rörde bara litegrann vid en tomatskiva, inget mer. Ändå tyder allting på att han hallucinerar.

"Ursäkta mig, men vem är det jag talar med?" frågar polisrösten sakligt.

"Eeeh..." säger Ralf.

Linus tar mobilen ur hans hand.

"Hej Nils", säger han, "det här är Linus Sandberg. Vi träffades tidigare i dag nere på stationen. Det gällde Hedda Månsson som har... Ja just det, precis. Du, nu har vi en adress."

Killen som har stulit samtliga sina anletsdrag från Hedda sträcker fram handen.

"Du måste vara Ralf. Jag heter Josef och jag är Heddas tvillingbror."

"No kidding", mumlar Ralf och trycker hans hand.

Om det inte vore så uppenbart att han talar sanning skulle ett antal väl valda kontrollfrågor förmodligen vara på sin plats. Här kommer en kille från ingenstans och skriver in sig i deras familj. Eller rättare sagt, kliver före i kön och går in som den *riktiga* brorsan med hela jävla biologin på sin sida.

Frågorna rusar som en hop hetsiga jetplan genom huvudet. Var har den här människan varit i alla år? Hur kommer det sig att han dyker upp just i dag? Varför presenterade de sig inte för varandra, han och Mulle? Och - vad i helvete är det som har hänt med Hedda?

Mulle meddelar att han ska se efter så att den objudne gästen i matsalen inte har *kastat upp* och han rör sig sedan med klumpiga steg därifrån. Likt en liten vilsekommen trio blir de kvar på tambur-golvet - Ralf, Linus och den biologiske.

Josefs långa ljusa hår är samlat i en boll bakpå huvudet. Ögonen är gråblå och huden blek med ett par millimeters skäggstubb på haka och kinder. Han har jeans, linne och en grå axelremsväska i tyg. Helt orörlig står Ralf och fullständigt hypnotiserad av denna förbryllande uppenbarelse som är hans egen syster men i maskulin utgåva. Linus sticker ner händerna i jeansfickorna och förvandlas till en pinne. Josef placerar handen i nacken precis så där som Hedda gör. Gesten är så hon. Men alltså även han.

"Jaha?" frågar han dröjande. "Vet ni var Hedda är?"

"Nej", svarar Linus, "vet inte du heller var Hedda är?" och här finns det en mikroskopisk chans att Josef ska säga att deras syster sitter lugnt tillbakalutad ute i Mulles trädgårdsmöbel med en gin och tonic och ett fat perfekt mogen mango i skivor. Att kvinnan på filmen faktiskt var någon annan. En Alice i Underlandet.

Men det gör han inte.

Han säger: "Nej" och rör sig vidare in i huset. "Hon har säkert somnat."

Ralfs temporära rigor mortis släpper taget och han följer efter Josef som en valp efter sin husse. Somnat? Vad är det frågan om? Varför skulle Hedda ha somnat? Är Josef medveten om var de befinner sig och hos vem? Ingenting i ett upplägg som detta kan locka någon att ta siesta. Inte ens Hedda.

"Du får gärna uppdatera oss en aning", säger Linus som även han stegar efter tvillingbrodern genom hallen och in i ett rum med utsikt över gröna fårhagar.

Här finns mycket riktigt en säng men varken Hedda eller någon annan befinner sig i den. Varken Hedda eller någon annan befinner sig i rummet över huvud taget. Mitt på golvet står en mindre allmogekista och kring den diverse prylar och skärvor av vitt glas.

Josef ser sig omkring.

"Vad har hänt här?" säger han för sig själv och sedan vänd mot Linus: "Det var genom Håkan Mullberg jag fick veta att jag hade en tvillingsyster. Han tog kontakt med mig för ett par veckor sedan. Ja, det är precis som det låter. En lång historia."

Ralf lägger märke till en nyans i hans röst, en nästan omärklig heshet på vissa stavelser. Samma heshet som kilas in bland Heddas ord när hon pratar.

"Så hur ser din och Heddas koppling till Mulle ut?" frågar han, medveten om att han låter som en mordutredare i någon kriminalserie på HBO.

"Vår biologiska mamma Alice hade ett förhållande med honom", säger Josef och tillägger med sänkt röst: "Lyckligtvis är det inte han som är pappan."

"Alice?" frågar Ralf. "Sa du Alice?"

Han tittar på Linus som skakar på huvudet.

"Vad då?" undrar Josef.

"Nej ingenting", är Linus snabb att svara. "Vi vet ingenting om Alice."

Josef betraktar honom tankfullt.

Han stoppar in en snus och säger: "Menar du *Vi vet ingenting* som i *Vi vet någonting*?"

"Vi kom hit tillsammans med en snubbe som är bekant med Mulle sedan skoltiden", förklarar Ralf. "Han visade oss en mobilinspelning från någon parkeringsplats. En tjej sitter i passagerarsätet på en bil. Mulles bil. Och hennes händer är bundna."

"Saken var den", fyller Linus på, "att det såg ut precis som Hedda, men Mulle sa att tjejen hette Alice."

"Så något *förhållande* kanske de inte hade ändå, Mulle och er biologiska morsa", grimaserar Ralf.

En rynka tar plats mellan Josefs ögonbryn.

"Bunden? Skulle Mulle ha bundit Alice?"

Ralf kliar sig i hårfästet.

"Sorry. Det såg så ut."

"Vänta lite", säger Josef och rynkan mellan ögonbrynen tilltar. "Ni stod i hallen när jag kom. Jag trodde att ni just hade kommit hit. Men ni menar alltså att ni har varit här ett tag?"

"Ja, någon halvtimme i alla fall."

"Och *ändå* vet ni inte var Hedda är? Ni har inte sett henne sedan ni kom hit?"

"Nej vi har inte det", säger Linus. "Både vi och den här mannen som vi hade med oss har pressat Mulle men han fortsätter att hävda att hon har gett sig av härifrån. Och det skulle förstås kunna vara sant. Fast med tanke på att Mulle är en man som binder fast sina flickvänner i passagerarsäten är det mer troligt att han håller Hedda gömd."

"Det är inte omöjligt att han har sövt ner henne med hjälp av buffékäket i matsalen", säger Ralf.

Josef studsar till.

"Hur då sövt ner? Vad menar du?"

Ralf suckar.

"Det var sömnmedel i maten", förklarar han. "Barndomskompisen ligger däckad där inne efter att han hällde i sig ett glas apelsinjuice. Jag antar att buffén var tänkt till Hedda. Antingen åt hon av den och ligger medvetslös någonstans i huset eller också åt hon *inte* av den och stack iväg precis som Mulle påstår. Jag tänker att det första vi ska göra nu är att genomsöka huset."

"Jag måste prata med honom", utbrister Josef och börjar röra sig mot dörröppningen.

Den skarpa ringsignal som ljuder från hans axelremsväska får honom att stanna upp i steget.

"Mulle är inte plättlätt att få något vettigt ur", säger Ralf. "Om du frågar mig."

"Jag skulle förstås aldrig ha lämnat henne ensam här", säger Josef medan han gräver efter sin högljudda mobil. "Vi hade fattat det som att Mulle skulle vara på jobbet hela dagen, men han slutade uppenbarligen tidigt."

Han lägger luren mot örat.

"Ja det är Josef."

Strax spricker ansiktet upp i ett leende och han säger: *Hej!*. Det är med eftertryck han säger det. Han frågar: *Var är du någonstans?* Den fria handen lösgör snodden i nacken och han drar fingrarna genom sitt lockiga hårsvall medan han koncentrerar sig på rösten i andra änden. Ralf följer varenda rörelse. Josef hummar, nickar för sig själv och fastställer: *Okej. Vänta där. Vi kommer och hämtar dig!*

Ralf tar sig för huvudet.

"Var det händelsevis Hedda det där?" frågar han och inser att han skulle falla död ner ifall Josef svarade nej.

Ralf har gjort valet att leva ett easy life. Bara i undantagsfall har han släppt in grejer som fått stressnivån att stiga. De senaste dagarna däremot har varit en konstant eskalering av känslomässiga påfrestningar. Hans otränade person pallar helt enkelt inte mer. Det måste bli okomplicerat igen.

Josef låter mobilen glida tillbaka ner i axelremsväskan. Han plockar snodden från sin handled och bakar ihop håret till en ny bulle.

"Ja, det var ju det", ler han. "Det var Hedda. Av någon outgrundlig anledning befinner hon sig i Eriksforsskolans lärarrum någon mil härifrån."

Kapitel trettionio

Fredag lite över tre

Steget efter den fryntliga mellanstadie-lärarinnan Siv González kliver Ralf över tröskeln till lärarrummet på Eriksfors skola. Doften av kaffe och övermogen frukt dominerar härinne. Han hinner uppfatta ett pentry, två ljus-gröna tygsoffor i vinkel och ett bord med Marimek-koblommig vaxduk innan han får syn på Hedda, halvliggande i en fåtölj likt en säck potatis.

"Jag lät henne sova", ler Siv. "Hon verkade behöva det."

"Ja, min syster har ett förbluffande stort sömn-behov", ler Ralf.

Siv placerar försiktigt sin hand på hans axel.

"Jag ska kila tillbaka till mitt", halvviskar hon. "Hela kollegiet sitter och planerar inför skolstarten på onsdag. Visst hittar ni väl ut själva sedan?"

"Javisst, vi klarar oss. Tack ska du ha. Jätteschysst."

Ralf sväljer. Han går fram till den sovande kropp-en och sjunker ner på knä. Det är verkligen hon. Det är hans bleka, halvknäppa, veliga, över-känsliga, handlingsförlamade och alldeles under-bara fostersyrra. Äntligen är det hon.

"Tja Hedda", viskar han till det sovande örat. "Det är brorsan här. Eller vad du nu tänker att du vill kalla mig. Jag har ju förstått att du har gått och skaffat dig en ny brorsa. Josef verkar vara lite *Bror*

2.0, men det är lugnt. No hard feelings. Eller ja...
När du ringde och berättade att det var här du
gömde dig, då tänkte jag ju i och för sig att vad fan
ringde hon inte mig för."

Ett brett leende tar form i Heddas ansikte. Sömn-
drucket kisar hon mot honom.

"Men sedan såg du att jag hade gjort det? Att du
hade typ tre missade samtal."

"Jo men precis. Sorry att jag är lite hopplös på
att hålla koll på telefonen."

"Du är lite hopplös överhuvud taget, Ralf. Och
det är riktigt fint att se dig."

Hon skrattar och sträcker sig emot honom. Han
sjunker in i hennes omfamning. Det är någonting
som är nytt här. Någonting som är nytt med Hedda.

"För att börja nånstans", säger han och slår sig
ner på en av bordets furustolar, samtliga försedda
med stjärtlapp i fluffig polyester, "vad är det som
händer egentligen?"

Kvinnoröster passerar utanför på skolgården, ett
par skratt och sedan en dörr som smäller igen.
Hedda börjar snöra på sig sina gympadojjor. Eller
om det är Majlins. När han tänker på det kan det
mycket väl ha varit de här skorna som Majlin
jagade runt och letade efter i början av veckan.

"Du har alltså träffat Josef", säger Hedda medan
fingrarna systematiskt drar i skosnörena. "Betyder
det att du har träffat Mulle också?"

Han nickar. En brokig berättelse om två späd-
barn som lämnas på en värmländsk kyrktrappa tar
nu sin början. Medan de förflyttar sig genom
skolans labyrintliknande huskropp, går de få steg-

en över skolgården till parkeringsplatsen och installerar sig i hyrbilen får Ralf höra om föräldrar och kyrkvaktmästare, trådar på Flashback och kryptiska anteckningar i en adoptionshandling. Det är inte som att han riktigt fattar hur det hela hänger ihop men han väljer att inte avbryta det flöde av ord som verkar vilja lämna Hedda i just den här ordningen.

Han startar motorn och sätter bilen i rörelse.

Just som han svänger ut på Storgatan österut slår Hedda fast: "Jag är ganska övertygad om att Mulle kidnappade min och Josefs biologiska mamma."

"Alice", inflikar Ralf för så mycket har han i alla fall koll på.

Hedda tittar upp.

"Ja, precis", säger hon. "Mulle påstår att han älskade henne och att hon älskade honom tillbaka. Och vem vet, det kanske stämmer. Stockholms-syndromet brukar ju slå in efter ett tag om inte annat. Hur som helst så dog Alice i våras. Mulle blev förtvivlad och vid nån tidpunkt bestämde han sig för att skaffa en *ny* Alice."

Hon gör en kort paus och tillägger: "Och det blev jag."

Kapitel fyrtio

L iksom utdragen i sin handrörelse la Hedda tillbaka fotografiet på sängen. Hur det nu än var med barndomar och mödrar var det dags att bege sig härifrån. Vem visste när Josef behagade komma tillbaka. Mulles sällskap hade hon i alla fall fått nog av. *Jag vill att du ska vara lycklig här hos mig.* Vem säger så till en främling?

Hon reste sig och gick fram till kistan. I sin handväska la hon ner porslinsugglan och fölet, det smygtagna bebiskortet från gräsmattan och Alices röda mobiltelefon. Herregud, det här var ju deras arv, hennes och Josefs. Mulle hade ingen rätt att stjäla det från dem. Bestämt tog hon lapptäcket och skokartongen med brev under armen och lämnade rummet. Från första bästa bensinstation skulle hon ringa tillbaka till Ralf. Även till Josef skulle hon slå en signal och kolla om inte han och journalisten var klara med intervjun snart. Hotellet i Karlstad borde ha hans telefonnummer registrerat från incheckningen.

När hon gick förbi älghuvudet i hallen hörde hon Mulles skramlande med glas. Begäret efter att få släcka törsten tog överraskande kommandot och styrde hennes steg i riktning mot köket. Hon var snustorr i munnen och hela svalget. Plötsligt var allt hon kunde tänka på det där utlovade glaset med svartvinbärssaft.

Mulle stod med ryggen emot och tycktes inte märka när hon kom in i köket. Hon harklade sig.

"Jo men du, jag tar gärna ett glas svartvinbärssaft."

"Hoppsansa!" Omedelbart släppte Mulle vad han hade för händer och gick henne till mötes. "Där skrämde du mig minsann."

Han drog ut en stol som för att säga att drycken han ämnade servera henne borde intas sittande. Sedan vände han sig mot arbetsbänken och sträckte handen efter glaset. Hedda förblev stående. Som hastigast lät hon blicken glida över bänkskivan. Hon registrerade en flaska, en smal glaskaraff och en mortel. Dinglandes från sin krok av järn var den livsfarliga gamla saxen som hon bekantat sig med redan på morgonen.

"Varsågod, min sköna", sa Mulle och räckte henne glaset. "Prima svartvinbärssaft tillredd av egna bär från odlingarna här ute i trädgården."

Hade hon inte varit så torr i munnen skulle hon sannolikt ha börjat dregla, så starkt längtade hon efter att få svepa saften som Mulle hade iordningställt till henne. Blixtsnabbt la hon ifrån sig handväskan, lapptäcket och kartongen med föräldrarnas brev på det lilla bordet och tog glaset ur hans grepp.

Precis som utlovat smakade saften himmelskt, sval och frisk med perfekt balans mellan sötma och syrlighet. Det var när hon tagit den första begärliga klunken ur glaset som klarsynen ryckte tag i henne. Kroppens muskler hårdnade under skinnet. Morteln. Varför en mortel? I sista stund lyckades Hedda hejda sig från att fortsätta dricka. Hon klev fram till bänken. På botten av den svarta morteln låg mycket riktigt spår av ett vitt pulver.

"Du har spetsat min saft med något narkotiskt preparat", konstaterade hon högt. "Du tänkte droga ner mig."

"Dra nu inga förhastade slutsatser", invände Mulle. "Låt mig förklara."

Med en smäll ställde Hedda ifrån sig glaset på köksbänken så att lite av den manipulerade vätskan skvimpade över kanten. Hon blängde på Mulle.

"Och vad skulle hända sen hade du tänkt? Vad skulle du göra med mig när jag var medvetslös? Va?"

Vartenda ett av hennes ord dröp av ilska. Utan att tänka ryckte hon åt sig saxen från kroken. I ett stadigt grepp höll hon den framför sig likt en krigsförklaring. Mulle ryggade tillbaka ett par steg.

"Nu ska vi ta det lilla lugna här", flämtade han. "Lägg omedelbart undan skräddarsaxen."

"Här läggs inte undan någonting. Berätta för mig. Vad exakt var din masterplan? Vad hade du tänkt göra med mig när jag ramlade ihop som en trasdocka här på golvet?"

"Nu hör jag att fantasin far iväg med dig och låter skeva antaganden ersätta förnuft och sans. Kära du, allt jag önskade var ju bara att vi skulle få..."

Han tystnade.

"Ja, vaddå? Vad var allt du önskade? Om du inte berättar vad du hade tänkt göra med mig så tar jag den här mördarsaxen och klipper sönder fotografiet på din morsa."

Aldrig tidigare hade hon varit så arg. Det fullkomligt kokade, fast på ett skönt sätt. Mulle sjönk ner på stolen som han dragit ut åt henne. En djup suck lämnade honom genom den halvöppna munnen.

Rösten var skrovlig när han sa: "För det första måste du förstå att jag på intet sätt har för avsikt att göra dig illa, Hedda. Tvärtom, som jag sa tidigare vill jag att vi ska bli lyckliga tillsammans, du och jag. Det stämmer att jag placerade en sömntablett i ditt glas men tro mig när jag säger att mitt syfte var rent."

"Ditt syfte var rent? Du skulle våldta mig! Jag är inte dum i huvudet om du tror det. Så klart jag fattar att du skulle våldta mig, din sjuka jävel."

Mulle ruskade på huvudet.

"Nej verkligen inte!" protesterade han. "Aldrig att jag skulle kunna göra någonting sådant. Förgripa mig på dig? Aldrig någonsin! Ingenting kunde vara mer fel, snälla du. Jag önskar ju bara att du ska tycka om mig. Så som Alice gjorde. Tabletten skulle ge oss mer tid och en möjlighet att lära känna varandra."

"Vad pratar du om?"

"Du skulle bli kvar hos mig. Jag skulle ges en chans att få visa för dig vem jag är och vilket slags liv jag står i begrepp att erbjuda dig."

"Holy Moses, Mulle. Fattar du inte att folk hade kommit och letat efter mig? Polisen hade kommit hit. Min familj. Josef."

Han rättade till sina glasögon. Andningen var tung.

"Min far lämnade efter sig en övernattnings-lägenhet", sa han lågt.

"Va?"

"Jag har tillgång till en lägenhet i Karlstad. Det är en mycket elegant våning, centralt belägen med kakelugn och utsikt över Klarälven. Där hade vi kunnat vara ostörda. Vi hade fått en möjlighet att i lugn och ro bekanta oss med varandra. Du efter-frågar min plan och jag vill vara uppriktig med dig. Min plan var att ta dig till lägenheten i Karlstad."

"På riktigt, en lägenhet? Det var förstås dit du tog Alice också. Det var dit du tog min mamma. Du kidnappade henne, Mulle. Jag fattar ju det nu. Du drogade ner och kidnappade Alice. Och nu planer-ade du att göra samma sak med mig."

Mulle svarade inte. Ögonen var blöta och han kliade sig konstigt i nacken.

"Erkänn", fortsatte hon. "Det var aldrig Alice önskan att bli din flickvän, eller hur?"

Han svalde hårt, dröjde några ögonblick med svaret.

"Inte inledningsvis", kraxade han. "Men det förändrades ska du veta. Alice hade det bra hos mig, det lovar jag på heder och samvete. Jag gjorde allt för din mamma. Så som jag står i begrepp att göra allt för dig."

Hedda stirrade på honom. Hon la saxen på bänk-en och tog ner ett rent glas från hyllan. Snabbt hällde hon upp vatten ur kranen och svepte det girigt. Hon greppade handväskan, lapptäcket och skokartongen och gick ut ur köket.

"Du är ett trasigt stycke människa!" ropade hon från hallen. "Titta närmare på dina issues! Sluta omge dig med döda saker! Och sluta förihelvete att kidnappa folk!"

Med kraft slog hon igen ytterdörren bakom sig. Ursinnet sjöd under skinnet och hon behövde trampa det av sig. Ut genom grinden gick hon och ut på uppfarten. Hon tog höger och sedan vänster, vänster igen och upp för en backe.

Knappt två timmar senare stod hon utanför Eriksfors mellanstadieskola. Ilskan var borta.

Kapitel fyrtioett

Fredag halv fyra

Ralf studerar Mulles rörelser när han rättar till sin mustasch och långsamt stryker den stora näven över hakan. Blodet vid hans hårfäste har torkat in till en stor svart kaka och även skjortaxeln och större delen av kragen är täckt av den oläckra kroppsvätskan. Efter att han återvänt från Eriksforsskolans lärarrum med Hedda och ambulanspersonalen burit ut den medvetslöse Pastorn på bår sitter Ralf ensam med Mulle i matsalen. Linus och Josef är kvar med Hedda ute på parkeringen. Nu handlar det bara om att vänta in snuten.

"Jag hade gått in helt kort på Apoteket för att köpa hostsirap", säger Mulle och söker Ralfs blick på andra sidan bordet. "Alice drogs med luftrörsbesvär och jag önskade erbjuda henne lindring. Men när jag kom ut på parkeringen stod de där och fånskrattade utanför bilen. Patrik Östergren filmade med sin mobiltelefon och han avkrävde mig en förklaring till varför jag hade en kvinna i min bil."

Ralfs ansikte hettar och han andas helt genom näsan när han artikulerar orden: "En *bunden* kvinna. Du hade bundit henne, ditt svin."

Kroppen är spattig och han märker att han har börjat gnaga underligt med tänderna mot överläppen. Det skulle kunna vara hat. I så fall är det antagligen första gången i livet som han närmar sig den känslan.

Tänk hur nära det var att den här mannen kunde gå i mål med sitt störda kidappningsförsök. Hur hisnande nära. Det är inte ofta Ralf känner för att slåss men nu gör han det. En överraskande stark önskan att göra illa har kommit över honom. Göra illa personen på andra sidan bordet.

Intill tallriken med bacon och stekta ägg står en rejäl pepparkvarn i svartfärgat trä. Tänk om han skulle böja sig fram och greppa den där pepparkvarnen, köra den rakt ner i Mulles hals, trycka till ordentligt och sedan fylla på med bacon, stekta ägg, ett par limpskivor, havregrynsgröt, lingonsylt. Likt klumpat blod skulle sylten droppa ner på golvet och bilda en pöl av fruktan. Han tittar på Mulle som med hjälp av pekfingret skjuter sina glasögon högre upp på näsryggen. Det förhatliga ansiktet har börjat flippa ur i nervösa ryckningar. Ralf tvingas titta bort.

Eftersom det inte verkar komma något svar på hans fråga, fortsätter han, rösten med en rosslig biklang: "Du kidnappade Alice. Och sedan skulle du alltså göra samma sak med Hedda. Du skulle tvinga henne att bo här med dig. Du skulle leka att hon var din flickvän. Leka att hon älskade dig. Hör du inte själv? Alltså, vad är du för en människa? Det har liksom aldrig slagit dig att frivillighet är lite av ett minimumkrav när det kommer till relationer?"

Han andas snabbt. Mulle fortsätter att tiga. Ralf reser sig upp och börjar röra sig runt i rummet.

Han skulle vilja vråla rakt ut men håller tillbaka den impulsen.

"Du tycker inte att det är lite läge att öppna munnen och svara på några enkla frågor?" fräser han och söker Mulles blick. "Det är min syrra vi snackar om."

De första dagarna efter att Hedda försvann var Ralfs tankar luddiga. Som vanligt utgick han ifrån att allt skulle lösa sig och konstaterade att de andra var drama queens. Majlin är ju känd för sin tendens att överdriva och den här gången var Linus ovanligt snabb att haka på. Men efter att Ralf hade pratat med Hedda på polisstationen föll polletten ner. Han fattade att de andra hade haft rätt. Hon *var* i fara. Ralf fattade att det låg på honom att föra sin syster i säkerhet. Mer än någonsin förut låg någonting på honom och bara på honom. Det var han som skulle rädda henne.

Men Ralf räddade aldrig Hedda. Han misslyckades och hon fick rädda sig själv. En rejäl ansamling av skuld ligger inbakad i den insikten. En flottig, hård, ja nästan oböjlig slags skuld.

"Det är samma ögon", säger Mulle oväntat. "Samma ljuslockiga hår över späda axlar."

Ralf får inte känslan att det är till honom som orden egentligen riktar sig. Snarare handlar det om en inre dialog. Är Mulle på väg att tappa greppet?

"Det är vad då?" frågar han.

"Jag förstod att hon skulle behöva tid, gubevars", fortsätter Mulle sitt ordflöde. "Och även jag ska tilläggas. Men så innerligt jag önskade att det skulle bli som med Alice igen. Ja, det enda jag strävade efter var ju att få mitt liv tillbaka. Aldrig någonsin att jag skulle kunna skada Hedda. Rakt motsatt, för var dag som går hyser jag en allt starkare kärlek för flickan."

Ralf stannar upp i sin vredgade promenad runt rummet och drar in generöst med luft i lungorna. Han är just på väg att ytterligare precisera omfattningen av det förakt han känner inför Mulle och be honom att dra åt helvete när Linus kommer in i matsalen. Med sig har han två uniformerade poliskonstaplar, den ena en lång mörkhyad man i dryga femtioårsåldern, den andra en betydligt yngre kollega med en mäktig rovfågel tatuerad på armen och ner över större delen av handryggen.

"Jaha, vi har fått in en anmälan om olaga frihetsberövande samt förberedelse till olaga frihetsberövande", säger fågelkonstapeln på bred värmländska och går fram till Mulle. "Är du Håkan Gösta Mullberg, bosatt på den här adressen och född den fjortonde januari 1979?"

Mulle drar in ett djupt andetag och svarar klanglöst: "Ja, det är korrekt."

"Är du medveten om att det är ett brott att mot en annan persons vilja..."

"Det är korrekt att mitt namn är Håkan Gösta Mullberg, att jag bor här och att jag är född den fjortonde januari 1979. Det är även korrekt att jag är den som frihetsberö..."

Ett jordskred av tårar strömmar längs hans kinder och högljudda kvidanden dränker den sista delen av hans erkännande. Genom hulkningarna uppfattar Ralf både Alices och Heddas namn.

Liksom upplöst i hela sin varelse faller Mulle ihop på golvet framför de två polismännen.

Kapitel fyrtiotvå

Fredag strax efter fyra

Ralf kan konstatera att stämningen i bilen är nedtonad när de lämnar det mullbergska herresätet och följer polisen genom kvarter efter kvarter av välbeställd villaidyll. Linus kör bakom dem i hyrbilen medan han och Hedda åker med Josef i Saaben. Här i baksätet är det till att samsas om utrymmet med flertalet papperskassar. Den biologiska morsans kvarlämnade pinaler är det som har packats ner. Hedda har pratat om brev. Hon har pratat om en farsa som gått bort i cancer. Och hon har visat ett foto på sig själv och Josef som spädbarn.

Nu vankas det polisförhör inte bara med Mulle utan även med Hedda och Josef som båda är att betrakta som vittnen. Hedda ska också undersökas av en läkare och det ska skrivas rapporter. När det gäller Ralfs egen erfarenhet av polisiära ingripanden är den ytterst begränsad. Som trettonåring blev han tagen på bar gärning när han och några polare sprayade graffitti. Men att själv bli utsatt för ett brott - eller som Hedda här – vara nära att bli det, det har faktiskt aldrig hänt honom.

"Helt fel av mig", säger Josef.

"Va?" säger Hedda.

"Jo men med facit i hand. När jag nu vet att Mulle kom hem tidigare från jobbet och hade planer på att ta med dig till en hemlig adress. Då blir det ju väldigt tydligt hur fel det var att jag lämnade dig och åkte själv till Karlstad. Förlåt, det känns verkligen kymigt att jag inte var där med dig när han kom hem."

De passerar Eriksfors värdshus där två killar på stegar håller på att sätta upp ljuslyktor i träden. Heddas fingrar smeker längs skarvarna på det grönblåa lapptäcke som Alice har tillverkat under sin fångenskap hos Mulle. Ralf tänker på farmors lapptäcken och på hur petig hon alltid är med att lapparna ska hamna exakt rätt i relation till varandra. *Nu får jag feeling* brukar hon säga och så försvinner hon ner bland sina tyger.

Alice kan förstås ha haft med sig det här lapptäcket från tidigare. En fängslad person kommer väl knappast i kontakt med den inspiration som krävs för mer artistisk produktivitet. En fängslad person får väl knappast *feeling*.

"Nu var det ju i och för sig mitt förslag att du skulle åka", säger Hedda och fortsätter: "Men du, jag tänkte på en annan grej. Vad tror du att Mulle hade planerat att göra med dig ifall vi faktiskt hade ätit av hans benzospetsade frukost? Ifall vi legat där alldeles lealösa över matsalsbordet när han kom hem? Jag menar, det var ju ändå hans avsikt. Fast det var bara mig han skulle leva sitt happily ever after tillsammans med."

"Han hade väl dumpat mig under kaprifolen", säger Josef allvarligt.

Ralf hade kunnat säga samma sak men då utifrån sin mer sarkastiska horisont.

"Mulle är störd helt klart", säger Hedda, "men jag får faktiskt inte känslan att han skulle kunna ha ihjäl någon."

Ralf skickar ett snabbt svar till Majlin som i sitt sms frågar om polisen har gripit gubbjäveln nu. *Gubbjävel gripen*, skriver han. Ingen emoji. De passerar Ica Supermarket, Apoteket och Systembolaget. Josef svänger höger efter snuten ut på landsvägen.

"Hur gick det med Lo förresten?" frågar Hedda.

Vem är Lo, tänker Ralf.

Josef ger ifrån sig ett frustande.

"Jo då, hon pratade och pratade och pratade. Och då inte nödvändigtvis om saker som gällde oss. Det var högt och lågt kan man säga."

"Var ni hemma hos henne eller träffades ni på stan?" undrar Hedda.

Ralf sitter tyst och lyssnar. Hedda och Josef känns inte som två personer som fick lärde känna varandra i måndags. Och det handlar egentligen inte om orden som de säger till varandra. En raffinerad sammansvärjning befinner sig i luften mellan dem, ett kusligt samförstånd.

"Vi var hemma hos henne", säger Josef som svar på Heddas fråga. "Först fick jag vänta en halvtimme i det där gathörnet innan hon dök upp. Sedan när vi kom till hennes lägenhet hade hon dukat fram lunch och bakat tårta och tyckte att vi skulle korka upp en flaska champagne."

"Hon sprang inte in i sovrummet och bytte till negligé?" flikar Ralf in.

"Nej inget sånt", säger Josef och ett svagt leende skymtar i backspegeln, "men när jag sa att jag körde bil och inte kunde dricka började hon gråta. Ja, först fick hon ett skrattanfall men sedan började hon gråta. Jag tror ärligt talat att hon var påtänd."

"Påtänd?" upprepar Hedda.

Josef hakar på polisen ut på motorvägen. Det är tätt mellan fordonen och de sumpar Linus som blir kvar i väntan på en ny lucka i trafikflödet.

"Ja. Det här att hon släppte hela sin research för ett par veckor sedan handlade om *ett lite komplice-rat förhållande till amfetamin*, som hon själv uttryckte det."

"Vad sorgligt", säger Hedda och vänder sig sedan till Ralf: "Lo är journalist. Hon skriver en artikel om vår historia och idag gjorde hon en intervju med Josef. Tanken var ju att jag också skulle vara där, men jag stannade ju alltså kvar i Mulles hus istället och letade efter Alice grejer."

Hon pekar på papperskassarna på golvet.

"Så pass", säger Ralf och måste erkänna att hennes ansträngningar gör det lite mjukt i bröstkorgen - hennes ansträngningar att bjuda in honom i den förtätade tvillinggemenskapen. "Visste ni förresten att amfetamin skrevs ut mot förkylning på 30-talet?"

Hedda halvskrattar och utbrister: "Vilken full-fjädrad tjackpundare jag hade varit om jag hade levt då, alla förkylningar som jag har haft de senaste åren."

Ralf kisar mot henne.

"Kanske mådde folk som bäst när de hade åkt på en riktig dundersnuva."

"Fixade Lo att intervjua dig fastän hon var påtänd?" frågar Hedda vänd mot Josef. "Jag föreställer mig att man kan bli rätt spretig med amfetamin i kroppen."

"Själva intervjun var väldigt flummig", säger Josef. "Hon var fullkomligt osorterad i början. Men när vi hade ätit och hon var klar med sina frågor så började hon berätta om det hon hade fått fram. Hon redogjorde för vartenda steg, varenda liten del av sin research. Jag spelade in för att få med alla detaljer. Bland annat har hon haft kontakt med en kvinna som kände Alice genom sitt jobb som socialarbetare i en frivilligorganisation."

Han krånglar fram mobilen ur jeansen, låser upp med tummen och räcker den till Hedda i baksätet. Hon lägger ifrån sig Alices lapptäcke och tar emot telefonen.

"Spännande."

"Det är flera ljudfiler", säger Josef. "Mappen heter Lo tror jag. Ja, du hittar."

Hedda är snabb att klicka upp den första filen på skärmen.

"Ja det ska du veta", säger en ljus kvinnoröst som rimligtvis tillhör den påtända journalisten Lo, "att människor möblerar om sina liv för att få vara med mig. Man kan säga att jag är den där personen som kommer med en oväntad infallsvinkel. Den man ringer när man behöver ett vettigt bollplank. Dessutom är jag rolig, det säger alla. Jag är den som står kvar sist på dansgolvet och skriker: *Kom igen, vi tar en senare buss!*"

Hon pratar snabbt, nästan forcerat och lite omotiverat skrattar hon till på ett par ställen. Ralf föreställer sig att det hon säger är en standard-presentation. Att det är just den här kedjan av ord som hon använder för att beskriva vem hon är. Eller vem hon vill vara. Det är ord som går på autopilot och som hon med lätthet hittar tillbaka till även nu när hon är hög.

"Spola fram lite", säger Josef från förarsätet. "Hon kommer igång snart."

Hedda grejar med mobilen.

"Ja och den här kvinnan jobbar alltså med socialt arbete i den där ideella organisationen som jag berättade om", säger Lo. "Det var i ett projekt därigenom som hon lärde känna Alice."

"Vad var det för projekt?" hörs Josefs röst.

"Det handlade om att fånga upp kvinnor i margi-nalen", förklarar Lo, "Långtidsarbetslösa, psykiskt sjuka, papperslösa. I typ ett halvår träffades de för att bygga upp sig själva. De sydde och virkade och gjorde nävertofflor tillsammans. Som ett dagis för problemvuxna. Hon sa att Alice stack ut i gruppen. Att hon hade en ovanlig integritet och var bra på att lyssna. Det är få människor som är bra på att lyssna. Har du tänkt på det? Alltså, på riktigt höra vad andra har att säga. Det gör man ju inte."

Inspelningen fortsätter och det klirras med porslin och plingar till i någon mobiltelefon medan den amfetaminstinna journalisten snackar på. Ralfs fokus förflyttar sig till en svart skåpbil med texten *Svempa fixar biffen – kött till vrakpriser*. Det glider vidare till ett par gula lyftkranar stationerade intill motorvägen. Los röst ligger på i bakgrunden. Lite som tvättmaskinens centrifugprogram. Han tar inte in den. Uppenbarligen är han inte en lika god lyssnare som Alice var.

När han kopplar på igen pratar de om skuld.

"Alice levde hela sitt liv med skuld", säger Lo. "Hon rymde hemifrån när hon var fjorton. Pappan hemma i Tyskland var våldsam och hade tydligen varit nära att slå ihjäl henne. Det fanns två yngre systrar som blev kvar. Alice övergav dig och Hedda på den där kyrktrappan men ett par år tidigare hade hon också övergivit sina småsystrar. När det gällde er tänkte hon ändå att samhället skulle hitta ett bra hem, men systrarna hade ju liksom bara henne."

Hedda pausar inspelningen.

"Vad fruktansvärt!" utbrister hon och Ralf kan inte annat än hålla med. "Så många tunga saker intryckta i ett och samma människoliv."

"Jag vet", säger Josef. "Tänk om vi hade fått träffa Alice bara en liten stund. För att kunna berätta för henne att allt blev bra."

"Ja", säger Hedda och masserar sin nacke. "För oss blev det ju bra. De tyska systrarna vet vi ingenting om."

"Hur kommer det sig att hon skriver den här artikeln om er egentligen?" undrar Ralf. "Var det chefredaktören på hennes tidning som vaknade en morgon och tänkte att nu är det bestämt läge för

302

ett reportage om tvillingar som tappat bort sina föräldrar? Och varandra."

"Nej, det var faktiskt Los pappa som tyckte att hon skulle skriva om oss", svarar Josef. "Han hade följt rapporteringen i media i samband med att man hittade oss då -95. Jag kanske ska säga att Lo inte är färdig journalist än. Hon har sista två terminerna av utbildningen kvar. Och när skolan gav dem i uppgift att förbereda något lite större skrivprojekt inför sista läsåret, så frågade hon sin pappa vad han tyckte att hon skulle välja. Och det var då han sa: *Skriv om tvillingjäntera på körktrappa.*"

"God damn it", utbrister Ralf, "jag börjar verkligen gilla den här värmländska dialekten. Den har liksom karaktär."

"Jag vet", säger Hedda. "Den är kryddig. Som moster Ylvas lingonglögg."

"Lingonglöggen", skrattar Ralf. "Den hade jag nästan glömt. Hur gammal var du när vi hittade den flaskan? Åtta, nio år? Fy satan vad illa det smakade."

"Ja och fy satan vad skärrad pappa blev när han hittade oss."

Polisbilen svänger av motorvägen och Josef följer efter. Ralf vänder sig om för att se om Linus är i fatt med hyrbilen. Det är han. *Hej Linus* mimar han genom bakrutan och får ett brett leende tillbaka.

"Den här inspelningen känns som ett äventyr som blir som bäst när man avnjuter det i mindre portioner", konstaterar Hedda. "Det är lätt att bli överväldigad. Håll i er, nu kör vi en snutt till."

"Ta den tredje ljudfilen", säger Josef. "Där berättar hon om jourfamiljen som tog hand om oss medan vi väntade på adoption. Vi bodde i samma familj i över ett år. Myndigheterna kunde inte adoptera bort oss förrän sökandet efter våra föräldrar var helt nedlagt. Lo har intervjuat jourföräldrarna."

"Har hon intervjuat jourföräldrarna?" frågar Hedda. "Var det inte de som var döda?"

"Ja, enligt Flashback var de döda. I verkliga livet är de tydligen still going strong."

Hedda gör en knasig min och trycker igång inspelningen.

"Så då åkte jag dit och tog en kaffe på deras balkong", säger Lo med sin snabba röst. "Världens sötaste gamla par. Gubben var dement och tanten sa mest sånt som jag redan visste. När jag frågade henne om hon kunde berätta vad adoptivföräldrarna hette och var de bodde, hänvisade hon till sekretess och avtal som hon hade skrivit under. Det var helt omöjligt att få ur henne någonting. Tro mig, jag försökte."

"Okej ", säger Josefs inspelade röst fast. "Så där körde du fast?"

"Jo men vänta så ska du få höra", säger Lo. "Några dagar senare skymtade jag den dementa farbrorn och hans yviga ögonbryn nere på Coop. Han stod där med en stor ost i famnen och såg ut som en borttappad femåring. Frun köade till delikatessdisken och jag fattade att jag hade tilldelats ett *väldigt* litet fönster av tid. Jag fattade att jag behövde agera *väldigt* snabbt. Långtidsminnet var ju mitt trumfkort här. Gubben hade noll koll på vad han ätit till frukost eller vem som är Sveriges statsminister, men det jag ville veta var ju grejer som hade inträffat för nästan tjugofem år sedan."

Här uppstår ett intensivt skrapande ljud. Ralf tolkar det som att Josefs mobil glidit ner i förslagsvis en soffa, men snart är Los röst tillbaka igen: "Jag sa *Hej känner du igen mig?* och påminde om att vi hade druckit kaffe på deras balkong. Men han var alldeles tom i ansiktet. När jag räknade upp de olika sorters kakor som vi hade ätit hummade han och började plocka med ostförpackningen. *Hur var det nu igen*, frågade jag då, *Josefines adoptivföräldrar - vad var det de hette? Du vet, de som hade en bror i Oslo och som kom och hälsade på er flera gånger efter adoptionen?* Och då förstår du, då sprakade det till i det där ansiktet. Plötsligt var det någon hemma. Gubben la ifrån sig osten och helt välartikulerat berättade han att *jag vill minnas att Karls äldre bror var skulptör med brons som huvudsaklig inriktning. Familjen Bergman besökte honom flera gånger om året och på vägen mellan Uppsala och Oslo passade de på att hälsa på hos oss. Det var så gott att se Karl och Bente med lilla Josefine. Bättre föräldrar får man jammen leta efter.*"

När Lo imiterar den gamle mannen släpper hennes röst sin forcerade ton och skiftar över i någonting rätt sansat och förtroendeingivande.

Josef stannar utanför Polishuset. Hedda stänger av ljudupptagningen och räcker honom mobiltelefonen.

"Okej", säger hon. "Konsten att glömma bort att man skrivit på ett sekretessavtal. Det verkar som att vi har den här farbrorns senildemens att tacka för att vi är här tillsammans, Josef."

Kapitel fyrtiotre
Lördag

Trettio bast, Wendela. Du är alltid tre år före mig, din jävel. Jag räknar med att det är så vi kommer att fortsätta. Och det är lugnt. Min identitet som lillebrorsa klär mig, jag vet ju det."

Ralf gör en paus för att låta skratten klinga av. Han sveper med blicken över gästerna runt det hästskoformade långbordet, upplyst av lyktor och ljusslingor och dignande av käk och alkohol. Genom de gläntade fönstren ser man parken, svandammen och delar av den västra flygeln. En glassigare festlokal får man leta efter. Vilket Fredrik också gjorde.

De befinner sig två timmar in i festligheterna och Wendela i hästskons mitt ler med hela ansiktet. Hon ser ut som en filmstjärna i sin röda klänning och det kan vara så att hon är lycklig. Samma killar i färgstarka haremsbyxor och bar överkropp som serverade drinkar och snacks under minglet tidigare har nu burit in stora serveringsfat till borden. Det bjuds på vinbladsdolmar, grillspett, falafel, Baba Gannush, hummus, grillad haloumi, diverse såser, diverse geggor, diverse knyten. Det bjuds på bröd stora som planeter.

Toastmastern har gett Ralf femton minuter men han kommer inte använda mer än max tre. Diskret sneglar han på mobildisplayen. Skärmen är svart.

Han samlar sig.

"Trettio år. Jag hade kunnat dra till med *Nu är du vuxen*. Fast det stämmer förstås inte eftersom du var vuxen redan när du var tolv. Tack får jag väl ändå passa på att säga. För att du har axlat den rollen i vår syskonskara. Rollen som den rediga och ansvarstagande. Rollen som den förståndiga. Att jag aldrig hade kunnat göra det lika bra är du naturligtvis den första att skriva under på."

Mobilen sitter inkilad mellan hans egen och Iduns tallrik. Hon är hans bordsdam kvällen till ära och nu ger hon honom ett av sina ironiska leenden. Han ler tillbaka.

"Trettio år, syrran", fortsätter han med mikrofonen mot munnen. "För ganska precis *tjugo* år sedan fyllde du tio. Du hade kalas och fick paket och allt det där, men så fick du något mer. *Vi* fick något mer. Det var på din tioårsdag som vi blev godkända som Heddas fosterfamilj."

En ufo-emoji framträder på skärmen, Tajmingen kunde knappast ha varit bättre.

"Innan jag lämnar ifrån mig den här mikrofonen", säger han, "vill jag tacka Fredrik för att du grejade en extra stol så här i sista stund. För så här är det, Wendela. Att den grymmaste presenten i kväll, det är ingen espressomaskin. Mina damer och herrar. Födelsedagsbarnet. Morsan. Farsan. Fredrik. Idun. Alla ni andra som kommit hit för att festa järnet ikväll. Jag har den stora äran att tillkännage... att Heddas tvillingbror is in da house!"

Han höjer båda händerna i luften för att vinka till sig Hedda och Josef som just har klivit in i lokalen. Genom rungande applåder och förvirrade blickar förflyttar de sig över salsgolvet och är snart framme vid de två tomma platserna bredvid Ralf.

Morsans ansiktsuttryck rymmer lika delar hänförelse och chock. Hon hänger över farsan vars tankeverksamhet ser ut att ha blivit satt på paus. Hedda kramar om dem en i taget, ger Idun en slängkyss. Josef tar först i hand men snart har morsan dragit honom till sig i en känsloladdad omfamning.

"Grattis Wendela", säger Hedda som tagit emot mikrofonen ur Ralfs utsträckta hand. "Först vill jag passa på att be om ursäkt för min sena ankomst. Det är ju allmänt känt att du ogillar när folk kommer sent, så jag vill understryka att jag faktiskt har giltiga skäl."

Hon står rakryggad med en nyfunnen styrka i rösten. Till jeansen bär hon en grön skjorta och ett stort halssmycke i silver som Ralf aldrig har sett tidigare. Blicken är fastare än vanligt och hon har liksom fått mer liv i ansiktet. Och då tänker han inte enbart på ena kindens svullnad som går i blått, grönt och brunt. Nej, det ligger en ljusglans över Hedda ikväll.

"Det här är din kväll Wendela", fortsätter hon. "Och du fattar inte vad glad jag är över att vara här i dag. På din fest. Det har varit några riktigt hajpade dagar. Jag har rest till Värmland. Varit på rockkonsert. Anmälts försvunnen. Nästan blivit nerdrogad. Nästan blivit kidnappad. Suttit i vittnesförhör hos Polisen. Hittat min tvillingbror. Och med tanke på att jag annars är den som mest ligger hemma i soffan och tittar på *Broadchurch*, blev jag lite paff att alla de här grejerna hände på en och samma vecka."

Ralf tänker att hon kan vara på väg att bli en annan nu, en djärvare upplaga av sig själv, en starkare och mer självständig. Det är svindlande vad Mulle hade kunnat göra med henne. Lite svindlande är det onekligen också att se henne tillsammans med Josef. Det sitter långt inne att erkänna, men någonting i deras storslagna återförening nafsar på hans ego.

I tjugo år har han kallat Hedda för sin syster. Hur är det tänkt nu, när den riktiga brorsan är på plats? Vad kommer att hända med Ralf? Han fyller på ölglaset, tar ett par rejäla klunkar.

Hedda tar också sitt glas från bordet.

"En annan sak som känns mäktig", fortsätter hon sitt tal till Wendela, "var att Ralf gav sig av land och rike runt för att leta efter mig. Vad säger man? Respekt!"

Hon nickar mot honom och höjer glaset. Han tar sitt eget och klingar det mot hennes. Kanske är det som de sjunger i den där Sysslebaeck Suicide-låten som spelas på radion hela tiden. Att definitionen av en syster, den sätter man själv. Lite så där som det är med det mesta här i livet.

***

Det var någon av de allra första dagarna i juni och Ralf gick i fyran, millimetrar kvar till sommarlovet. Morsan hade bett honom hämta Hedda från fritids efter skolan. Antingen hade hon tjockt på jobbet eller också var det hennes sätt att få honom att känna sig lite stor. Som den där gången när hon skickade ner honom till Ica för att köpa två tomater. Hon var ju psykolog.

Ralf skulle fylla tio samma år, Hedda åtta och fritids låg ju på skolområdet så det var knappast någon omväg. När han kom för att hämta henne den där dagen satt hon på trappan med den gula Kånkenryggsäcken färdigpackad. Bredvid satt bästisen Emelie Mbeke-Nordström och ytterligare en flicka, uppenbart yngre än de andra båda. Så här långt senare får inte Ralf upp några jätte-tydliga bilder av hur den okända flickan såg ut eller vad hon, eller någon av dem, hade på sig.

Däremot kan han nästan höra hennes gälla småflicksröst när hon förnumstigt konstaterade: "Min mamma säger att ni inte är Heddas riktiga familj."

Det är intressant hur någon som verkligen bara är ett barn, av ett annat barn kan förordnas till ansvarig, en vuxengestalt som ska stå till svars. Själva frågeställningen var ju inte särskilt märkvärdig. Det hon påstod var sant och det kunde knappast ha varit första gången som ämnet kommit på tal.

Mycket sägs under en människas livstid och det mesta är bara ord. Men somligt får betydelse, stannar kvar och kan plockas fram ur minnet många år senare. Någonting ödesmättat glider in och gör sig hemmastatt. Här var det så. Det kan handla om något hos flickan, det ettriga, motbjudande, fientliga eller om något hos Hedda, en smärta kanske, en bräcklig vädjan i hennes ansikte när uttalandet gjorts.

Ralf tog emot pucken och svarade: "Nej det stämmer. Vi är inte Heddas riktiga familj. Du får lova att inte säga det till någon men vi har stulit henne från en cirkus."

"Från en cirkus? Skojar du nu?"

"Nej jag skojar inte. En cirkus var det. Och vet du vad, vi kommer aldrig någonsin lämna tillbaka henne."

Han tog Heddas hand och den lilla ryggsäcken och de begav sig hemåt. Vägdammet yrde omkring dem i den ljumma försommarvinden och det var en bra känsla. En riktigt bra känsla.

Tidigare utgivna romaner
Schimpansen från Munkfors (2013)
Livsregler för en medelstor get (2014)
Fyrtiosjunde våningen (2017)

Författarhemsida
inaekegard.wordpress.com

Instagram
@ina_ekegard

Facebook
facebook.com/InaEkegardForfattare

CPSIA information can be obtained
at www.ICGtesting.com
Printed in the USA
LVHW090721150621
690250LV00004B/339

9 789175 691756